終わりの風景

英語圏文学における終末表象

辻和彦
平塚博子
岸野英美
〈編〉

春風社

はじめに　辻　和彦　5

序章　リタ・ウォン作品にみる水の詩学
——「借用された水」、「水の旅からの急報」、「グレゴワール湖のために」　岸野英美　7

第1章　終末世界を救済するための小説のデザイン
——カズオ・イシグロの内的持続の文学と『クララとお日さま』　田中ちはる　29

第2章　コロナ禍の時代を生きる命と想像力
——アリ・スミス『夏』における「終わりの風景」と希望の可能性　霜鳥慶邦　55

第3章　家族の終わりとナクサライト
——ジュンパ・ラヒリ『低地』とアルンダティ・ロイ『小さきものたちの神』をとおしてみる
二つの「応答責任」　加瀬佳代子　79

第4章　アジア系アメリカ文学における〈天災〉と〈人災〉
——ヒサエ・ヤマモトとルース・オゼキの作品を中心に　松本ユキ　99

第5章　「終わり」の見えない不安
——イアン・マキューアンの『土曜日』試論　高橋路子　117

第6章　ゾラ・ニール・ハーストンの『彼らの目は神を見ていた』における災害とレジリエンス　平塚博子　137

第7章　荒野の王が見た風景
——シェイクスピア悲劇『リア王』における飢饉、大嵐、疫病　高橋実紗子　153

第8章　〈終わりの風景〉の向こう側
——インドラ・シンハの『アニマルズ・ピープル』とボパール、水俣、太平洋核実験　小杉　世　177

終章　災害と感染症時代の恐怖
——エドガー・アラン・ポー作品を辿る　辻　和彦　203

終わりの風景の終わりに　辻　和彦　227

執筆者紹介　i

はじめに

辻　和彦

本書は、英語圏文学における「終わりの風景」の探索を試みるものである。欧米圏でも文学研究は新しいアプローチを求め、混迷の中にある。その中で現在最も勢いがある研究視点の一つが「環境文学研究」であり、既にアジア地域でも、そうした視点を用いた研究が活発に行われている。本著は「ネイチャーライティング」のみならず、いわゆる古典作品や、環境と縁があるようには意識されていない文学作品における災害現象、被災生活、社会流動などに着眼し、従来は否定的側面に注目が集まりがちであった、ものごとの「終わり」（場合によってはプロットのもたらす「終わり」）を、むしろ新たな可能性の場として位置づけ、その「風景」を究明することを志すものである。

執筆者達の専門研究領域は、アジア系アメリカ文学、イギリス文学、アメリカ大衆小説、ポストコロニアリズムなど多岐にわたるが、その専門性に過度に縛られることなく、それぞれの現在の立場から、「終わりの風景」について執筆していただいた。

なお本著の書式については、ＭＬＡスタイル9版を土台としながらも、全体の統一を図るために、独自ルールも用いた。また各章の独立性を重視し、注や書誌スタイルは各章末に置くこととした。重要語句の初出時の原語併記についても、各章毎に行う方針を採った。何をどう表記するかは、内容面とも深く関わる場合もありうるので、本書においては細かな統一をあえて図らず、各執筆者の思い入れや論旨を尊重する方針を採った。インデックスについては、本著は刊行段階で電子媒体での販売が決まっており、索引機能が必要な読者にはそちらを購入していただくことが可能であるため、紙媒体のものにはインデックスは不要であると判断した。

「終わり」は人類史において、数え切れないほど何度も存在した。滅びた文明、潰えた王朝、滅亡した民族、途絶えた文化、消滅したコミュニティ。戦争や自然災害、あるいは感染症などだけでなく、様々な理由で、人間は「終わり」を体験してきたといえる。総体として、集団として「人間」を捉えるのみならず、個人としての「人間」までを議論の対象とするならば、「終わり」は個の中でも何度も繰り返されることも間違いないだろう。

そしてその「終わり」の「風景」にこそ、あらゆるイマジナリーが散在し、構築／非構築を幾重にも繰り返していくことは、『新約聖書』の「ヨハネの黙示録」の表象を見ても、間違いないだろう。不確かさと混乱の渦中でも、「終わり」にこそ、批評すべき対象が眠っているのではないだろうか。

本書では、各章においてそれぞれの執筆者達が、対象作品の時代背景や社会階層などを踏まえた上で、この「終わり」について議論し、模索する。読者におかれては、それらの議論を踏まえ、あらためて「終わりの風景」について思考していただければ、本書に関連した全員にとって、これに勝る喜びはない。

序章

リタ・ウォン作品にみる水の詩学
「借用された水」、「水の旅からの急報」、「グレゴワール湖のために」

岸野英美

リタ・ウォンと水

昨今、世界各地で頻発化と激甚化をともなって生じる突発的な災厄を直接的ないしは間接的に目にするたびに、人新世の時代において地球規模の危機的状況に置かれた人間の脆弱性を思い知らされる。なかでも最大の脅威とされる気候変動の深刻な事態によって、私たちは地球の終わりの瞬間が刻一刻と迫る気配を感じずにはいられない。こうした不安定な時代を乗り越えるために、環境作家たちはそれぞれの作品を通して地球における人間の存在そのものを問い直し、人間がいま何を思考するべきか貴重な示唆を与え続けている。

カナダの中国系詩人、リタ・ウォン（Rita Wong, 1968–）も、地球の危機と人間の文明に警鐘を鳴らす一人である。(1)

かつて両親が香港の珠江流域で暮らし、自身もまたカルガリーを流れるボウ川の近隣で育ったウォンにとって、「水」は特に身近な存在である（*Perpetual* 77）。実際にウォンはこれまで出版された多くの作品、主として詩を通して、私たちがいかに水を理解し行動するべきかを伝える。(2) ウォンの水をめぐる想像力は、現実に起きている海や川、湖の変容だけではなく、水をめぐる問題を引き起こした人為的行為に対する批判や水と人間の深い関わりをも描き出す。とりわけ二〇一五年に出版されたウォンの詩集『底流』（*undercurrent*）は、(3)「地球上の水と大地と生き物への愛と配慮と防衛を宣言」（Fejzić 59）する作品、あるいは「水や水に依存する生命をより持続可能にするための洞察を与えるテクスト」（Boast 3）として捉えることのできる革新的な作品と言える。また、本書の裏表紙でワン・ピン（Wang Ping）が述べるように、『底流』は水に捧げる「ラブソング」であり、水の危機をもたらした人間への嘆きと悲しみを「エレジー」として綴ったウォンの秀作である。

本作品を出版した背景には、ウォンが以前から水に親しみを持っていたということ以外にも、カナダ先住民のヴィジュアル・ストリーテラーであるドロシー・クリスチャン（Dorothy Christian）によって招待された二〇〇七年のフォーラム「聖なる水を守る」（Protect Our Sacred Water）の影響がある。本フォーラムは、さまざまな分野の専門家や信仰を持つ人々によって水が持つ精神性や政治性について議論される催しである。ウォンはここで、クリスチャンに水のために何ができるのかと問われるが即答できなかったため、この問いに答えるべく『底流』の詩を書き始めたと述べている（"Rita Wong Cascadia Poetry Festival Readings"）。のちにウォンはクリスチャンらカナダの作家や芸術家が立ち上げる「下流——水の詩学」（Downstream: A Poetics of Water）に参加し、そこで積極的に詩を創作、『底流』として出版する。本作品は本プロジェクトから得た知識だけでなく、ウォン自身の「水」に関する綿密な調査と考察、さらには実際に環境保護活動に参加した経験にもとづいて書かれた三八編の叙情詩、散文詩、回想録から成るコラージュ風の作品である。興味深いことに『底流』のいくつかのページ余白には、レイチェル・カーソン（Rachel Carson）、フレッド・ワー（Fred Wah）、アラナ・ミッチェル（Alanna Mitchell）、レベッカ・ソルニット（Rebecca Solnit）、サンドラ・スタイングレイバー（Sandra Steingraber）、アストリダ・ネイマニス（Astrida Neimanis）等の著名な詩人・環境作家・科学者・活動家の著書から水を連想させる引用が添えられており、本詩集の最後には約八〇の文献が挙げられている。この点からもウォンが『底流』所収の詩を創作する際に、多くの人物や著書からの刺激によって水をめぐる研ぎ澄まされた想像力を遺憾なく発揮したことが推測できるだろう。

そこで本稿では『底流』の「借用された水――私たちをめぐる海、私たちのなかの海」（"borrowed water: the sea around us, the sea within us"）、「水の旅からの急報」（"dispatches from water's journey"）、「グレゴワール湖のために」（"for Gregoire Lake"）を中心に取り上げ、環境活動家としてのウォンの活動にも目を向けながら、いかにウォンが詩を通して不可視的な権力構図を炙り出し、読者に水と正しい関係性を構築することの大切さを伝えようとしているのかを探りたい。

1　汚染された海

『底流』は海の詩ではじまる。世界で年々深刻化する海洋プラスチックゴミの問題のなかでもウォンが注目するのは、太平洋を漂うプラスチックゴミである。まず、プラスチックゴミの現状について概観すると、世界経済フォーラム（WEF）が二〇一六年に開催したダボス会議では、世界におけるプラスチック生産量は一九六四年から二〇一四の五〇年間に二〇倍増加し、毎年八〇〇万トンのプラスチックがゴミとして海に流出していると報告され、二〇五〇年までに魚類よりもプラスチックの量が上回ると予測されている（*The New Plastics Economy* 7）。このプラスチックゴミの最大の集合体が北太平洋のいわゆる「太平洋ゴミベルト」（The Great Pacific Garbage Patch）である。一方、環境ジャーナリストの枝廣淳子は、北太平洋には世界最大の亜熱帯還流があり、世界中のプラスチックゴミがその還流に乗って運ばれ、巨大な太平洋ゴミベルトを形成していると述べている（枝廣二〇）。一六〇万平方キロメートルの面積に漂う八万トン近い重さのプラスチックゴミは、その八割が陸上由来のもので、特にペットボトルや容器包装用のプラスチック、レジ袋といった日用品が目立ち、残りの二割は捨てられた漁具など海洋で廃棄されたゴミで構成される。陸上で生産されたプラスチックは手軽に使える反面、適切な処理がなされないまま手軽に海に捨てられる。最終的にそれは海を漂い約七〇〇種もの海洋生物種を傷つけていると報告されていることから、陸上由来のプラスチックが及ぼす海洋生態系への悪影響が現在、問題となっている（枝廣 21–23）。

ウォンの海をめぐる散文詩「借用された水——私たちをめぐる海、私たちの中の海」はその副題から読者にカーソンの『われらをめぐる海』（*The Sea around Us*, 1951）を連想させるかもしれない。しかし本詩の前半には、『われらをめぐる海』の序盤でみられるような約二〇億年以上前から存在した壮大な海の歴史やその起源についての語りではなく（Carson 3–5）、むしろ前述したような太平洋を漂流するプラスチックゴミの生々しい現実と環境への影響が描き出されている。

巨大な太平洋プラスチックゴミ・ベルトは、単にオンタリオ州の大きさの漂流するガラクタの塊というだけではなく、クラゲにぶつかり、海洋のイカを餓えさせる。しかし、死んだアホウドリは私たちを逆照射する。それは人工のネットワーク、製造における有毒な魔法である。地方のプラスチック工場から、プラスチックのシャンプーボトルや歯ブラシとなってバスルームへ。都合の良い歌と、使い捨てのフォーク、発泡スチロールの入れ物といった不都合な真実を歌うファストフード店へ、ネスレやコカ・コーラ、ペプシによって噴出したペットボトルへと枝分かれする。プラスチックは企業の氷山の一角であり、投資信託会社や株式投資に埋め込まれている。石鹸の容器、芝生用の椅子、眼鏡やツイストタイ、病院の食事用トレイや圧縮可能なハニーボトル、ライターにリップのケース、みんな大きな海水のホームで上下に揺れて変質する。それはたちまち手ごわくて控えめ、遠くて親密、外側と内側で、一度に。(10)

ウォンは本詩前半において太平洋ゴミベルトをカナダの政治と経済の中心にあるオンタリオ州と比肩する大きさのプラスチックゴミと喩え、それが生産と消費を加速させる資本主義を象徴する企業や北米の食文化を連想させるファストフード店、さらには資本主義特有の金融制度によって形成された可視的な氷山の一角として太平洋を漂うと語る。一方、プラスチックゴミは現代の大量消費文化の中で構築された人工ネットワークの産物であり、今もなお製造され続ける「有毒な魔法」と表現する。加えて浴室や病院のように人間が生活をする上で不可欠な場所において使用されるプラスチック製の道具が海に捨てられる現状にも触れる。さらに、ウォンは海洋生物や鳥類にも目を向け、プラスチックゴミの増加で十分な餌がなくなり餓死していくイカや、その誤飲によって命を落とすアホウドリのような海洋の生き物へ与える影響を描き出す。

　このようにウォンは、太平洋のプラスチックゴミによって引き起こされた現状への語りや、その原因が海にゴミを捨てる一個人にあるとする批判ではなく、その背景にある資本主義社会とプラスチックゴミの複雑で広大な連続性を炙り出す。ウォンは本詩の前半でこの深刻で危機的な状況が今もなお不可視的であることを「手ごわくて控えめ」と表現し、遠く離れていながらも身近である焦眉の問題を私たちの外側と内側で同時に組み込んで思考しなければならないことを示唆していると考えられる。

2　水の身体

以上のように本詩の前半において、ウォンは太平洋のプラスチックゴミの問題を通して不可視的な権力構図を描き出す。さらに本詩を読み進めると、後半で読者は太平洋が前半にも増して象徴的に描かれていることに気づかされる。

> シダで覆われたものと細い毛で覆われたもの、草のなかまと人間は海を祖先と呼んでいい。私たちの血漿は海水の創造を歌う。ざっと五億年前に、海は流れのいくつかを、海のホームを去った植物相と動物相に作り変え、陸上で身体の液体を交換するようになった。多肉植物や毒を持つイラクサのように広がり、私たちのしょっぱくて湿った身体は飲食を通して体液をいっぱいにした。ハイパーシーはいかにして陸の上に存在する海洋のものを再調整するかという物語である。私たちは液体マトリックス、互いに摂取しながら流れ、組みかえる。こどもが水分たっぷりのプラムを飲みこむように、ビーバーが木を噛むように、野ウサギが湿って露を帯びたシロツメクサを吸い込むように。私たちは私たちを陸上に解き放した海にいったい何を戻すのか。私たちは計画も用心もなく取り出され排出された鉱物を海に移し、死の水域を作っている動物なのだ。私たちは生きていけるけれど。（11、傍線部筆者）

この部分はカーソンが『我らをめぐる海』で描く太古から綿々と続く海の生命の営みを彷彿とさせる（Carson 7-15）。というのも、ウォンはこのなかで人間と人間よりはるか昔から存在した藻類の生まれた海を「祖先」と呼び、身体に存在する血漿が「海水の創造を歌い」、「海のホームを去った植物相と動物相に作り変えられ、陸上で身体の液体を交換するようになった」と語っているからだ。本詩の他にも『底流』所収の「意志表明」（"declaration of intent"）において、ウォンは「水は、私たちのふっくらと湿った細胞に埋め込まれた神聖な絆」（14）や「私たちの生みの親が生まれた海」（14）と述べ、海で生まれた遠い祖先から受け継がれる人間の身体に水が浸透することを強調する。以上のようなウォンの水の捉え方は、先に引用した本詩後半、あるいは「太平洋の流れ」（"pacific flow" 9）の詩にもみられる「ハイパーシー」（hypersea）に通じる。ハイパーシーは従来の地球を海洋、大気、生物などの影響によって作り上げられた一つの生命体とするガイア理論を発展させた理論であり、提唱者の一人マーク・マクメネイミン（Mark McMenamin）は「ハイパーシーとは陸上の植物、動物、原生生物、菌類、およびこれらの生物の組織と密接に関連して生活するウイルスや細菌の共生体や寄生体の総和」（3）と定義する。これに対して、ウォンは遥か昔に海から陸に上がった動植物の体内に数えきれないほど階層構造があるとするハイパーシーを「いかにして陸の上に存在する海洋のものを再調整するかを考えさせる物語」（11）として捉え直そうとするのである。

さらに、以上のようなウォンの水の意識は、『底流』の詩を創作する際に影響を受けた環境批評家の一人であるネイマニスの水をめぐる独創的な議論とも共鳴する。ウォンと同様にハイパーシーを支持するネイマニスは「体内物質の六〇から九〇パーセントは水で構成されている。その意味で水は、身体と呼ばれる比較的安定したものとして個体化された存在である」(97)、あるいは「体のほとんどが水でできているのは、人間だけではない。太平洋の海底のほとんど気づかれないクラゲから、泥の中で冬眠しているナミビアの砂漠のナマズまで、(中略)私たちはみな水の身体なのである」(105, 傍線部筆者)と述べているように、身体が水によって構成されていると断じ、地球に存在するものすべてが水でつながっていると指摘する。ウォンとネイマニスに共通するのは、地球上のあらゆる生命は水を共有しているという点と、人間の身体が保有する物質性を強調している点である。加えて、両者ともにこれらの点を読者が認識する必要性を説き、その認識が人間と非人間の境界線を消滅させ得ることも示唆する。このように海から「借用された水」によって複雑に構成された地球上の生命は、ネイマニスの言葉を借りると「私たちはみな水の身体」なのである。

本詩の最後では、ウォンは読者に「私たちは、私たちを陸上に解き放した海に何を戻すのか」と問いかけ、資本主義や利益至上主義に走る現代の人間たちの「計画も用心もない」行為に警鐘を鳴らす。倫理感の欠如を認識して人間中心主義的な行動を改めなければ、人工物による海の汚染や化石燃料の利活用によってもたらされる低酸素の海域、すなわち生態系崩壊の危機を招く「死の海域」が拡大し、絶望的な未来を迎え得るというウォンの危惧の念をこの一節には読み取ることができるだろう。

3　水を守るために

ウォンはまた、太平洋だけでなく、カナダの先住民と水との関わりにも目を向ける。そして水と先住民をめぐる問題の不可視性を、「借用された水」と同様に経済成長を優先してきたカナダの資本主義社会の責任へと結びつけていく。実際、『底流』には、水の保全と先住民、先住民コミュニティの原状回復に捧げられるウォンの詩が多く所収されているが、それだけに留まらず、ウォンは先住民とともに環境活動団体「水の守り手」（keepers of water）の一員として活動している。

いったい何がウォンを環境活動家としての行動に駆り立てたのか。散文詩「水の旅からの急報」第二章には、そのきっかけとみられる出来事が綴られている。本詩はウォンが実際にフレイザー川上流を訪れたときのものである。フレイザー川はロッキー山脈のジャスパーに源流があり、最終的に太平洋に繋がるジョージ海峡へと注ぎ込む。この旅をウォンは次のように回想する。

ステイロー（別名フレイザー川）の上流近くは、透明感のあるヒスイのようで、液体の魔法のようだ。フレイザー・クロッシングは、フレイザー川沿いの最も遠い地点である。ロッキー山脈への日帰りハイキングをしなくても車で簡単に行くことができる。私はそこを旅して、ステイローを崇めた。ステイローは約一二〇〇万年間、絶え間ない流れの中で、私の住む風景、別名バンクーバーを作ってきた。

フレイザー・クロッシングで、私が見つけたのは美しく増大する川。それに加えて衝撃的だったのは、高圧の石油パイプラインが川の下に作られていたということだ。

マウント・ロブソン州立公園のいわゆる「保護されたウィルダネス」にあるトランス・マウンテン・パイプ

ラインは、すでに非常に混雑している。実際、古い二四番パイプラインには、三〇番から三六番の新しいパイプラインが並行して接続されており、タールサンドからの原油の抽出が促進されている。拡張されたパイプラインは、アルバータ州のヒントンからブルティッシュ・コロンビア州のテトジューンキャッシュに至る。

この旅で川から学んだのは、石油の危険があるということだ。(65 傍線部筆者)

本詩の前半には、カナダ西海岸に住む先住民サリッシュ族が名付けたステイロー(フレイザー川)の上流をウォンが静かに巡礼することが描かれている。古くから存在する透明度の高くて美しい川を前にして、ウォンは長い年月をかけて自身が暮らすバンクーバーの地形と風景を作り出したこの川に敬意を示す。しかし本詩の後半では、ウォンは川の下に高圧石油のパイプライン、いわゆるトランス・マウンテン・パイプラインが通っていることを示す標識を見つけ、驚く。

トランス・マウンテン・パイプラインは、アルバータ州のエドモントン近郊で採掘されたオイルサンドから採取した原油を、ブリティッシュ・コロンビア州のバンクーバーの西隣に位置する都市バーナビーまで運ぶ巨大なパイプラインである。最も古いパイプラインは一九五三年、アメリカに本社を置くエネルギー・インフラの企業キンダー・モルガンの子会社であるキンダー・モルガン・カナダによって運営された。しかし劣化が進んだため、本社のキンダー・モルガンを中心に新しいパイプラインが建設されていた。二〇一二年にはキンダー・モルガンはこのパイプラインのさらなる拡張計画を発表し、二〇一六年にトルドー首相はその計画を承認したが、政府と企業、計画に反対する環境保護団体と住民、特に先住民との対立が過熱する。その後、連邦裁判所が、政府に計画の見直しを命令したため、一時的に計画の進行は滞るが、政府はキンダー・モルガンからパイプラインの所有権を四四億カナダ・ドル（約三六〇〇億円）で買い取ることとなる。トルドー首相は、二〇一九年にパイプラインからの税収や最終的な売却益を「カナダのクリーンエネルギーへの移行」に投資するという名目で本計画を承認し、現在も進行中である（*TransMountain*）。

先に引用した「水の旅からの急報」第二章は、ウォンが二〇一〇年の秋にカナダの環境・文学・文化学会（Association for Literature, Environment, and Culture in Canada）の学会誌『グース』（*The Goose*）に寄稿したエッセイがもとになっている。この点からウォンが実際にフレイザー川を旅したのはそれ以前と推測できる。二〇一〇年時点では本詩にもある通り、ヒントンからテトジューンキャッシュまで新しいパイプラインが延びていた。本詩最後の石油による危険性とは、具体的にはパイプラインから漏れた有害物質がフレイザー川の水を汚染し、周辺の環境にまで影響を及ぼす可能性を示している。石油パイプラインの建設によって年間数万トンの温室効果ガスが排出され、地球が許容できないほどの炭素汚染をもたらした結果、気候に影響を及ぼしている実情があり、劣化したパイプの破裂によって引き起こされた先住民が暮らす土地や周辺の川、湖の生態系への被害も計り知れない。

事実、二〇一六年六月にはアルバータ州フォートマクマリーのタールサンド・プラントで、パイプラインから粗製ガソリンのナフサが漏れて火災が生じている。同月、コノコ・フィリップ・カナダ社製のパイプラインから三八万リットルの石油を含む液体が、希少動物が生息するアルバータ北西部のグリズリーベア保護区まで約五キロのところまで迫ったと報告されている。二〇二〇年六月にはブリティッシュ・コロンビア州のアボッツフォードにあるキンダー・モルガン社製の石油ステーションで一九万リットルの原油が流出したことが確認されている。（*CBC News*）。以上のように石油パイプラインに関する事故はカナダ各地で生じており、今後も重大な事故が起こる可能性は否定できない。同時にその多くは先住民コミュニティ周辺で起きているのである。

ウォンは「水の旅からの急報」で描いたフレイザー川の体験から水を守るために自分に何ができるのかと自問し、汚染された川を守る先住民の闘いが自分自身の「闘いでもある」と認識する（Goose 24）。そして社会的権力により貧困層の人種的マイノリティが暮らすコミュニティ周辺に、汚染物質を排出するシステムが設置された結果、コミュニティの住民たちが環境汚染源との接近を強要され、深刻な被害をもたらされる、いわゆる環境レイシズムに抵抗しようとするのである。

このウォンの態度は、たとえば「グレゴワール湖のために」(68) の一部にもみられる。本詩においてウォンはカナダのオイルサンド産業の中心地であるアルバータ州のグレゴワール湖で先住民たちと参加したヒーリングウォークについて語っている。

すがすがしい朝に
私はためらいながらあなたに手をつける
湖岸でキャンプすることに感謝する
蚊や泥、草に
あなたの中に空中を漂う毒素が溜まっていることを知っている
タールサンドから生じた

六価クロム
ヒ素
アルミニウム
亜鉛
タリウム
ニッケル

あなたは穏やかで温和に見えるが
ジベンゾチオフェン

苦い、暗褐色の深さを持っている　フェナントレン
長引く暴力があなたにふるわれている　フルオランテン
あなたの魚、あなたの鳥、あなたの住民に　ベンゾアントラセン（68）

上段にはウォンのグレゴワール湖に対する敬意や感謝、配慮が読み取れるが、下段にはタールサンドから発生する六価クロムやヒ素、ジベンゾチオフェン、ベンゾアントラセンといった具体的な発がん性物質が並置されており、古くからこの地に存在するグレゴワール湖内外の生き物や先住民の身体にこのような有害物質が浸透し、深刻な健康被害がもたらされてきたことが不気味に炙り出されている。ウォンは、「新鮮で古い地」（"Fresh Ancient Ground"）においても、サスカチュワン州のオイルサンド開発による汚染水の問題とカナダ政府の責任放棄への痛烈な批判をし（17）、先住民デネ族の言葉で「死の石」を意味する「ダダタイ」（"DADA-THAY"）と名付けられた詩の中では、同じくサスカチュワン州のウラン探鉱によって大気中に放出される放射能が湖や川の水に溶け込んだ結果、周辺で暮らす決して裕福とは言えない先住民の身体や生態系に放射能が浸透する状況を描いている（70）。このようにウォンの詩では一貫してカナダ西部における資源開発と環境レイシズムの深い関係性が浮き彫りとなり、それに抗う環境正義の意識を共有させようとするウォンの意図を汲み取ることもできるのである。

さらに、ウォンが以上の詩でみせる資源開発の進行に伴う不可視的かつ無意識的な環境汚染の拡大は、ハンナ・ボースト（Hannah Boast）も指摘するように、ロブ・ニクソン（Rob Nixon）の「遅い暴力」（slow violence）に通じる面がある（15）。ニクソンによると、遅い暴力とは「目に見えないところで徐々に起こる暴力、すなわち時間と空間を超えて分散する遅延破壊」（2）を意味する。ウォンは地球環境の異変の一部として実際にカナダ国内で起き

ている環境問題を詩に取り上げ、経済と消費がますます加速する時代に時間をかけて不確定的に広がりゆく資本主義を暴力とし、その暴力が身体や生態を破壊し、やがて修復不可能な状況をもたらす未来を示唆する。

ウォンが表面化されにくい遅い暴力を鋭く描く根元には、自身が多くの環境活動に足を運んだ経験がある。たとえば「ハッシュタグ・ジェイ28」(“#J28”)には、前述した「水の守り手」の集会と活動に先住民と参加し、水や土地への祈り、非暴力による平和的な抗議運動を、バンクーバーのオリンピックプラザやアルバータ州の大型ショッピングモールであるウェスト・エドモントン・モールやハリファックスのダルハウジー大学やニューヨークの国連本部、シカゴなど、カナダや北米各地を巡りながら繰り返し行ったことを記している。さらに、二〇一八年にウォンはバーナビーのトランス・マウンテン・パイプライン工事の現場で拡張工事に抗議するため、先住民女性たちとともに現場の入り口を封鎖する。そこで政府と企業に対して本計画反対と土地と水、住民の健康を管理する責任を訴え、環境を保護するために即座に対応するよう求めるが、のちに州警察に逮捕される。翌年、有罪判決を受けたウォンは約一か月間刑務所に収容される(PEN Canada)[4]。

以上のようにウォンは先住民たちと結束して、資本主義の暴力によって生み出された水をめぐる不平等と差別が拡大する現状を伝える。この活動家としてのウォンの姿は、かつてアメリカの環境作家テリー・テンペスト・ウィリアムス(Terry Tempest Williams)が『鳥と砂漠と湖と』(*Refuge*, 1994)のエピローグ「片胸の女たちの一族」(“The Clan of One-Breasted Women”)で描いた語り手、すなわち冷戦下に核実験を繰り返し実施したネバダ政府とアメリカ政府に先住民のナバホ族とともに抗議し、土地を守るためにペンを武器に闘うことを決意した語り手の雄姿と重ねることができるだろう[5]。ウォンは水を守るために困難な現状を詩に描くだけでなく、今もなお先住民たちとともに、表面化されにくい環境的不公正を生み出し続ける資本主義的な資源開発を急速に進めるカナダの社会的権力に立ち向かう。言い換えると、権力によって水資源の搾取と汚染がすすみ、社会的強者と弱者の間でさらなる格差が生じていることと、生態系の持続的な可能性が危ぶまれていることを全身で伝えようとしているのである。

4　すべてをつなぐ水

こうして『底流』では、カナダの加速する天然資源開発の裏側で、不可視化されてきた先住民や環境への被害が語られるのだが、最後にウォンが先住民と交流していくなかで彼らの水にまつわる伝統的な思想に影響を受けている詩を取り上げたい。「水の旅からの急報」第三章である。

アサバスカの勇敢な守り手たちと旅する
ともに学び、責任を果たすために
野生のクランベリー、ブルーベリー、ラブラドールは
五つの湖のほとりの茂みでともに成長する
癒しの水に
水の守り手の二〇一一人が集まって
北部の先住民デネ族が主催する
一〇〇〇人未満のデネ族の小さなコミュニティ
もてなし、優しさ、気遣いと

バノックとシチューで私たちを寛大に歓迎してくれた
私たちはキャンプファイア・カリブーとジューシーなマスを食した
長老たちは水力発電用のダムの破壊から生き延びたことについて語った
タールサンド、ウラン鉱山、地球温暖化
団結と行動の必要性
聖なる水への愛
好奇心旺盛な子たちがやって来て、質問をした
ある長老が言った、私が水について話すとき、私は言わない
川や湖を意味するとは、水は女性を意味するのだ

そう、女性は水なのだ。(66)

本詩はエドモントンの北部に位置し、多様な植物が生育する地を意味するアスバスカで暮らすデネ族主催の水の守り手の集会にウォンが参加したときものである。小規模なコミュニティながら、住民たちはそこで水がもたらす物質的かつ精神的な充足を得てきた。しかし、豊かな天然資源の宝庫であるアサバスカに目をつけたカナダ政府によるダム建設、ウラン採掘、そしてオイルサンド開発にともない、河川や湖沼の汚染の問題が深刻化する。やがてそれは地球の温暖化、すなわち気候変動の問題へと結びついていく。つまり、ここではアスバスカという一地域に居住する先住民たちが直面する問題が地球全体の問題に関わっていることが示唆されているのである。

そして最後に長老の「水は女性を意味するのだ」ということばを受けてウォンが「そう、水は女性なのだ」と語るとき、水と女性は同一視されるのである。

実際に北米の先住民女性と水との関わりは深い。北米の先住民は、何千年も前から自給自足の生活スタイルにもとづいて水との特別な関係を築いてきた。先住民の伝統的な活動は、輸送、飲用、洗浄、浄化などあらゆる面で水に依存しており、すべての生が恩恵を受けているものとして大切にしてきた。このような人間と水の関りと水のもつイメージから、彼らが水を女性ととらえ、水とすべての生命が相互に関連することを古くから認識してきたことは自然な流れと言えるかもしれない。ゆえに彼らは水の微細な変化にも敏感に反応しながら、水を守るために行動してきた。カナダで著名なものとしてはウォン自身も参加した北極圏に流入するマッケンジー川周辺で暮らすデネ族による「水の守り手運動」(The Keepers of the Water movement) や、ノヴァスコシアのスチュウイアッケ周辺で暮らすミクマムのグループ「グラスルーツ・グランドマザーズ」(Grassroots Grandmothers) などの活動が挙げられる。

一方でウォンが本誌で描く水と女性の交差は、従来、男性による自然と女性の支配からの解放を求める活動の中で発展したエコフェミニズムの思想を彷彿とさせるかもしれない。興味深いことにウォンは散文詩「保持者」("holders" 80) の中でサリッシュ族の女性たちが、資源開発に抵抗するために軍事用トラックや警察官、暴動鎮圧用装備の前に立ちふさがる様子を語っている(80)。このように自然環境を守るために闘い続ける女性たちは、ウォンの女性連帯の強調と社会的強者への抵抗を強く表しており、ここにエコフェミニズムの実践を読み取ることもできるだろう。しかしながら、ウォンの描く水と女性との関係性はエコフェミニズムの議論の中でたびたび指摘されるような文化と自然、男と女の対立構図に十分に当てはまるとは言えない。というのも、それはむしろ水から成る身体の物質性を強調するネイマニスが提唱する「ハイドロ・フェミニズム」の議論に結びついていくと思われるからである。

前述したように、ネイマニスは「水の身体」について議論する際、ウォンと同様に人間の祖先を生み出した海や、人間を取り囲む水、人間の身体を構成する水を取り上げ、水が何よりも人間と深く結びついていることを指摘する。この事実にもとづいてネイマニスは水の文化的、哲学的な意味を探求するために「ハイドロ・フェミニズム」を提唱する。「社会的、政治的、哲学的、環境的な思考の領域、そしてフェミニストの理論と実践の領域を支えるカテゴリーそのものを揺るがす」（111）ハイドロ・フェミニズムは、水の汚染、災厄、植民地主義、エクリチュール、グローバル化する資本主義経済、哲学、動物倫理、進化生物学、死、文学、物語などをフェミニズム的な視点から再考しようとするものである。さらにネイマニスはステイシー・アライモ（Stacy Alaimo）の「トランスコーポリアリティ」（Alaimo 2）に言及しながら、私たちの身体が環境の一部として存在し、「私たちが私たち自身やより広いコミュニティを水のように思考することによって、生産的な方法で私たちの心を解き放つことができる」（Namanis 111）と断じるのである。

前章で取り上げたウォンの詩を含めて包括的に考察してみると、「水の旅からの急報」第三部には、単にウォンの水への慈しみや先住民への尊敬の念、そして水と女性の結びつきへの理解のみが述べられているわけではないことに気づかされる。ウォンがデネ族の長老の言葉を受けて、改めて水が女性であると述べることは、女性として積極的に社会に関わり、資本主義の発展によってもたらされた社会的・環境的不公正に抵抗し、環境をめぐる社会状況を問い直し、ときに哲学的に水を思考することを促しているのである。つまり、これは水を通してネイマニスの探求しようとする社会的、政治的、哲学的、環境的な思考であるハイドロ・フェミニズムに結びつく。

このように『底流』には、水の象徴性が持つ力の可能性や水を通してすべてが連携することの必要性を伝えようとするウォンの姿勢が読み取れるのである。

水とともに有るために

以上のように、ウォンは多角的な思考と行動によって水を伝えようとする。『底流』の詩作を通しては、水の危機を描き、水が人間の身体を構成し、それが身体を超え、すべてをつなぐ存在であることを象徴的かつ抒情的に語る。一方で、いまや地球の存亡を左右しかねない水の汚染をもたらした人為的行為、特に資本主義社会における権力に抗いながら、読者に倫理観を持って水と関わることの重要性を伝え、環境意識の推進を図ろうとするのである。

ウォンの惜しみない水への想いが綴られた『底流』の最後には中国語の「水滴石穿」という言葉が添えられている。この言葉は、今後も目を離すことができないカナダの資源開発の進展によって、水をはじめとする自然環境と社会的弱者のコミュニティへのさらなる影響が懸念される現状に対して、私たち一人ひとりが水を深く理解し、環境への配慮や倫理観を高めていくよう努力すれば、未来は決して暗くはないというウォンのメッセージなのかもしれない。

※本稿は *AALA Journal* No.27（2021）に掲載されている論文に加筆・修正を施し、改稿した。またＪＳＰＳ科研費（課題番号：20K00433）の助成を受けた研究成果の一部である。

注

（1）香港からカナダに移住し食料品店を営んでいた両親のもと一九六八年にカルガリーで生まれる。一九九二年にアルバータ大学大学院にて修士号を取得し、中国で教鞭をとる。その後カナダに戻るとサイモンフレーザー大学大学院でロイ・ミキ（Roy Miki）らの指導のもとでアジア系文学に関する研究を行い二〇〇二年に博士号を取得する。現在はバンクーバーにあるエミリーカー芸術大学の准教授兼詩人として活躍している。

（2）ウォンは『底流』の他に日系カナダ人のインターディシプリナリー・アーティスト、シンディ・モチヅキ（Cindy Mochizuki）との共作グラフィックノベル『永遠の』（*Perpetual*, 2015）やクリスチャンと共同編集したアンソロジー『下流』（*Downstream*, 2017）、中国系カナダ詩人のフレッド・ワーとの共著詩集『恩恵を受けて』（*Beholden*, 2018）等水にまつわる多彩な作品に関わっている。

（3）本稿では原書に従ってタイトルを全て小文字で記す。各詩タイトルと引用した詩の一部も同様である。

（4）約一か月拘置されたのち釈放されたウォンは二〇二一年現在、元の生活を送っている。

（5）本作品は冷戦下にアメリカ軍事基地ネバダ・テスト・サイトで行われた核実験の影響で乳癌を発症した疑いのある語り手とその家族の物語である。物語が進むにつれてその被害は語り手の家族だけでなく、ネバダ・テスト・サイト近隣で暮らすナバホ族の女性たちを中心とする住人たちにも同様に及んでいることがわかる。のちに乳がんによって片胸を無くした女性たちは「片胸の女たちの一族」を立ち上げ、語り手とナバホ族の女性たちは政府に抗議し、核実験によって汚染された土地と一体となろうとする姿が描かれている（Williams 281–290）。

参考資料

Alaimo, Stacy. *Bodily Natures: Science, Environment, and the Material Self*, Indiana UP. 2010.

Boast, Hannah. "Borrowed Waters: Water Crisis and Water Justice in Rita Wong's *undercurrent*." *Textual Practice*, 35（5）. Routledge, 2020, pp. 747–67.

Carson, Rachel. *The Sea around Us: Special Edition.* Oxford Univ P., 1989.

CBC News, "Pipeline leak fouls creek near grizzly bear protection area in northwestern Alberta," https://www.cbc.ca/news/business/pipeline-leak-fouls-creek-near-grizzly-bear-protection-area-in-northwestern-alberta/. Accessed 25 Aug. 2021.

——. "Failed fitting caused 190,000 litre spill at Trans Mountain site in B.C.." https://www.cbc.ca/news/canada/british-columbia/failed-fitting-causes-190–000-litre-trans-mountain-spill/. Accessed 25 Aug. 2021.

Dennis, Michael "Rita Wong Cascadia Poetry Festival Readings." Today's Book of Poetry, http://michaeldennispoet.blogspot.com/2015/10/undercurrent-ritawong/. Accessed 10 Aug. 2021.

Fejzić, Sanita. "Poetic Will in Wong's *undercurrent* and *forage*: Transcorporeality as an Aesthetic of Being." *The Will To Poetry and The Will Of Poetry: Intersubjectivity and Transcorporeality in Virginia Woolf's and Rita Wong's Texts*. Carleton University, 2017, pp. 58–73.

Hamilton, Gordon. "Trans Mountain Pipeline operators ignored alarms warning of Abbotsford oil spill: report." *Wildeness Committee*. https://www.wildernesscommittee.org/news/trans-mountain-pipeline-operators-ignored-alarms-warning-abbotsford-oil-spill-report/. Accessed 22 Jul. 2021.

Khoo, Graik Chen. "Rita Wong（1968–）," *Asian American Poets: A Bio-Bibliographical Critical Sourcebook*. Edited by Huang, Guiyou, Greenwood P. 2002, pp. 319–322.

Neimanis, Astrida. "Hydrofeminism: Or, On Becoming a Body of Water." *Undutiful daughters: Mobilizing future concepts, bodies and subjectivities in feminist thought and practice*, eds. Henriette Gunkel, Chrysanthi Nigianni and Fanny Söderbäck, Palgrave Macmillan, 2012, pp. 96–115.

Nixon, Rob. *Slow Violence and the Environmentalism of the Poor*. Harvard University P, 2013.

World Economic Forum. *The New Plastics Economy: Rethinking the future of plastics*. January 2016.

The Keepers of the Water movement, since 2006. https:/www.keepersofthewater.ca/. Accessed 18 Jul. 2021.

TransMountain. https://www.transmountain.com/project-overview/. Accessed 2 Aug. 2021.

PEN Canada. “Vancouver Poet Rita Wong Incarcerated for 4 Weeks for Peaceful Anti-pipeline Protest.” https://pencanada.ca/news/vancouver-poet-rita-wong-incarcerated-for-4-weeks-for-peaceful-anti-pipeline-protest/. Accessed 25 Aug. 2021.

Williams, Terry Tempest. *Refuge: An Unnatural History of Family and Place*. Vintage, 1992.

Wong, Rita. *undercurrent*. Nightwood, 2015.

——. ‘Decolonizasian: Reading Asian and First Nations Relations in Literature’. *Canadian Literature* 199（2008）: 158–180.

——. “Reginal Feature.” *The Goose* 8（2008）: 21–26.

——. *Perpetual*. Nightwood, 2015.

枝廣淳子『プラスチック汚染とは何か』岩波書店、二〇一九年。

第1章
終末世界を救済するための小説のデザイン
カズオ・イシグロの内的持続の文学と『クララとお日さま』

田中ちはる

1　終末世界において内的持続とつながるということ

カズオ・イシグロ（Kazuo Ishiguro 1954–）はほぼ一貫して、終わりの風景を描きつづけてきた作家である。戦争やその相似的状況である、破滅的世界に生きることを余儀なくされた人物たちが、そのために狂ってしまったと彼らが考えている自分の人生を回顧しながら、悔恨の念にとらわれ、しかしその時点では正しいと思うことをしたのだと、自分の人生を自分のために解釈しなおすために、物語を語りつづける。自分語りが行われるのは、人生の後半生や晩年である。イシグロは、終わりの意識から人間を描こうとする作家であると言えよう。

『遠い山なみの光』（*A Pale View of Hills* 1982）では、長崎の原爆の記憶から逃れるように娘を連れてイギリスへ渡った悦子が、娘が自殺して自責の念に駆られながら、そのトラウマを解きほぐしていくように、イギリス生まれの下の娘に長崎の想い出を語り聞かせる。『浮世の画家』(*An Artist of the Floating World* 1986)の小野は、戦争中に戦意高揚のための絵画を多く生産して名士となるが、戦後の価値観の逆転とともに彼の社会的地位は失墜し、失意の老年期に人生を回顧する。

『日の名残り』(*The Remains of the Day* 1989)の執事(きわめてイギリス的な特殊な概念であり、イシグロの人物、語り、英語などの特徴を表す言葉でもあるので、以下バトラー[butler]と書く)スティーヴンスは、自分がいかに超一流のバトラーであるかということを、具体例を繰り出しながら語りつづける。程なく読者は、スティーヴンスが尊敬してやまない主人のダーリントン卿が、時のイギリス政府のナチスに対する宥和政策を背景に、ナチスに利用されてゆく有様を知ることになる。

職業的完璧さを誇るスティーヴンスには、品格ある英国紳士である主人の行動に疑念を持つという発想は存在しない。女中頭のミス・ケントンと愛し合うような状況になっても、使用人同士の恋愛は職業道徳として正しくないと考え、愛情の面でも自己否定を貫く。戦後に誹謗中傷の的となったダーリントン卿が失意の死を遂げ、事実を認識せざるを得なくなったスティーヴンスは、深い喪失感と折り合いをつけるため、西部地方にドライブしながら、人生を回想する。

『充たされざる者』(*The Unconsoled* 1995)の町はなんらかの文化的危機状態にあり、招かれた世界的ピアニストのライダーは、その救済を期待される。しかしライダーは自分の人生の混乱やトラウマで危機状態にあり、町の人々は彼自身の悪夢の人物として現れる。

『わたしたちが孤児だったころ』(*When We Were Orphans* 2000)の探偵バンクスは、彼が十歳の時に誘拐されたと信じる両親を救出することで、世界の破滅が防げると信じている。そして子供時代を過ごした上海に一九三七年に戻り、日中戦争の戦闘現場に赴いて、両親が幽閉されていると見立てた家を探しあてる。

『わたしを離さないで』（*Never Let Me Go* 2005）の主要人物は、彼らの臓器提供によって人間が生き延びるためにだけ育てられるクローンである。イシグロは当初、人間の若者が核戦争に遭遇して破滅する、というプロットを考えていたがうまくいかず、彼らをクローンに設定して、小説を書き終えることができたという。(1) 人物をクローンにすることで、若者にとって終末的である社会を、イシグロは担保したのである。

それにしてもイシグロは、なぜこのような一人称の語りによる終わりの風景、ディストピアを、書きつづけているのだろうか。

ヴォイチェフ・ドゥロンクは、イシグロを記憶と喪失の作家と呼んでいる（Drag 1）。記憶について書くのは、そこに喪失があるからだ。彼が終わりの風景を書きつづけることの背景には、冷戦の只中に青年時代を過ごしたことに加えて、五歳の時に長崎の祖父母の家を去ってイギリスに渡らなければならなかったという、強烈な喪失の感覚がある。当初イギリス行きは短期計画だったため、イシグロは長崎の記憶を想像の中で温めつづけたが、家族はそのままイギリスに定住することになり、彼の想像の長崎は行き場所を失って、最初の小説に注がれた。(2) その後もイシグロは、喪失をどのように埋め合わせ、失われた時を取り戻そうとするのか、終わりの風景の中で人は、どのように彼らの人生を語りなおし、自我と尊厳を維持していこうとするのか、という物語を、紡ぎつづけている。

そのような物語は、線形的なプロットに従って書くことはできない。回想は想起されるままに語ることが自然であり、時系列や外界の論理に従うことは不自然だからである。一作目を書き終えて病気で寝ていたイシグロは、ふと転がっていたマルセル・プルースト（Marcel Proust 1871–1922）の『失われた時を求めて』（*A la recherche du temps perdu* 1913–27）の第一巻を手に取り、「序章」と「コンブレー」を何度も読み返した。この時の啓示的瞬間について、彼はこう語っている。

この作品では、出来事や場面の流れが通常の流れに従っていません。直線的な話の筋にも従っていません。そうではなく、いわば連想の脱線や記憶の気まぐれが推進力となって、話を次から次へとつないでいきます。ときどき、はてなと考え込まされることがあります。あの瞬間とこの瞬間は一見無関係と思えるのに、なぜ語り手の心の中では隣り合うように存在しているのだろうか……。突然、目のまえに、私の二冊目の小説への取り組み方が開けてきました。これまでより自由で、胸躍るような方法です。この方法なら本の各ページを豊かにし、スクリーンでは捉えようのない内的な動きを読者に示せるのではないか。もし、語り手の思考の流れや記憶の漂流に従って話を展開していけるなら、ちょうど抽象画家がキャンバス上に形や色を配置していくように文章を書けるのではないか。(3)（Ishiguro, 2017）

イシグロが書きたかったのは、語り手の思考の流れや記憶の漂流に従った、意識の時間の物語だということだろう。「イシグロの関心は絶えず、忘却と覚醒のはざまを揺曳しながら移ろう、わたしたち人間の意識のありようと、そのような桎梏にとらえられた人間存在の苦悩に向けられている」（110）と、平井杏子は書いている。

意識の時間とは何か。せわしない日常生活のなかで、人間は時間を空間のように、または物質のようにイメージしている。それは意識にとっての本当の時間ではないのだと、アンリ・ベルクソン（Henri Bergson 1859–1941）は言う。それでは意識の本当の時間は、どこにあるのだろうか。

日常生活の功利性や実利性や切迫性を離れ、本来の意識の中に沈潜して反省してみると、忘却されているものが覚醒してくる。ベルクソンはそれを、純粋持続（la durée pure）と呼んだ。以下では主として『時間と自由』[4]（*Essai sur les données immédiates de la conscience* 1889）に従いながら、純粋持続とは何かということを見ていく。イシグロの小説は、純粋持続に捧げられていると言っても過言ではない。

純粋持続とは空間的表皮に隠れた、本来的な意識の流れである。それは量的で数的な多様性ではなく、質的な多様性である。

> 純粋持続とはまさに、互いに溶け合い、浸透し合い、明確な輪郭もなく、相互に外在化していく何の傾向もなく、数とは何の類縁性もないような質的諸変化の継起以外のものではありえないだろう。それはつまり、純粋な異質性であろう。[5]（59）

純粋持続は、それぞれの人間に固有なものである。他人にはその人間の純粋持続の全部を捉え尽くすことはできない。日常の功利的要請や実際的価値のせいで空間化されている、心の比較的表層の部分を突き抜けて、判断し、情愛を感じ、決心するといった、心のなかでも最も重要な部分を、より純粋な形で見出そうとするとき、その人間は埋もれていた自分の純粋持続を発見する。

我々が経験するそれぞれの瞬間は、互いに異質であり、多様である。それらが互いに浸透し合い、融合し合い、絡み合って、意識の時間は膨らんでいく。つまり一瞬一瞬、新たな瞬間が各々の持続に付け加わるたびごとに、その新たな瞬間は我々の持続に瞬時に溶け込み、どこからどこまでがいま加わった瞬間なのかが、わからなくなる。持続は次々に変わっていく異質なつながりであり、いかなる意味でも単位を設定することはできない。ある人間の持続は、独自なそれ自体の流れのなかにある、というより、流れそのものである。

そのようにして流れていく純粋持続は、背後から現在に横溢してくる。いまこの瞬間知覚している、と思っているものは、純粋記憶から養分を受け取った記憶心像が、物質化しつつあるものに他ならない。持続という過去は、現在の知覚を圧倒し、無に近いものにする。現在が際だつのは、それが延命や実践のための調整活動に当てられるからだ。だからこそ、その現在が、破局的な現在であり、もうあと少しで命を失うということが否定しがたいような状態に追い込まれたとき、背後で現在をたえず押し続けていた過去の圧力が増し、現在は、その現在性を喪失してしまう。臨死体験した人間は、一瞬のうちに走馬燈のようにそれまでの過去の経験を追体験する。

一度知覚された過去は、ふだんは物質化されずに、どこかに眠っている。「過去に視線を向ける」という特殊な現在行為を行うと、眠っていた過去がどこからか湧いてくる。だが、我々はふだん、社会生活のなかで他人と交わり、空間化された時間を処理しながら、純粋持続を軽視している。我々は、いわば自分に対して外在的に生きている。行動する、というよりは、ほとんど行動させられているとさえいえる。だが、そんな日常生活の喧噪のなかでも、ある種の精神集中を行い、自分の心の奥底の声を聞き取る労を厭わないなら、そこからは必ず純粋持続の呟きが聞こえてくる。ふだんは死んだようになっている純粋持続が、比較的明瞭に奔出する瞬間こそが、我々が本当の意味で自由な時なのだ。人間は本当は、自由なのである。(6)

このようなベルクソンの純粋持続の考えは、イシグロの小説のキイモチーフになっている。イシグロの小説は、人生の危機に直面して、自分の心の奥底の声、純粋持続の呟きを聞き取ろうとする人物たちが、それについて語りはじめる物語である。言語化された時点でそれは純粋持続そのものではなくなるが、隠蔽しようとする人物の意識や、心の声がそれを突き破る瞬間なども含め、持続とつながろうとする人物の営みを、イシグロは描きつづけているのだ。

2　純粋持続を呼びさますカセット・テープ

『時間と自由』におけるベルクソンの純粋持続の概念は、『物質と記憶』（*Matière et mémoire, Essai sur la relation du corps à l'esprit* 1896）において純粋記憶の概念に発展したが、それを研究したプルーストは、無意志的記憶と意志的記憶という概念を打ち立て、自分の作品はその区別に貫かれている、と語った。意識的記憶は知性と目の記憶であり、過去に関して真実を欠いた面しか与えない。ところが異なった状況の中でふたたび見出された匂いや味が、思いもかけず過去を我々の心に呼びさますと、この過去が、意志的記憶が真実を欠いた色彩で描いていた過去と、どんなに違ったものであったかと我々は感じる、という。(7)

マドレーヌを紅茶とともに口に含んだ途端に、叔母の部屋のある古い家が現れ、家と一緒に町が現れる、という有名な無意志的記憶の描写は、匂いや味によって導き出されたものであって、目からではない。『見いだされた時』(8)で、語り手がゲルマント大公夫人邸の中庭を通るとき、ふぞろいな敷石に躓《つまず》いて、ヴェネツィアのサン＝マルコ寺院の敷石を想い出すのも、やはり身体感覚による記憶のよみがえり（réminiscence）である。

この巧妙なからくりのおかげで、わが存在は、ふだんはけっして把握できないもの、すなわち純粋状態にある若干の時間を——ほんの一瞬の持続にすぎないが——手に入れ、それだけを切り離し、不動のものにすることができたのである。…かつて聞いたことのある音や吸いこんだことのある匂いをあらためて聞いたり吸いこんだりすると、その音や匂いは、現在のものであると同時に過去のものであり、現在のものではないのに現実的であり、抽象的ではないのに理念的であるからだろう、さまざまなものに内在するふだんは隠されている恒久的なエッセンスが解き放たれ、それとともに、ときにはずいぶん前から死んでいたと思われていたが完全に死に絶えていたわけではないわれわれの真の自我が目を醒まし、もたらされた天上の糧を受けとって活気づく。時間の秩序から抜けだした一瞬の時が、これまた時間の秩序から抜けだした人間をわれわれのうちに再創造し、そのエッセンスを感知させてくれるのだ。(451)

ジュリア・クリステヴァは、プルーストの記憶は「語り手の実際の身体に接ぎ木されている」[9]と言っている。ベルクソンにおいては重要視されていなかった身体感覚が、プルーストの無意志的記憶の想起をもたらす。そのような観点からすると、イシグロはプルーストよりはベルクソンに近いと言えるかも知れない。[10]イシグロの人物にあって優位なのは身体感覚というよりは視覚であり、また音というよりは音楽を感じ取る感覚である。[11]そのような違いを確認した上で、純粋持続を呼びさますマドレーヌに匹敵するものとして効果的に使われている、『わたしを離さないで』におけるジュディ・ブリッジウォーターのテープを例に取り、イシグロ作品における記憶の想起のありようについて、具体的に考察する。

テープのジャケットに使われている、ヘールシャムでは禁忌であるタバコを吸っている歌手の写真によってキャシーは、エキゾチックで秘密な外界に対する想像力を掻き立てられる。アルバム内の「わたしを離さないで」という曲は、クローンすなわち「孤児」である彼女の、存在しない親に対する恋しく思う気持ちを呼びさました。子供時代の彼女はそれを聞きながら、枕を抱えて体を揺すりつづけた。

それを偶然見てしまったマダムは、その光景に涙ぐむ。

> 新しい世界が足早にやってくる。科学が発達して、効率もいい。古い病気に新しい治療法が見つかる。すばらしい。でも、無慈悲で、残酷な世界でもある。そこにこの少女がいた。目を固く閉じて、胸に古い世界をしっかり抱きかかえている。心の中では消えつつある世界だとわかっているのに、それを抱き締めて、離さないで、離さないでと懇願している。(248)

曲に合わせて踊っているキャシーの姿から彼女は、キャシーとは関係ない彼女自身の想いを引き出され、それに涙を流したのだ。

大事なテープをなくしたキャシーに、音楽に趣味のないルースが、ダンス音楽のテープをプレゼントする。その音楽に興味がなかったにもかかわらず、キャシーはそれを大切に宝物の箱に入れる。そのテープがルースの友情を想い起こさせるからである。

ヘールシャムでの地理の時間、ノーフォークの風景の写真だけはなかったため、教師はノーフォークは「ロストコーナー」(lost corner) だと教えた。その言葉から生徒たちは、ノーフォークにはなくしたものが格納されている(ので、いつか探しに行ける)、という神話を信奉するようになる。そのこと自体、彼らの特殊な喪失感によって引き出された、強力な想像力の表れである。彼らがヘールシャムを卒業して入ったコテージで、彼らは外出を許され、トミーはキャシーに、ノーフォークにテープを探しに行こうと誘う。中古品の店でキャシーはテープを見つけ、トミーは自分が見つけてやりたかったのに、と悔しがる。このときのことを彼女はこのように回想する。

いま、あのときのことを思い出すと、胸に暖かさと懐かしさが込み上げてきます。小さな裏通りにトミーと一緒に立ち、これからテープ探しを始めようとしたあの瞬間、突然、世界の手触りが優しくなりました。一時間もの待ち時間に、あれ以上の過ごし方があったでしょうか。わたしは必死で自分を抑えました。そうしなければ、どうしようもなく笑い転げたり、小さな子供のように歩道を飛び跳ねたりしそうでしたから。しばらく前、トミーの世話をしているとき、ノーフォークへの旅の思い出に触れてみたことがあります。トミーもまったく同じ気持ちだったと言っていました。わたしのなくしたテープを探しにいこうと決めた瞬間、突然、すべての雲が吹き払われ、あとに楽しさと笑いだけが残った、と。(156)

ボロボロのテープという物体はこうしてキャシーにとって、「孤児」である自らの子供時代の想いや、ルースやとりわけトミーとの友情、愛情と彼らが想い出を共有した日々の記憶を、際限なく再生する縁となる。想起された記憶はキャシーにとって、三十代でこれから死ぬ運命にあるというディストピア状況を生きる生命の糧となる。クローンに心があることを証明するため、教師たちが盛んに描かせた絵以上に、キャシーが自分の純粋持続につながることができるという自由は、彼女の唯一無二の人間性、心や魂というものの証明となっているのだ。

3　アポカリプス・ナウ

以上、イシグロの小説における、終末の世界で純粋持続とつながることによって、精神の自由を得ようとする人間たち、という主題について論じてきた。以下ではこの主題が、『クララとお日さま』（*Klara and the Sun* 2021）において、どのように発展継承されているかを考えていく。

『クララとお日さま』の舞台もまた、『わたしを離さないで』と同様なＳＦ的世界であり、現代または近未来のパラレルワールドであるアメリカに設定された、ディストピアである。語り手はＡＦつまりartificial friend、人口友達ロボットのクララである。売り物として店に立ったクララは、十四歳のジョジーと母親のクリシーに気に入られ、彼らの家にやってくる。グッドウィンズ社（Goodwins、勝つのが良いことというのは、この小説のディストピアの元凶になっているような社名である）の法務部で働いているクリシーは、人里離れたいささか奇妙な場所に住んでいる。見渡す限り草原で、近隣といえる場所には家はもう一軒しかない。隣家の息子リックとジョジーは、幼い頃から結婚を誓い合った関係にある。これらの設定は、イシグロが愛するジョン・フォードの『捜索者』[12]（*The Searchers* 1956）からきているだろう。クリシーも、リックの母親であるヘレンも、シングルマザーである。

ＡＦは掃除機のように流通し、家庭の備品となっている。掃除機のように、という表現は、正確ではないかもしれない。現代世界が刻々とそうなっているように、この世界では経済格差が進行し、階級社会化している。子供たちの孤独を紛らわせるために開発されたＡＦは、裕福な家庭でなければ買えない。昔風の普通の学校は荒れていて、優秀な子供は学校をやめて家でオブロン端末を使い、オンラインの個人授業を受けている。コロナ禍以前にこの小説を書いたイシグロは、オンデマンド授業なるものまでは思いつかなかったようだ。

子供たちは各家庭がホストになった交流会なる催しでしか、同年代の子供と会う機会がない。大学は、もともと上層階級の子供しか行けないためなのか、普通に通学制であるようだ。なぜ上層階級の子供しか行けないのかというと、向上処理（lifted）と呼ばれる遺伝子操作を受けていなければ、どんなに賢い子供であっても、実質大学への進学の途は絶たれているからである。個人指導の教師はみなＴＷＥの会員で、未処理の生徒を取ることはできない。未処理の生徒は、そもそも大学に願書を出すことがほぼ不可能である。

自ら競争社会におけるエリートといえるクリシーが、二人の娘に向上処理を受けさせたのに対し、元舞台女優であるが今は仕事をしていないイギリス人のヘレンは、息子に向上処理を受けさせるという決断を下せなかった。個人指導も受けられないリックは独学で勉強し、ドローンの設計と試作に熱中している。独創性とアイディアに溢れる優秀なエンジニアの卵なのだが、大学で勉強することはできそうもない。向上処理を受けた子供たちは受けない子供たちと交わらず、彼らを差別する。ジョジーに呼ばれて交流会に出たリックは、子供たちからいじめを受ける。クララはＢ２型のロボットなのだが、新型のＢ３型は、Ｂ２型を差別する。人間が作ったＡＩが、人間と同様な差別意識・分断意識を有しているのは、当然であろう。

優秀な技術者であるクリシーの元夫のポールは、ＡＩにポストを「置き換えられ」（substitute）て、今はサバイバーのコミュニティで生活している。離婚の原因もこのあたりにあるようだ。コミュニティは銃やギャングが蔓延《はびこ》っている環境で、人種・階級ごとに分かれており、彼らは武装せざるを得ない。ポールは置き換えられて、世界を違う目で見られるようになった。何が大切で何が大切でないか、見分けられるようになったと思う。自分の周りにいる人々は元エリートばかりだが、皆がそう言う。以前と比べたら、はじめて本当に生きてるって気がする、と能弁に語る。（Part Four）

ヘレンにファシスト的、と言われるこの父親の発言は、何を意味しているのか。遺伝子工学の力すら借りて、元々条件が平等ではないメリトクラシーの格差階級社会で、競争に奔走する人間たち。ＡＩを導入して効率化を極め、結果として失業者が激増している社会。組織的に仕事を剥奪された人々は、分離主義的な武装コミュニティに逃げ込み、社会の分断を促進させる。ポールが住んでいるのは、白人優越主義コミュニティのようだ。そうした人々は、ファシズムに親和性が高くなるかもしれない。街ではクララがクーティングズ・マシンと呼ぶ機械が突如出現しては、汚染物質を撒き散らしていく。

子供に向上処理を施すことのできる家庭はつねに社会の勝者であるという公式さえ、成立しない。向上処理を施された子供は、重病になる可能性があるからだ。ジョジーの姉のサリーは、その結果亡くなった。ジョジーも病気であり、病状は悪化する一方である。

『クララとお日さま』に描かれているアポカリプス状況とは、このようなものである。

4　終末世界はいかに救済されるのか

(一) クララという語り手

現代の世界をピンで突けばすぐに出来するような、この近未来の終末的なパラレルワールドを語るために、イシグロは彼がより自由に操ることのできる一人称の語り手に戻った。ＡＩと遺伝子工学のテクノロジーの行く末にある、終末的メリトクラシー社会を彼は、他ならぬＡＦであるクララの視点から語らせている。それは直ちに、『わたしを離さないで』で、人類が病気を克服するためにクローンを搾取するという、倫理上終末的な（そしてクローンにとって文字通り終末的な）世界の語り手が、クローンのキャシーであったことを想起させる。

職業的資質としては、クララは『日の名残り』のバトラーであるスティーヴンスにより近い。バトラーは主人に奉公するという仕事を完璧に行うため、たとえば主人の食事の場面では、目を行き届かせつつ、自己の存在が目につかないようにする。ＡＦであるクララも、ご主人様に寄り添い、仕えるためだけに存在している。自我を通してご主人の意向に逆らうというようなことは、許されていない。介護人であるキャシーにも、クライアントに寄り添う資質が必要であるが、自己否定というほどではない。またスティーヴンスの回想が、いわば悔恨から発しているのに対し、キャシーの回想は、役目を終える（complete）運命を耐えるために、子供時代の温かい想い出を支えにするという、より積極的な意味合いを持つ。いずれの場合も、語り手自身が、記憶と喪失の主体になっていることはいうまでもない。

それではクララは、どのような語り手になっているのだろうか。

クララの人生の語りは、店に初めて陳列された時の想い出から始まる。語りの最後で彼女はお役御免となり、首も回らない状態で廃品置き場にいるので、クララの語りは、やはり彼女の人生の語りである。つまりほぼ人間同様の記憶がある。また、スティーヴンスがダーリントン・ホールを選んだのと同様、クララもジョジーを選び、他の子供が彼女に興味を示したときは無視してしまう。交流会で他の子供たちになぶられると、主人ではない彼らに命令されたことはせず、遠くを見て穏やかな表情を作り、やはり無視する。そのような意味での自我や自己尊厳の感覚も、存在する。

語り手としてのクララがスティーヴンスやキャシーと決定的に違うのは、彼女がタブララサであることである。

お店に並んだ時から始まる彼女の人生には、キャシーや『わたしたちが孤児だったころ』のバンクスにとって存在の根源となる幼少時代の想い出が、そもそも存在しない。観察力と理解力に卓越したクララは、観察によって周囲の状況を理解し、記憶していく。彼女は先入観や偏見といった、知覚を歪める認知の働きから比較的自由であり、つまり無垢である。リックはいくら掃除しても自分の家が臭いというのだが、クララには嗅覚がないため、臭さもわからない。食事も睡眠も不要であり、紅茶に浸したマドレーヌの味や舌触りといった身体感覚による、無意志的記憶の喚起の瞬間も訪れない。視覚優位のイシグロの人物らしく、クララはカメラアイなのである。

クララが自らの視覚を描写している場面は、この小説において目を引く興味深い箇所である。まだ店にいるときの彼女が、ローザと一緒にウィンドー入りして十日ほど経ち、売れないまままた店内に戻ることになったときのことである。いつも誉め言葉をかけてくれる店長さんは、この日彼女たちを無視して引っ込んでしまった。するとクララの視覚情報は、十個のボックスに分割されて現れる。その一つにはやさしさと悲しさに満ちた店長さんの両目がいっぱいになっており、もう一つには彼女の口の部分が大写しにされ、そこにクララは怒りと失望を見てとる。(Part One)

この現象は、彼女の統一能力を超えた情報量が示されたときに、一時的に起こるものである。特に視覚の対象である人間が、分裂した複雑な感情を有していると、ボックス分割が起こるようだ。クララの視覚は、複雑な人間の感情に、恣意的な統一解釈を当てはめず、ボックスに分割して一つ一つをありのままに見る。やさしさ、悲しさ、怒り、失望を同時に感じる人間を、ただそのようなものとして見るのである。情報処理が進めば、統一的なヴィジョンが得られるわけだが、その過程で分裂したボックスに、人間の相反する様々な感情が同時に映し出される様が、興味深い。このようなクララのカメラアイは、彼女の語りを、人間たちをできるだけありのままに映しだす鏡面にしている。

久しぶりに娘に会ったポールが、プレゼントに左右逆ではなくあるがままに映る鏡を与えるというのは、こうしたクララの語りの性質に対する目配せである。ポール自身に世界があるがままに見えているという意味ではない。ポールはクリシーに、いいかげんグッドウィル社なんかやめたらどうか、と勧めるが、武装コミュニティにおける生活に満足していると主張する彼が、真に精神的に自由な生活を取り戻した、というわけではないだろう。

職業意識への没入によってプライベートな人生を生きることを忘れ、上からの指令に忠実に仕事を遂行していたスティーヴンスの人生は、それが誤った目的への奉公であったことがわかったときには過ぎ去っていた。こうしたバトラーの生き方は、人間に普遍的な問題である。つまり人間はバトラーなのだと、イシグロは言っていた。[13] 自分とジョジーの生活のためにもキャリアを捨てることなど考えられないクリシー同様、置き換えられて武装コミュニティで生きるしかないポールもまた、バトラー／クローンなのである。人物たちはそれぞれに、与えられた孤独で不自由な生を、生きてゆくしかない。クララのカメラアイは、無垢な状態から人間を観察してゆくにつれ、人間たちは孤独なのだということを、認識してゆく。

イシグロは、若いころは一人の登場人物とその人物の個人的な記憶との戦いを書けば、より大きな社会をも表現できると期待していた、と言っている。スティーヴンスはイギリス全社会のパラダイムであるのだと（イシグロ 2015 163–164）。それに対してキャシーの記憶は、彼女の唯一無二の記憶であると同時に、仲間と過ごしたヘールシャムそのものの記憶にもなっている。「ヘールシャムは子供時代の無垢を象徴するだけでなく、彼らの人生を集合的アイデンティティの感覚で満たす記憶の場所でもあるのだ」とユージン・ティーオは書いている（81）。特定の人物に人生を語らせることで世界を表現しようとすることから、記憶の内容そのものをより共同体的なものとして提示することへと、イシグロの試みは進化している。クララが語っている物語は、彼女自身のトラウマやメランコリーに折り合いをつけるための回想ではないし、『忘れられた巨人』（*The Buried Giant* 2015）で目指されたような、国家の集合的記憶でもない。それは彼女のまわりにいる、彼女にとって大切な人々の、集合的記憶なのだ。

（二）時を超えるための文学

それでは『クララとお日さま』には、今までのイシグロの小説を特徴づける、メランコリーの代償作用という語りの目的はないのだろうか。じつはそれは、無垢でけなげなクララの語りの下に隠された、この小説の大きな主題になっている。今までの小説のデザインからすれば、この物語は、メランコリーの主体であるクリシーによって、語られるはずのものだった。

クララが見るクリシーは、「眼差しには一種の怒り疲れが感じられ」、「いっそう疲れた感じ」（Part One）、「光の当たっているほうの目は、とても疲れているように見えました」（Part Two）など、ほとんどつねに人生に疲弊している。こうしたことを口に出すクリシーには、『遠い山なみの光』で同じように長女を亡くした、悦子の影が見え隠れする。イギリスが恋しい、とはっきり言うヘレンも、同様であろう。

向上処理を受けさせた子供を亡くし、もう一人の子供も重病になり、人生に疲弊しているクリシー。向上処理を受けさせず、元気で優秀だが進学の見込みが絶たれている息子と自分の行く末に、絶望しているヘレン。この二人は、あたかも当時の日本での生活にさしたる疑問を持っていなかったように語っている悦子と、彼女が語る、娘を連れてアメリカに移住しようとしている友人の佐知子を、想起させる。二人は鏡像のような存在なのだ。悦子の回想の中では何も経緯が説明されぬまま、彼女がイギリスに移住しているのは、言うまでもない。クララには、喪失の感覚がない。悔恨やノスタルジアとは、ほぼ無縁だ。クリシーに、お店が懐かしくならない？と聞かれたクララは、お店にいた時のことは時々は考えるが、自分はここでとても幸せだ、と答える。それを聞いたクリシーは、「懐かしがらなくてすむって、きっとすばらしいことだと思う。何かに戻りたいなんて思わず、いつも振り返ってばかりいずにすむなら、万事がもっとずっと、ずっと……」と言う。(Part Two)

来るべき二人目の娘の喪失を、彼女はどうやって埋め合わせようとするのだろうか。小説のサスペンスは、ここに存する。

キャリア・ワーキングマザーであるクリシーは、学校にすら行っていないジョジーのために、ＡＦを買う。しかしそれは、より本質的には彼女自身のためであることを、読者は次第に理解してゆく。じつはカパルディが準備しているのは、肖像画を描いてもらうために、カパルディの家に通っている。ジョジーはしばしば、ジョジーの形をしたヒューマノイドの外形である。ここに毎日ジョジーと生活をともにし、彼女の動作・思考のクセや喋り方などを習得しているクララのＡＩをはめ込むことによって、カパルディはジョジーのコピーロボットを作ろうとしているのだ。

計画に自信を失いそうになるクリシーに、カパルディは言う。

調査にも協力してくれたいまなら、可能であることの科学的な証明もできる。ジョジーの衝動とか欲望とか、要するにジョジー全体の把握に向けて、クララがもう相当なところまで来ていることを証明できる。問題はわたしたちのほうだ、クリシー。君もわたしも感情に動かされる。これはどうしようもない。昔ながらの感情にとらわれる世代で、どこかにあきらめきれない部分を残している。誰の中にも探りきれない何かがあるとか、唯一無二で、他へ移しえない何かがあるとか、どこかで信じている。だが、実際にはそんなものはないんだ。ないことがすでにわかっていて、君も知っている。それでも、わたしらの年代の人間には捨てがたい信念になっている。だが、捨てねばならんのだよ、クリシー。そんなものはないんだ。ジョジーの内部に、この世に残るクララが引き継げないものなどない。第二のジョジーはコピーではない。初代ジョジーと完全に同等で、君がいまのジョジーを愛するのと同じに愛してよいジョジーだ。君に必要なのは信じることではない。理性をもつことだ。わたしはやらねばならなかった。大変だったが、いまは何の問題もない。君もきっとそうなる。（Part Four）

純粋持続が人間の唯一無二の存在性、いわば魂そのものであることを見てきた我々には、イシグロの世界においてカパルディのこの議論が誤りであることがわかるだろう。ベルクソンの『時間と自由』が公刊された十九世紀終盤には、生理学や心理学が急速な近代化を遂げつつあった。生物も物理学の言葉で説明することが可能なはずだと考えたヘルムホルツや、実験心理学の父であるヴントが活躍した時期である。ベルクソンが行ったのは、これら精神物理学の台頭に対して、哲学者として態度表明をすることだった。

具体的にはそれは、「本当にその種の自然科学的分析手法を使えば、我々が意識や心理といった言葉で意味しようとしている経験の内容が、完璧に解明されうるのだろうか」という問いになって表された。ベルクソンは、意識は科学で解明され尽くされることはない、なぜなら自然科学の手法では捉えられないものが残るから、と答えた。科学化された生理学や心理学によって納得する人間たちは、最初から知っているはずの自分の意識の本当の成り立ちや姿を、あたかも生理学や心理学の説明方式に準えて理解してしまい、その結果、本来の意識の成り立ちやあり方を見えなくしている可能性がある。ベルクソンの議論の要点は、定量的アプローチや機械論的理解を退けることではなく、それによっては逃れてしまうものへの着目と、逃れてしまうはずのものが説明されたようになってしまう、ということにあった[14]。

クリシーは喪失を、自らの純粋持続につながることによってではなく、ロボットにジョジーの存在の記憶をシミュレートさせることで、埋め合わせようとした。しかし、純粋持続はある人間の唯一性を証すものである。ジョジーの純粋記憶と同一なものは、観察と共感能力に優れたクララにも、再生することはできない。

クリシーは結局、ジョジーのコピーを信じることができないだろう、というポールの指摘は正しい。病気で行けなくなったジョジーを置いて、クララだけを連れてモーガンの滝に行ったクリシーは、クララにジョジーの真似をさせてみる。しばらくクララをジョジーと呼んで抱擁したりしていたクリシーは、急にクララを突っぱね、帰宅後はしばらくよそよそしくなる。このエピソードは、カパルディの説明を受け入れているのが、クリシーの外面ないし頭（プルーストのいう知性）でしかないことを証している。内面ないし心（プルーストでは身体）では、信じていないのだ。

すでに論じたようにキャシーは、ヘールシャムにおいて仲間と過ごした日々の記憶を、よりポジティヴな力として想起していた。イシグロが『わたしを離さないで』を明るい話のつもりで書いたと語っているのは、そういう意味においてのことだと思われる。ポジティヴな主体を描くためにクローンやロボットに依拠するイシグロには、ユートピアに住んでいたのは馬のフイヌムだったという、『ガリヴァー旅行記』におけるスウィフトに通じる機知がある。

読者は『わたしを離さないで』を明るい話だとは思ってくれなかったので、クララはより楽観的な人物にしたのだ、とイシグロは言う。[15] 終末的な世界状況から目を背けず、悲観的でない話を書くために、彼はどのようなデザインを取り入れたのだろうか。

イシグロはジャンル小説の枠組みを使うことによって、リアリズムでは書けない自分のテーマを、効果的に表現してきた。彼が『クララとお日さま』で採用したのは、児童文学ないしフェアリーテールという枠組みである。フェアリーテールのヒロインは一般に無垢で自然で、社会の常識から自由である。そのため次々に起こる奇想天外な事件に怯まず真っ向から立ち向かい、その結果困難を克服してしまう。そのロジックは、マジックないし超自然であるとしか言いようがない。カトリック的な奇跡の物語でもある。

イシグロは、マジック・リアリズムというアイディアは人々の人間的感情を尊重しており、それに対して誠実でなければならない小説の位置は常にここでなければならない、という発言をしている（イシグロ 2015 175）。『百年の孤独』によってマジック・リアリズムを全世界に知らしめたガルシア゠マルケスは、土着性の強い土地柄で、祖父母から語り聞かされた土地に伝わる神話や伝承をもとにして小説を書いた。[16] 神話や伝承が近代世界のロジックを超越していることは言うまでもない。意識の時間を虚構的に言語化することで小説を書き続けてきたイシグロは、今やそのような広い意味でのマジック・リアリズムの世界に関心を向けているようである。

フェアリーテールのヒロインは外界の束縛に囚われていない（いわば言語以前の）状態にいるので、通常自分では物語を語らない。しかしＡＦであるクララは、未経験で無垢な心と高度な知性を併せ持っているため、カメラアイとして人間社会を記録する、魅力的な語り手になることができる。

イシグロは、終末的な世界状況を、クララのカメラアイを通して、まさにまっすぐに映る鏡を通して、映写して見せただけではない。ソーラーパワーで動くクララは、お日さまに人間の治癒力があると信じていた。彼女がまだ店頭に立っていたとき、いつも通りの向かい側にいた物乞いの人と犬が死んでいた。ところが次の朝、お日さまが送ってくれた特別の栄養によって、彼らは生き返っていた。そのことを憶えていたクララは、瀕死のジョジーもお日さまの栄養によって生き返ると考える。お日さまにお願いをするために、彼女はお日さまが嫌いであるに違いない、汚染を撒き散らすクーティングス・マシンを破壊する計画を立てる。ポールの助言によって彼女は、**P-E-G9**溶液を注入すれば、重合が起ってマシンが損傷すると知る。溶液はクララの頭の中に入っているのと同じだった。認識機能の低下という危険を冒し、クララは自分の溶液の半分を犠牲に供する。するとある日、ジョジーの寝室にお日さまがエネルギーを送り込み、彼女の病気は快癒する。

ＡＩとメリトクラシーの行き着く先にある荒涼とした世界は、クララの信仰するお日さまの力によって救済される。バンクスは誘拐された両親を解放すれば世界が破滅から救われると信じたが、クララは終末世界に生きるクリシーを、お日さまの力でジョジーを甦らせることによって、実際に救済したのである。

バンクスは上海での両親救出に失敗した二十年後、香港の精神病院に収容されていた母親を訪ね、彼女がつねに自分のことを想っていてくれたことを確認する。クローンのキャシーにはそもそも親はない。その代わりに彼女には、ヘールシャムでの仲間との想い出があった。スタンリー・キューブリックが構想し、彼の死後スティーヴン・スピルバーグが映画化した『ＡＩ』(2001)において、追放されたロボットが求めてやまなかったものは、母とのつながりであった。純粋持続の核をなすもの、それはその人間にとって大切な家族や特別な仲間とのつながりなのかもしれない。小説の最後にクララは、廃品置き場に来た店長さんに、自分は全力でジョジーを学習したが、どんなにがんばって手を伸ばしても、つねにその先に何かが残されていただろう、と話す。人々の心にあるジョジーへの想いすべてには、手が届かなかっただろう（Part Six）、と。

パンデミックの世界では人々は物語を必要としている、とイシグロは言う（イシグロ 2021 12）。一種の極限状況で人々は、生の意味は外部にあるのではなく、自分自身の想像力、つまり言葉を生み出し、感覚を再創造するその固有のやり方のうちにある（Kristeva 108）ことに気づくからだろう。物語には、世界との親密なつながりが稀薄になっていく世の中で、つながりの感覚を想起させる力がある。アントワーヌ・コンパニョンは、失望と喪失の小説として現れる『失われた時を求めて』が、『見いだされた時』に至って、純粋状態の時が到来し、時間の順序が乗り越えられて、過去を取り戻すという展望を語っていると言っている（32）。時を超えることができるのは、エクリチュールすなわち文学だけなのだ。

こうしてイシグロは、彼の信じる記憶ないし純粋持続の人間にとっての根源的な価値を、『クララとお日さま』においても確認した。人間の仕事はＡＩに奪われても、各人にとっての唯一無二の記憶とその想起の権利が奪われることがなければ、人間は自由なのだということを、物語によって証立てたのである。

注

（1）例えばシンシア・ウォンとグレース・クラメットによるインタビューを参照（Shaffer et al eds. 211）。

（2）例えばドン・スウェイムによるインタビューを参照（Shaffer et al eds. 95–96）。

（3）原文を含む早川書房刊の Kindle 版に依る。講演のため章立てはされていない。土屋政雄によるイシグロ作品の翻訳は、柴田元幸も「すばらしい」と述べており（Shibata 51）、本稿でも土屋訳を使わせていただくことにする。

（4）原題の日本語訳は『意識に直接与えられているものについての試論』であり、現在ではその題名での翻訳も出ているが、ここでは一九一〇年の英訳以来の慣例に従い、『時間と自由』としておく。

（5）以下の引用において、ページ数はすべて原書のものである。文献に日本語訳を記載した文献からの引用は、その翻訳を使わせていただいた。記載していない文献からの翻訳は、拙訳である。

（6）これらの純粋持続の説明については、金森ならびにSinclairも参照。

（7）一九一三年『スワン家の方へ』出版時の、ル・タン紙におけるインタビューでの発言。鈴木（47）による引用。

（8）『失われた時を求めて』第七巻。

（9）アン・ホワイトヘッドによる引用（104）。

（10）プルーストが、親戚関係にあったベルクソンの亜流と見られることを拒否し、その違いを強調するのは、実際には「双子のようによく似ている」（Enthoven 150）からである。とはいえ微妙な違いは存在する。プルーストの触知的な感覚への優位性は、その例であろう。

（11）ベルクソンはまた純粋持続を、音楽のメロディに準えて説明している。

（12）『忘れられた巨人』刊行後のガーディアン紙によるインタビュー記事においてアレックス・クラークは、イシグロの西部劇愛に触れ、『捜索者』にも言及している。Clark参照。

（13）例えばドン・スウェイムによるインタビューを参照（Shaffers et al eds. 101）。

（14）金森　第一章参照。

（15）スティーヴ・パイキンによるインタビューを参照（Ishiguro, 2021a）。

（16）「祖母は幼い彼［ガルシア＝マルケス］に、さまざまな奇怪な昔話を語ってくれたという。…有りうべからざる異状な事件が、微細なディテールの執拗きわまる積み重ねによって、現実的・日常的な要素よりもはるかにリアルで、自明なものにすり替わって、二つの要素の間には何らの異和もない」（鼓 310–311）。

参考資料

Bergson, Henri. *Œuvres complètes*. Arvensa, 2014.

Clark, Alex. "Kazuo Ishiguro's Turn to Fantasy." The Guardian, Feb 19, 2005. https://www.theguardian.com/books/2015/feb/19/kazuo-ishiguro-theburied-giant-novel-interview

Compagnon, Antoine et al. *Un été avec Proust*. Éditions des Équateurs, 2014.

Drag, Wojciech. *Revisiting Loss: Memory, Trauma and Nostalgia in the Novels of Kazuo Ishiguro*. Cambridge Scholars Publishing, 2014.

Groes, Sebastian and Barry Lewis, eds. *Kazuo Ishiguro: New Critical Visions of the Novels*. Palgrave Macmillan, 2011.

Enthoven, Raphaël. "Proust et les philosophes." Compagnon et al. pp. 149–155.

Ishiguro, Kazuo. *A Pale View of Hills*. Faber and Faber, 1982.

——. *An Artist of the Floating World*. Vintage, 1989.

——. *The Remains of the Day*. Faber and Faber, 1989.

——. *The Unconsoled*. Faber and Faber, 1995.

——. *When We Were Orphans*. Faber and Faber, 2000.

——. *Never Let Me Go*. Faber and Faber, 2005.

——. *The Buried Giant*. Faber and Faber, 2015.

——. *My Twentieth Century Evening and Other Small Breakthroughs. Nobel Lecture delivered in Stockholm on 7 December 2017*. Knopf, 2017.

——. *Klara and the Sun*. Faber and Faber, 2021.

——. "Kazuo Ishiguro: A Nobel Novelist Searches for Hope." The Agenda with Steve Paikin, March 10, 2021a. https://www.youtube.com/watch?v=5DmZqJW8nWw

Kristeva, Julia. "L'imaginaire." Compagnon et al. pp. 101–125.

Proust, Marcel. *A la recherche du temps perdu IV*. Édition publiée sous la direction de Jean-Yves Tadie. Bibliothèque de la Pléiade. Gallimard, 1989.

Shaffer, Brian W. and Cynthia F. Wong eds. *Conversations with Kazuo Ishiguro*. University Press of Mississippi, 2008.

Shibata, Motoyuki. “Lost and Found: On the Japanese Translations of Kazuo Ishiguro.” Groes et al eds. pp. 46–53.

Sinclair, Mark. *Bergson*. Routledge, 2020.

Teo, Yugin. *Kazuo Ishiguro and Memory*. Palgrave Macmillan, 2014.

Whitehead, Anne. *Memory*. Routledge, 2009.

イシグロ、カズオ『わたしを離さないで』土屋政雄訳、早川書房、二〇〇六年。

――.「愛はクローン人間の悲しみを救えるか」大野和基編『知の最先端』ＰＨＰ研究所、二〇一三年、pp. 173–211.

――.「カズオ・イシグロが語る記憶と忘却、そして文学」河内恵子訳、『三田文学』九十四、三田文学会、二〇一五年、pp. 158–193.

――.『特急二十世紀の夜と、いくつかの小さなブレークスルー　ノーベル文学賞受賞記念講演』土屋政雄訳、早川書房、二〇一八年。

――.『クララとお日さま』土屋政雄訳、早川書房、二〇二一年。

――.「カズオ・イシグロが語る――パンデミック、文学、そして『クララとお日さま』」河内恵子訳、『三田文学』一四五、三田文学会、二〇二一年、pp. 8–22.

鈴木道彦『プルーストを読む』集英社、二〇〇二年。

金森修『ベルクソン――人は過去の奴隷なのだろうか』ＮＨＫ出版、二〇一五年。

鼓直「あとがき」ガルシア＝マルケス『百年の孤独』鼓直訳、新潮社、一九七二年、pp. 308–314。

平井杏子『新版カズオ・イシグロ――境界のない世界』水声社、二〇一七年。

プルースト、マルセル『失われた時を求めて十三　見出された時Ｉ』吉川一義訳、岩波書店、二〇一八年。

ベルクソン、アンリ『時間と自由』中村文郎訳、岩波書店、二〇〇一年。

第2章 コロナ禍の時代を生きる命と想像力

アリ・スミス『夏』における「終わりの風景」と希望の可能性

霜鳥慶邦

1　四季四部作――「ブレグジット文学」から「コロナ禍文学」へ

スコットランド出身の作家アリ・スミス（Ali Smith, 1962-）は、二〇一六年六月のイギリスのＥＵ離脱（ブレグジット）是非を問う国民投票をめぐって深い分断と混乱に陥った自国の「今」を、いち早く小説のテーマとして取り上げた。国民投票のたった四か月後に出版された『秋』（*Autumn*, 2016）は、「ブレグジット文学」[1]の代表的存在として注目を集め、ブッカー賞にもノミネートされた。スミスはその後、『冬』（*Winter*, 2017）、『春』（*Spring*, 2019）、『夏』（*Summer*, 2020）と驚異的なペースでイギリスの「今」をほぼリアルタイムで、そして大胆なコラージュの手法を駆使して描き続け、四季四部作を完成させた。

二〇一六年の『秋』から二〇二〇年の『夏』までの間に、人類はブレグジットを遥かに超える地球規模の危機に直面した。言うまでもなく、新型コロナウイルスのパンデミックだ。スミスは、この危機にも瞬時に反応し、それを見事に自身の文学世界に取り入れた。四部作最後の『夏』は、パンデミック下のイギリスを物語舞台とする。「ブレグジット文学」として始まった四季四部作は、最終的に「コロナ禍文学」[2]と呼ばれるジャンルに属する作品によって完結することになった。本稿は、『夏』を「コロナ禍文学」という枠に位置づけて読み、この小説における（本書のタイトルを借りれば）「終わりの風景」の表象の特徴と、その風景の向こう側に垣間見えるかもしれない希望の可能性について、四季四部作の他の作品も参照しつつ考察することを目的とする。

2　青空の刑務所

ブレグジットがイギリスを「ばらばら」（*Autumn* 3）にしたとするならば、パンデミックは人々の間の「社会的距離」をさらに広げ、ロックダウンは人々をますます孤立させることになった。「移動の自由」の制限措置が孕む危険性に対していち早く警鐘を鳴らし、そして物議を醸したジョルジョ・アガンベンは、この制限が「この国［イタリア］の歴史上かつて一度も、二度の世界大戦の最中にさえ起こらなかった規模でなされている」（八一）と主張した。一方『夏』は、二度の大戦の時代に実際に人々の移動の自由を奪った出来事を掘り起こす。敵性外国人収容所だ。それに加えて、現代における自由の剥奪の代表的例として、入国者退去センターにも光を当てる。パンデミックによる移動の制限、入国者退去センター、敵性外国人収容所によって構成される三角形が、この小説における重要な構図となる。もちろん、この三つは全くの別物だ。主人公の一人であるイギリス人少女サシャは、入国者退去センターの被収容者[3]に送った手紙の中で、「でも、その前から不公正な扱いを受けている人たちの不当な暮らしに比べれば、ロックダウンなんて何でもありません」(121)と述べ、異なる状況の間の差異を安易に抹消し、単純な類推と同一視に陥ることを慎重に回避しようとする。だが同時に、明らかにテクストは、異なる時代と状況のエピソードをコラージュ風に配置することで、我々自身の置かれた閉塞的・孤立的状況から、現在と過去の他者の苦しみへと想像力を拡大することを促す。

読者は、第二次世界大戦中にマン島の敵性外国人収容所でドイツ人の父と一緒に過ごすダニエルの言葉に、個別の状況を超えた普遍的メッセージを見出すことができるだろう。被収容者たちはマン島で「休暇(holiday)」(149)を過ごしているという報道に怒りを覚えるダニエルは、「刑務所はいつだって刑務所だ。八月でも。たとえ空が青くても」(151)と言う。ダニエルが非難するのは、収容施設の環境とは関係なく、ある集団が別の集団の自由と尊厳を剥奪する行為そのものだ。また、収容所の芸術家たちによる抗議文も、時代を超えた普遍性に満ちている。この実在の抗議文は[4]『夏』には断片的に引用されているため(170-71)、スミスが参照した歴史研究書から引用する――「芸術は有刺鉄線の中では生きられません。[……]私たちがイギリスに来たのは、ヨーロッパにおける民主主義の最後の砦、最後の希望がこの国にあると思ったからです。イギリスの仲間、友人、そして芸術に関心のあるすべての人たちにお願いです。私たちが再び自由を手に入れるために力を貸してください」(Stent 169 に引用)。

四季四部作には、ダニエルと芸術家たちのメッセージと深く共鳴するエピソードがちりばめられている。たとえば『春』の中で、入国者退去センター職員は、「ここは刑務所じゃない。設計は刑務所に似ているけど、特定の目的で建てられた〝入国者退去センター《IRC》〟」(160)と言うが、このナンセンスな発言は、「刑務所はいつだって刑務所だ」というダニエルの言葉によってたちまち覆されるだろう。また、政治的理由のためにイギリスへと逃れ、入国者退去センターに収容された人物が、「母国の刑務所とイギリスのこの収容所は同じような感じです」(153)と述べるとき、読者は、第二次世界大戦期の敵性外国人と現代の難民に対するイギリスの姿勢の酷似性を知ることになり、「イギリスは自国の過去と向き合おうとしないため、悲劇を繰り返す愚かな道を歩んできていることをスミスが示唆している」(Zapata, "Antidotes") という見解に肯首するだろう。そして『夏』の中で、グレタ・トゥーンベリを敬愛し地球の環境を深く心配する少女サシャは、今の時代に子どもを産むことは、「刑務所」(26) で出産するようなものであるから、自分は絶対に子どもを産まないと考える。さらに、ロックダウンの状況下で、「自由」(247) の貴重さを深く理解する。また弟のロバートは、あらゆる情報が監視・記録されている現代を「開放型刑務所」(63) と呼ぶ。姉弟の発言は、「刑務所はいつだって刑務所だ。八月でも。たとえ空が青くても」というダニエルの言葉と「自由」を求める芸術家たちの声を、我々の生きる現代世界へと普遍化するだろう。

ところで、『夏』が描くとおり、二つの大戦の期間に、「休暇 (holiday)」を楽しむための「行楽地 (holiday camp)」は一瞬にして「収容施設 (prison camp)」へと変わったのだが、この現象は、四季四部作の中の全く別の場面へと読者の想像力をリンクさせることになる。まずは『秋』の冒頭の、ダニエルの見る夢の中の光景だ。そこでは、(中東から地中海を渡ろうとした難民を想起させる) 複数の溺死体が横たわる海岸で、人々が「休暇を楽しんでいる (holidaying)」(12)。この光景は、かつてのイギリス人と敵性外国人の関係を、現代ヨーロッパ人の難民に対する無理解・無関心の問題へと直結させるだろう。次に、『冬』の中で、シリア、アフガニスタン、イラクからギリシアに渡った難民の支援のために現地で活動していたアイリスの行為を、妹のソフィアが「休暇 (Holiday)」と勘違いし、そのようなソフィアの無知と無理解に対する皮肉を込めて、アイリスが難民を「行楽客 (holidaymakers)」と説明するとき (232)、第二次世界大戦期のマン島でのダニエルの体験が、かたちを変えて現代で反復することになる。最後は『春』の一場面だ。入国者退去センター職員ブリトニーは、偶然知り合った謎の少女フローレンスと一緒にスコットランドへ旅をして、エディンバラの「ホリデー・イン（Holiday Inn）」（307）に宿泊する。その晩ブリトニーは、ホテルのすぐ隣の動物園の動物の声を聞き、その「言葉」を想像する――「それはきっと、動物園に閉じ込められた気分を誰かに伝えたいと思っているだろう。ここでこうしているよりももっとましな生き方はないのか、ときっと言いたいはずだ」（314）。この場面は、W・G・ゼーバルト『アウステルリッツ』（二〇〇一年）の冒頭の、アントワープ中央駅に隣接する動物園の動物をめぐる語り手の思索――「おのれの意思とは無関係に引きずりこまれた、このまやかしの間違った《ファルシュ》世界から逃げ出」すことを願っているかのような動物（四）――を意識したものと思われる。[5]『夏』に描かれた「行楽地（holiday camp）」と「収容施設（prison camp）」の名称レベル・現象レベルの隣接関係が、『春』では、「ホリデー・イン」と「動物園」の地理的隣接関係へと変転する。

このように、四季四部作は、移動の自由の象徴としての「休暇（holiday）」を四つのテクストを接続するキーワードとして反復しながら、逆にそれを剥奪された存在を際立たせる。そして『春』の例が示すように、その射程は、人間以外の生き物にまで拡大する（同様の視座から『冬』を再読すれば、この想像力の中に、一九五七年、小さなカプセルに閉じ込められ、ソ連の宇宙船スプートニク二号に乗せられて宇宙へ打ち上げられた――そして実際には打ち上げの数時間後に死亡した――犬、ライカの存在も含めるべきことは明らかだろう）[6]。エコフェミニズムの観点から四季四部作以前のスミス文学を論じるジュスティナ・コストコウスカは、スミスの作品に、「あらゆる種の平等性と連続性」、あらゆる種の「苦しみ」の平等性を見出す（Kostkowska 108–09）。この特徴は、四部作においても確実に維持されている。『夏』から四部作全体を振り返るとき、コロナ禍の時代を生きる我々が味わう移動の自由の制限の苦しみを、脱人間中心主義的な視座から再考し反省するための可能性が開かれることになる。

3　パンデミック下のダンケルク精神と見棄てられた命

「第二次世界大戦以来、前例のない措置」、「戦時体制のように行動しなければならない」、「不可視の殺人鬼」、「この戦いでは、我々一人一人が直接召集されている」、「第二次世界大戦以来、我が国が直面した唯一最大の困難」、「予期せぬ不可視の強盗」、「我々は国民の犠牲と共同体の精神によって一丸となった」、「不可視の敵」、「一体の精神」(Rawlinson; Johnson, "Prime Minister's Statement"; Reuters Staff; Johnson, "Boris Johnson's Speech")――これらはすべて、パンデミックについてのボリス・ジョンソン(英首相在任二〇一九～二〇二二年)の声明の中の表現である。病の表象における軍事的メタファーの蔓延についてのスーザン・ソンタグの論を過剰なまでに実践するかのように、ジョンソンの発言を含め、コロナ禍の言説は戦争の比喩に満ちている。

『夏』の中でアイリスは、コロナ禍に「戦争の語彙」や「戦争の比喩」を用いることを批判する(345)。また、声を失った女性アシュリーは、政治家たちが国民の「愛国心」を鼓舞するために今起こっていることを「第二次世界大戦」の用語で語る傾向を指摘する(85)。第二次世界大戦に関する国家的記憶の中でも特権的な位置づけにあるのが、ダンケルク撤退のエピソードだろう。軍艦だけでなく民間の漁船も含めた多くの船舶を動員した撤退作戦は、その後神話化され、「ダンケルク精神」は、困難な状況でも諦めずに立ち向かう団結と不屈の精神として称えられており、実際にコロナ危機の報道記事にも頻出する。

『夏』には、パンデミックとブレグジットとダンケルク精神が並んで登場する興味深い箇所がある。アイリスは次のように言う。

看護師や医師や清掃員はごみ袋を着て任務に当たってる。ごみ袋よ。政府は医療関係者をごみ扱いしてる。国民保険サービス《NHS》は国民を死なせたくない。そこのところが政府とは違う。政府は国民を集団の頭数だと思ってる。家畜の群れみたいに。国民は自分たちの所有する群れで、食肉加工場に数千単位で送り込んでお金に換える権利があると思ってる。政府は強情だから、子どもみたいにブレグジットに執着して、周りの国からの援助や物資を受け取ることができない。賭けてもいいけど、今ごろ政府の連中は、データ科学者とか顧問とかグーグル社内のお友達にパンデミックのデータをモデル化してくれって依頼してるはず。その一方で、自分たちが見棄てている国民に向かって、ダンケルク精神がどうのこうのとたわごとを言ってる。（336）

スミスは、国民を包摂しつつ排除するダンケルク精神のアンビヴァレンスと偽善性を指摘しようとする。スミスの批判意識をさらに掘り下げるために、四部作にコラージュ風にちりばめられた複数の断片的エピソードを多方向に読み進めてみよう。[7] まず注目したいのが、『冬』で言及されるイーノック・パウエルだ。移民に対して不寛容な発言をするソフィアに対して、姉のアイリスは、「古《いにしえ》のイーノックの亡霊」（205）と批判する。パウエルの亡霊は、ブレグジットの時代の言説に頻出する存在だ。パウエルは、悪名高い一九六八年の「血の川」演説で、戦後の移民の増加に警告を発した。この演説は人種差別であると痛烈に非難され、パウエルは影の内閣から追放された。だが同時に、国民からの熱烈な支持を集め、パウエルのもとに、およそ一二万通の手紙が届いた。その中の複数の手紙に共通するのは、第二次世界大戦で死守した祖国が戦後の移民に支配される不安を訴える点だ。ある手紙はこう訴える――「ダンケルクでは有色人種を一人も見なかったのに、連中はここに来て、平和だったこの小さな島を支配しようとしており、今では雑種でいっぱいだ」（qtd. in Schofield 7）。第二次世界大戦の記憶の人種主義的排他性については、ポール・ギルロイらによって指摘されているが、この手紙が暗示するように、ダンケルクの出来事はその象徴と化した。イギリス人の想像力の暗部では、ダンケルク精神は「母国を「植民地化」する黒人への憎悪」とリンクしうるものであり、さらに、「多文化社会の脅威からの白人の撤退のメタファー」として機能しうるのだ（O'Toole 105–06）――その象徴的な例が、二〇一七年の、EU離脱派のナイジェル・ファラージによる、映画『ダンケルク』（二〇一七年）を絶賛するツイートだ（@Nigel_Farage）。

このように、ダンケルク精神は愛国主義的包摂性と人種主義的排他性の二面性をもつ存在であり、ゆえに我々は、この概念が持ち出された瞬間に、そこから排除されるはずの存在に注意する必要がある。『夏』においてパンデミック下のダンケルク精神から排除されるのは、感染症の症状が発症しても「検査を受けられず」、「助けを得られず」、どの「公的機関」の「統計」にも登録されないまま自宅で苦しみ、場合によっては死んでいく人々、そして、安全が保障されない環境で働く「介護士」や「医療従事者」だ（245–46）。スミスは、ダンケルクの記憶の排他性が変異しながらコロナ禍の時代にも確実に生き続ける様子を描き出す。

そして四季四部作を一作目から読み進めてきた読者にとって、民間の小船が参加した過去の勇敢な行為を現代のコロナ危機対応に重ねようとするレトリックを容易には受け入れがたいのは、四部作には、死を覚悟して小船で海を渡り、中には命を落とす者たちの姿が、繰り返し提示されるからだ。それは地中海を渡ってヨーロッパを目指す難民である。さらに『冬』には、海を渡ろうとする人々を意図的に妨害する出来事も記述される。主要登場人物の一人であるアートがたまたま目にした新聞に、次のような記事が掲載されている――「人々がクラウドファンディングで数千ポンドのお金を集めているという記事が目に留まる。海上で困っている移民を助けるためにイタリア本土から出された救助艇を待ち伏せし、妨害するための船を出す資金だ」[8]（313）。ダンケルクの出来事が戦火から将兵を救出し海を渡る命懸けの作戦であるなら、祖国の惨禍を逃れ命懸けで海を渡る難民たちの姿は、ダンケルクの変異版と解釈可能であり、両者の間に予期せぬ隣接関係が生じる。だがこの難民版は、団結した救助作戦どころか救助の妨害作戦であり、ダンケルクの反転版である。同時にそれは、ダンケルクの記憶に暗に含まれた人種主義的排他性が、実際の行動へと変転した現象としても理解できる。コラージュの手法は、ダンケルクの記憶を、それとは一見無関係な現代の難民へと急接近させ、ダンケルク精神の排他性と難民に対するヨーロッパ諸国の排他性の間に鏡像関係を成立させる。

さらに小船のイメージは、第二次世界大戦期のダニエルとハンナのユダヤ人兄妹とリンクする。マン島の収容所で、ダニエルとユダヤ人の若者は、自分たちが皆「同じ船＝境遇（In the same boat）」（157）にいることについて語る。(9) またフランスで亡命生活を送るハンナは、「荒々しい海に浮かぶオールの壊れた船」（228）に喩えられ、ハンナの娘は、「小船に乗って浮かんでいるようだ」（228）と描写される。「船」は、ユダヤ人たちの置かれたきわめて脆弱で可傷的な状況のメタファーとなっている。そしてマン島の被収容者の一部を国外へ移送する船がドイツ軍の魚雷によって海に沈む瞬間（186）、船のメタファーは歴史的事実と化す。

ところで、『夏』は第二次世界大戦期のユダヤ人たちの苦境を描く一方で、ナチスの収容所でのユダヤ人の大量殺戮を直接描写することはない。だがテクストには、読者の想像力を焼却処分された大勢のユダヤ人たちの存在へと導く箇所がある。マン島の収容所にいるダニエルとヨーロッパにいる妹ハンナは、互いに手紙を書き、書き上がった手紙をすぐに燃やす。ダニエルは、文字通りデッドレターとなった手紙の「灰」を手のひらにこすりつけ、手のひらのしわの黒い線を見つめる（193–94）。ホロコーストの最重要形象としての灰、絶対的喪失の痕跡としての灰は、明らかにナチスの収容所で焼かれたユダヤ人たちを想起させる。灰を手のひらにこすりつける行

為は、（ダニエル自身の意図とは別に）死者に対する喪の作業とその不可能性を暗示する。(10)

テクストにはユダヤ人の大規模焼却の描写は不在であるが、代わりに、ホロコーストの語源的意味である「すべてを燃やすもの」によって文字通り「灰」と化す別の存在が登場する。それは、二〇一九年から二〇二〇年にかけて起こったオーストラリアの森林火災で犠牲になった動物たちだ。サシャは、燃えて「灰」と化した「五億」という圧倒的な数のカンガルー、ワラビー、コアラといった生き物たちを「一頭ずつ個々に想像し、敬意を払おうとする」(25)。「五億」という数字を目にした瞬間、我々は、ホロコーストによるユダヤ人犠牲者の「六百万」という数字と比較せずにはいられないだろう。そしてその数字に圧倒されずにはいられないだろう。コラージュの手法は、人類史の悲劇と動植物たちが巻き込まれた惨禍を並置することで、読者の想像力を脱人間中心主義化し拡張する。ここにもやはり、前節で指摘したスミスの種を超えた環境意識――「あらゆる種の平等性と連続性」、あらゆる種の「苦しみ」の平等性（Kostkowska 108–09）――を確認できるだろう。

ここまで、小船のイメージと見棄てられた命に注目し、コラージュの効果に身を委ねながら読み進めてきた。スミスは、コロナ危機の中で叫ばれるダンケルク精神の偽善性を直接的な記述で批判するだけでなく、四部作全体のコラージュの効果によって、ダンケルクの権威的象徴性の機能を一時停止し、相対化し、逆に読者の読みを時代と種を超えて多方向に拡張させる。そうすることで、我々自身の置かれた状況を、「悲しみの階層化」（Butler 32）によって「ごみ」のように見棄てられたさまざまな存在との関係において位置づけ直すことを要請するのである。

4　「関係性の倫理」と鳥のメッセージ

『夏』の登場人物たちは、第二次世界大戦の時代とコロナ禍の時代において、孤立の状況を生きる。四季四部作を含めて、スミス文学の多くの作品に共通する特徴は、人々の孤立を描くだけでなく、文学的技巧を駆使して、繋がりの可能性を探究する点だ。(11) コストコウスカは、スミスの二〇一〇年の小説『ホテル・ワールド』についてこう述べる――「主人公たちは、孤独を感じ、互いに手を差し伸べることができないが、形式レベルの要素によって繋がり、本という大きな環境の中で一緒になる。［……］この小説は、より大きな環境を意識し、目の前の経験の外部にある広い文脈に目を向けることで、関係性の倫理を促進する」(Kostkowska 123)。『夏』において「関係性の倫理」の唱道者の役を担うのが、アルベルト・アインシュタインだ。ロバートは、アインシュタインの手紙を「引用」――より正確には「パラフレーズ」(196)――して、次のように語る。

> 時間と空間が僕らみんなを結び付けるんだ［……］。大きな全体を見れば僕らはその一部でしかない。宇宙レベルで見ればね。問題は、僕らは自分たちがばらばらの存在だと思いがちだってこと。でもそれは幻。［……］アインシュタインは僕らを幻想から解放することこそ人間が信じるべきただ一つの本当の宗教だって言った。僕らは互いにばらばらの存在だというのが第一の幻想。僕らは宇宙とは切り離された存在だというのが第二の幻想。僕らはこの幻想を克服したとき初めて心の平穏を手に入れることができる。(196)

「ばらばら」だと思われる断片を「結び付け」、一つの「大きな全体」を構成すること――アインシュタインの語る「関係性の倫理」が、四部作全体で採用されているコラージュの手法ときわめて親和的であることは言うまでもないだろう。

『夏』が『ホテル・ワールド』と異なるのは、『ホテル・ワールド』では、孤独な登場人物たちが気づいていないい繋がりを作者がメタレベルで築くのに対して、『夏』では、孤立の状況に置かれた登場人物たち自身も、自らの意志で他者との繋がりを再構築しようと努力する点だ。そのための重要な手段となるのが、手紙やインターネットだ。そしてそのようなコミュニケーションの中で、ささやかな希望として話題になるのが、鳥だ。アートは、ハトが「長い枝」をくわえて「バランス」を崩しそうになりながらも必死に飛び、その枝で「家《ホーム》」を作る姿に、「意義深く」「希望に満ち」「自然な」要素を見出す（327）。ハトの描写に用いられる「バランス」という語は、『夏』のキーワードだ。ダニエルとハンナは、かつて両親と一緒に見たサーカスで、四人の少女が大きな馬の背中の上で「バランスよく縦に重なって」いる様子を強く記憶する（137）。後にダニエルはサーカスの「バランス」のモチーフをユダヤ人画家フレッド・ウルマンの絵に重ね（180）、ハンナはそれを自分の置かれた状況に重ねる（201, 203）。小説に登場するイタリア人芸術家ロレンツァ・マッツェッティ（二〇二〇年死去）の映画では、ある男性が高い建物の上で「バランスをとっている」（5）。また、一四世紀イタリアの画家アンブロージョ・ロレンツェッティによる「善政」の絵画の「完璧なバランスと調和」（159）に満ちた壁が紹介されることで、「バランス」のテーマは政治的アレゴリーとなる。そしてそれは究極的には、スミス自身の芸術論へと繋がる。語り手は、「出所はわからない」と意味ありげにとぼけたうえで、次のような芸術論を紹介する――「創造力は文化的だ。ただしそれは文化から創造力が生まれるからではなく、創造力は文化を癒やすことを目的とするからだ。無意識にどっぷりと浸った芸術は、一人の人間の中で代償的な役割を果たす夢に似ている。芸術は深く根ざした問題と対峙し、バランスを整えようとする」（263）。私は、これらの例に加えて、歴史上のさまざまな抗議運動に光を当てる四季四部作の精神を凝縮する言葉として、レベッカ・ソルニットの「あらゆる抗議運動は世界のバランスを変える」

(Solnit) という言葉を引用したい。さらに、ハトが作る「家《ホーム》」は、『秋』の中のダニエルの次の言葉を想起させる――「物語を作る人間は誰でも一つの世界を作っている［……］。だからいつでも、自分の物語という家《ホーム》に喜んで人を迎え入れるようにしなさい」(119)。枝を拾い集めて「家《ホーム》」を作る鳩の姿は、歴史の断片を拾い集めて「物語＝家《ホーム》」を構築し、そこにあらゆる者たちを歓迎するスミス文学そのものに重なる。

ハトと同様に重要な象徴性を付与された鳥が、サシャと入国者退去センターに収容されている人物との文通で話題になるアマツバメだ。「夏の始まりと終わり」(119) を告げるこの鳥は、「夏のお兄ちゃん」(182) とハンナに呼ばれたダニエルの化身であると同時に、『夏』という小説そのものを象徴する存在だ。「巣」を作るために空中を漂う「羽毛」や「紙」を「集めて」「つばを糊代わりにしてくっつける (glue it all together with their saliva)」(249) この鳥は、自然界のコラージュの名手だ (「コラージュ」の原義は「糊付け」)。コラージュ的行為の描写に用いられる "together" という語は、『夏』の最重要キーワードの一つである。すでに見たように、アインシュタインは、時間と空間は「僕らみんなを結び付ける (lace us all up together)」と言った。マッツェッティが制作した複数の映画作品のうちの一つのタイトルは、『一緒』(*Together*) だ。アイリスは、コロナ禍の状況下で「かつて一度も価値を正当に評価されたことのない人たち」――「医療関係者、日常生活を支える人たち、宅配の人、郵便配達の人、工場やスーパーマーケットで働いている人たち」――こそが「この国を一つにまとめている (holding this country together)」と主張する (336-37)。そして語り手が説明するように、小説のタイトルである「夏 (summer)」は、「一 (one)」と「一緒 (together)」を意味する語に由来する (263)。アマツバメの別の特徴として、「前の年に巣を作った場所に必ず帰って」(249) くるという、四季のリズムと調和した円環運動がある。これは、記憶の中で現在と過去を往復するダニエル老人、かつてアインシュタインがいたのと同じ場所を巡るロバート、若いころに過ごした地を再訪するロバートの母によって再現される。さらには、アマツバメ（swift）は、『夏』の重要なインターテクストであるシェイクスピアの『冬物語』に説明役《コーラス》として登場する、「翼」を使った「素早い飛翔（swift passage）」で「長い歳月」をたやすく飛び越える「時」（Shakespeare 159）が、スミスの得意な言葉遊びによって変身した姿でもある（Baricz）。

小説は、入国者退去センターを出たサシャの文通相手がサシャに宛てた手紙で締めくくられる。以下は手紙の内容の一部である――「あなたからの手紙も私を幸せな気分にしてくれました。鳥のメッセージをありがとう。すべての国の鳥。まるで炎が燃え尽きた後の灰から作られたみたい。繊細な灰のような気配。でも本当は、船を海に固定する錨のように力強い」（379）。「鳥のメッセージ（bird messages）」という表現は、鳥についてのメッセージを意味すると同時に、鳥はメッセージであり、メッセージは鳥であることを示唆する。サシャが別の手紙の中で述べるように、アマツバメそのものが「空飛ぶ投壜通信」（119）となる。「すべての国の鳥」という表現は、明らかにある作品を意識している。それは、ドイツ人作家イルムガルト・コインの『すべての国の子ども』（一九三八年）だ。スミスはナチスによって敵視されたこの女性作家を高く評価しており、[12] コインの作品は『夏』にも一度だけ登場する（153）。『すべての国の子ども』は、ナチスの時代に両親と共に亡命生活を送る少女の物語である。スミスは、ナチスの時代を放浪した「すべての国の子ども」を「すべての国の鳥」に変身させて現代に蘇らせ、空を飛翔させ、円環の軌道に乗せ、帰るべき「家《ホーム》」を提供する。そしてその鳥は、「灰」に喩えられる。この比喩は、ダニエルの手紙の「灰」と、それが暗示するホロコーストの犠牲者、さらにオーストラリアの森林火災で「灰」と化した動物たちを想起させる。この小さな鳥は、灰から復活する不死鳥的存在ではなく、「灰」それ自体としての脆く繊細な存在として「すべての国」に散種される。その「灰」を分有することが、人類の乗る「船」を繋ぎとめるための「錨」となる。アマツバメは、まさに『冬物語』の「長い歳月」を「素早い飛翔」で飛び越える「時」のように、過去と現在を小さな体で象徴化して空を飛び、我々の想像力を時空を超えて多方向に開き、繋ぐ。それは、閉塞的な現在の向こう側へと我々を導く小さな希望の可能性となる。

5　ウイルスのメッセージ

ここまで、『夏』を「コロナ禍文学」という枠に位置づけ、そこに描かれた「終わりの風景」と希望の可能性について考察してきた。人類の生のあり方を不可逆的に変えた新たなウイルスは、『夏』を、パンデミック以前の三作品とは全く異質なテクストへと変えたのだろうか。本稿の考察から引き出される答えは、ノーだ。『夏』はパンデミック下の現代を舞台としつつ、コラージュの効果によって読者の読みを時空を超えて多方向に拡張させ、四部作全体の緻密に絡み合うテクスチュアへと開く。結果的に、『夏』に描かれたコロナ禍の時代は、他の三作品と共に作られる地球規模の「大きな全体」の一部となる。このような特徴を踏まえると、本稿第一節のサブタイトルの「「ブレグジット文学」から「コロナ禍文学」へ」というリニアなモデルは、批判的に再考されなければならない。

では新たに現れたウイルスは、『夏』にとって、何を意味するのか。この問いについて考えるうえで興味深い現象を紹介したい。『夏』では、“contagion,” “infection,” “infect,” “infectious,” “viral” といった感染に関連する語が複数回現れるのに対して、『秋』『冬』『春』のすべてを合計しても、これらの語はたった一度しか確認できない。[13]これは明らかにパンデミックの発生なしにはありえない現象だろう。ただし、語彙レベルの単純な変化よりも遥かに重要なのは、『夏』に現れる感染関連の語は、一度もウイルスの描写には用いられないという点だ。これらの語が使われるのはもっぱら、興奮、苦しみ、怒り、忘却、嫉妬、笑いといった人間の情動レベルの現象と、インターネット上に情報が瞬時に広がる現象についてである。四部作を第一作目から読み進めてきた読者であれば、これらの現象を『夏』以前の三作品すべてで目撃してきただろう。この点を踏まえると、『夏』は、舞台設定と語彙のレベルではそれ以前の三作品から顕著な変化を見せるが、基本的テーマのレベルでは非常に安定した一貫性を維持していることがわかるはずだ。『夏』の中で、ある登場人物がシェイクスピアの『冬物語』における「感染(infection)」と「感情(affection)」という語の使用についての作者の意図を話題にするが(284–85)、このエピソードは、スミスが自身の小説に意図的に仕組んだ自己言及的な仕掛けに他ならない。

ウイルスに関連する別の特徴を紹介しよう。第三節で見たように、ウイルスは、多くの政治家やメディアによってしばしば「不可視の敵」と呼ばれる。この表現は『夏』では一度も使われない。代わりに、この語はパンデミック以前に出版された『冬』に一度だけ現れる。テクストは、二〇一七年六月一四日に発生したロンドンのグレンフェル・タワー火災に言及し、この低所得層向け公営住宅では多くの人々(そこには一定数の移民の不法滞在者も含まれる)が「身を隠して(under the radar)」暮らしていたことについて語り、続けて「レーダー」は第二次世界大戦期に「不可視の敵」を探知するために発明されたことを紹介する(313)。また、やはりパンデミック以前に出版された『春』では、つねに「恐怖」を抱えながら「不可視」の状態で「身を隠して(under the radar)」日々を送る不法移民たちの姿が描かれる(271–75)。さらにスミスは、『春』出版後のインタヴューで、入国者退去センターに不法に抑留されている人々を、「今世界でも最も不可視の人々、産業化された拘禁システムによって不可視化された人々」と呼ぶ(Zapata, "A Revolutionary Writer")。スミスがパンデミック以前から注視するのは、人類を襲う「不可視の敵」

としてのウイルスではなく、無力な他者を「不可視化」する人間社会の暴力的で差別的なシステムであり、さらに、そのような社会で生き抜くために「不可視」の存在として生活せざるをえない人々の苦境である。この姿勢は『夏』でも一貫しており、小説は、「不可視」の領域に追いやられてしまうさまざまな存在――入国者退去センターの被収容者、敵性外国人収容所の歴史、移民、難民、動物、労働者、ホームレス、ケアの問題、環境問題など――に光を当てる。

これらの点を踏まえると、新型のウイルスは、『夏』を特徴づけるきわめて重要な存在であることは間違いないが、『夏』を前三作品とは全く異質なテクストたらしめる決定的要素とは言えないこと――むしろ四部作の連続性を維持・強化している側面すらあること――がわかるだろう。『夏』という小説の核心を捉えるには、小説におけるウイルス表象そのものよりも、ウイルスを通して、あるいはウイルスによって、可視化されるはずのより本質的なテーマへと目を向ける必要があるはずだ。それは何か。この点について示唆に富む発言をしているのが、サシャだ。入国者退去センター内での感染死を防ぐために被収容者が施設から追い出されたことを知ったサシャは、手紙にこう記す――「そもそも悪いことなどしていない人々を違法な無期限拘留から救い出したのが、優しい人間性でも、思いやりでも、まともな法律でもなく、ウイルスだったというのは、私にとって驚くべきことだと言わざるをえません」(248)。皮肉にもウイルスが暴き出したのは、我々自身の劣化した「人間性」と他者への「思いやり」の欠如と「法律」の不公正さである。ウイルスは、人間の内面の深奥と社会の暗部を照射し可視化する究極の「レーダー」と言えるのかもしれない。

サシャは同じ手紙の中で、「毒を吐く(poisonous)」言動が世界からなくなることを願い、こう記す――「人類はつねに、他人に対して毒を吐く(poisonous)か吐かないかを自分で決めなければなりません――パンデミック下であろうとなかろうと」(248)。サシャが繰り返し使う"poisonous"という語はきわめて重要である。というのも、「ウイルス(virus)」という語は、「有毒な分泌物(poisonous secretion)」を意味するラテン語"virus"に由来するからだ("Virus, n.")。サシャの発言は、人類はパンデミック以前から悪意や憎悪や差別意識といった「毒」のスーパースプレッダーであり続けていることを示唆する。

テクストは、この少女を通して、コロナ以前/以後という安易な時代区分を拒絶する。インターネットで「大洪水以前(antediluvian)」という語を調べるサシャは、「大洪水」は過去の話ではなく、人類は「まさに今」「大洪水の前」に置かれていると考え、その状況を「カタストロフィ」と呼ぶ(25–26)。サシャがここで話題にしているのは、ウイルスではなく、気候変動の問題である。パンデミック以前から、地球の環境は「大洪水」のごとき破滅的状況に直面している。サシャが敬愛するグレタ・トゥーンベリの言葉を借りれば、「私たちの家が火事になっている」(Thunberg)状態である。あるいは、二〇二一年八月にバンクシーが(奇しくも『夏』の物語舞台である)サフォークのある公園に描いた壁画——今にも沈没しそうな小船に乗る三人の少年の姿によって、気候危機に対する警告を発していると解釈される——とそこに書かれたメッセージのとおり、「我々は皆同じ船に乗っている=同じ境遇にいる(WE'RE ALL IN THE SAME BOAT)」状態である。「終わりの風景」はつねにすでに我々の目の前に存在し続けている。コロナ以前/以後という時代区分は、その現実と責任を隠蔽してしまう。パンデミックによって激変した時代を鋭く診断する「コロナ禍文学」としてのポジションを自覚すると同時に、その枠に収まることを拒絶し、「パンデミック下であろうとなかろうと」存在し続ける日常レベル・歴史レベル・地球レベルの「深く根ざした問題と対峙し、バランスを整えようとする」「創造力」が、『夏』の特質である。

注

（1）クリスチャン・ショーは、二〇一八年の論文で「ブレグジット（Brexit）」と「文学（literature）」を合わせて「ブレグジット文学（BrexLit）」という語を造り、二〇二一年刊行の著書でこのテーマについて本格的な考察を展開している。「ブレグジット文学」としての『秋』については、拙著『百年の記憶と未来への松明《トーチ》』の終章を参照。

（2）スミス以外にも、世界の作家たちがコロナ禍をテーマに作品を発表している。英語圏では、二九人の作家の短編を収めた『デカメロン・プロジェクト』（二〇二〇年）が特に注目すべき一冊だろう。その他の「コロナ禍文学」については、木村朗子の論考にコンパクトにまとめられている。

（3）サシャの文通相手の被収容者は、スミスが実際に面会した実在の人物がモデルになっている（Smith, “The Detainee’s Tale” を参照）。

（4）この抗議文は、収容所の一七名の芸術家の署名と共に一九四〇年八月二八日の『ニュー・ステーツマン・アンド・ネーション』に掲載された。

（5）スミスは、ゼーバルト文学に繰り返し登場する、閉じ込められた生き物たちの存在に注目している（Smith, “Loosed in Translation” 78）。また、田中純が指摘するように、「ゼーバルトの作品には、人間中心主義的ではない動物や自然のとらえ方、とりわけ歴史叙述のなかでないがしろにされてきた動物たちの運命に向けた関心が強く示されており、そこにはいわゆる「種差別」に対する批判がくみ取れる」（二七七）。

（6）犬のライカを踏まえてもう一度人間に戻れば、『夏』に登場する、「六週間以上、密閉された箱に入った状態で」（117）イギリスへ来た難民（サシャの文通相手）の姿が思い浮かぶだろう。

（7）本稿で何度か使用する「多方向」という表現は、マイケル・ロスバーグによって概念化された「多方向的記憶（multidirectional memory）」を踏まえている。

（8）小説中の新聞記事は実際の出来事に基づいている（Townsend を参照）。

（9）同じフレーズが、コロナ禍の時代を生きるアートによって使われる（324）。

（10）『春』では、大人になったダニエルが、チャップリンの映画の一場面を真似て、ある女性の手首と手のひらの線を数えて子どもを何人産むかを占い、そして自分自身の手のひらの線も数える（60）。『夏』に描かれた手のひらの黒い線は、『春』では生命の希望の線へと変わる。さらに、『夏』におけるダニエルの手のひらの灰は、かたちを変えて、『秋』の冒頭の、複数の溺死体が横たわる海岸でダニエルが手に握る砂――「一握の砂」(13)――となり、現代の難民たちの死へとリンクすることになる。

(11) 繋がりのテーマを含めたスミス文学全体の特徴については、Lea を参照。

(12) スミスは二〇一七年のスピーチでコインについて論じている (Smith, "Ali Smith's Goldsmiths Prize Lecture")。

(13) 『春』で、ドイツの詩人リルケがバラの刺で腕に怪我をし、「感染した (got infected)」場面 (47)。

参考資料

*訳出にあたって準拠した翻訳書がある場合はその旨併記する。一部表現を調整している箇所もある。

Baricz, Carla. "*Summer*'s True Fiction." *Ploughshares*, 3 Sept. 2020, https://blog.pshares.org/summers-true-fictions/. Accessed 25 July 2021.

Butler, Judith. *Precarious Life: The Powers of Mourning and Violence*. 2004. Verso, 2006. 本橋哲也訳『生のあやうさ――哀悼と暴力の政治学』以文社、二〇〇七年。

The Decameron Project: 29 New Stories from the Pandemic. Edited by the Editors of the *New York Times Magazine*, Scribner, 2020.

Gilroy, Paul. *Postcolonial Melancholia*. Columbia UP, 2005.

Johnson, Boris. "Boris Johnson's Speech in Full: 'The Fight against Covid Is by No Means Over.'" *The Guardian*, 22 Sept. 2020, https://www.theguardian.com/politics/2020/sep/22/boris-johnsons-speech-in-full-the-fight-against-covid-is-by-no-means-over. Accessed 26 July 2021.

――. "Prime Minister's Statement on Coronavirus (COVID-19): 23 March 2020." *GOV.UK*, 23 March 2020, https://www.gov.uk/government/speeches/pm-address-to-the-nation-on-coronavirus-23-march-2020. Accessed 26 July 2021.

Keun, Irmgard. *Child of All Nations*. 1938. Translated by Michael Hofmann, Penguin Books, 2009.

Kostkowska, Justyna. *Ecocriticism and Women Writers: Environmentalist Poetics of Virginia Woolf, Jeanette Winterson, and Ali Smith*. Palgrave

Macmillan, 2013.

Lea, Daniel. "Ali Smith." *The Routledge Companion to Twenty-First Century Literary Fiction*, edited by Daniel O'Gorman and Robert Eaglestone, Routledge, 2019, pp. 396–404.

@Nigel_Farage. "I urge every youngster to go out and watch #Dunkirk." *Twitter*, 26 July 2017, 7:13 a.m., https://twitter.com/Nigel_Farage/status/889971797386514434.

O'Toole, Fintan. *Heroic Failure: Brexit and the Politics of Pain*. 2018. Head of Zeus, 2019.

Rawlinson, Kevin. "'This Enemy Can Be Deadly': Boris Johnson Invokes Wartime Language." *The Guardian*, 17 March 2020, https://www.theguardian.com/world/2020/mar/17/enemy-deadly-boris-johnson-invokes-wartime-language-coronavirus. Accessed 26 July 2021.

Reuters Staff. "Text: UK PM Johnson Says It's Too Soon to Relax COVID Lockdown." *Reuters*, 27 April 2020, https://jp.reuters.com/article/us-health-coronavirus-britain-johnson-te-idCAKCN2290ZT. Accessed 26 July 2021.

Rothberg, Michael. *Multidirectional Memory: Rethinking the Holocaust in the Age of Decolonization*. Stanford UP, 2009.

Schofield, Camilla. *Enoch Powell and the Making of Postcolonial Britain*. 2013. Cambridge UP, 2015.

Shakespeare, William. *The Winter's Tale*. Edited by Stephen Orgel, Oxford UP, 2008.　小田島雄志訳『冬物語』白水社、二〇一八年。

Shaw, Kristian. "BrexLit." *Brexit and Literature: Critical and Cultural Responses*, edited by Robert Eaglestone, Routledge, 2016, pp. 15–30.

——. *Brexlit: British Literature and the European Project*. Bloomsbury, 2021.

Smith, Ali. "Ali Smith's Goldsmiths Prize Lecture." *New Statesman*, 15 Oct. 2017, https://www.newstatesman.com/culture/books/2017/10/ali-smith-s-goldsmiths-prize-lecture-novel-age-trump. Accessed 31 Oct. 2020.

——. *Autumn*. 2016. Penguin Books, 2017.　木原善彦訳『秋』新潮社、二〇二〇年。

——. “The Detainee’s Tale.” *Refugee Tales*, edited by David Herd and Anna Pincus, Comma P, 2016, pp. 49–62.

——. “Loosed in Translation.” *After Sebald: Essays and Illuminations*, edited by Jon Cook, Full Circle Editions, 2014, pp. 71–83.

——. *Spring*. Hamish Hamilton, 2019.　木原善彦訳『春』新潮社、二〇二二年。

——. *Summer*. Hamish Hamilton, 2020.　木原善彦訳『夏』新潮社、二〇二二年。

——. *Winter*. Anchor Books, 2017.　木原善彦訳『冬』新潮社、二〇二一年。

Solnit, Rebecca. “Every Protest Shifts the World’s Balance.” *The Guardian*, 1 June 2019, https://www.theguardian.com/books/2019/jun/01/rebecca-solnit-protest-politics-world-peterloo-massacre. Accessed 4 Aug. 2021.

Sontag, Susan. *Illness as Metaphor*. 1978. *Essays of the 1960s and 70s*, edited by David Rieff, Library of America, 2013, pp. 675–729.

Stent, Ronald. *A Bespattered Page?: The Internment of “His Majesty’s Most Loyal Enemy Aliens*.” Andre Deutsch, 1980.

Thunberg, Greta. “‘Our House Is on Fire’: Greta Thunberg, 16, Urges Leaders to Act on Climate.” *The Guardian*, 25 Jan. 2019, https://www.theguardian.com/environment/2019/jan/25/our-house-is-on-fire-greta-thunberg16-urges-leaders-to-act-on-climate. Accessed 19 Aug. 2021.

Townsend, Mark. “Far Right Raises　£50,000 to Target Boats on Refugee Rescue Missions in Med.” *The Guardian*, 4 June 2017, https://www.theguardian.com/world/2017/jun/03/far-right-raises-50000-target-refugee-rescue-boats-med. Accessed 26 July 2021.

“Virus, n.” *Oxford English Dictionary*, Oxford UP, 2018, https://www-oed-com.remote.library.osaka-u.ac.jp:8443/view/Entry/223861?redirectedFrom=virus#eid.

Zapata, Natasha Hakimi. “Antidotes to Brexit, COVID-19, and Other Afflictions in Ali Smith’s Seasonal Quartet.” *Los Angeles Review of Books*, 30 Nov. 2020, https://lareviewofbooks.org/article/antidotes-to-brexit-covid-19-and-other-afflictions-in-ali-smiths-seasonal-quartet/. Accessed 26 July 2021.

――. "A Revolutionary Writer for Our Darkest Days." *Truthdig*, 30 Aug. 2019, https://www.truthdig.com/articles/a-revolutionary-writer-for-our-darkest-days/. Accessed 4 March 2020.

アガンベン、ジョルジョ『私たちはどこにいるのか?――政治としてのエピデミック』高桑和巳訳、青土社、二〇二一年。

木村朗子「コロナ禍文学概観――わたしたちはいま何を経験しているのだろう」『文藝』二〇二一年秋季号、河出書房新社、二〇二一年八月、三二八‐三九頁。

霜鳥慶邦『百年の記憶と未来への松明《トーチ》――二十一世紀英語圏文学・文化と第一次世界大戦の記憶』松柏社、二〇二〇年。

ゼーバルト、W・G『アウステルリッツ』鈴木仁子訳、白水社、二〇二〇年。

田中純『過去に触れる――歴史経験・写真・サスペンス』羽鳥書店、二〇一六年。

第3章
家族の終わりとナクサライト
ジュンパ・ラヒリ『低地』とアルンダティ・ロイ『小さきものたちの神』をとおしてみる二つの「応答責任」

加瀬佳代子

はじめに

「家族の終わり」を描いた小説として、本論はインド系アメリカ人女性作家ジュンパ・ラヒリ（Jhumpa Lahiri 1967–）の『低地』（*The Low Land* 2013）を取り上げる。

物語は、一九五〇年後半の西ベンガル州カルカッタの町トリーガンジを舞台に、物静かな兄スバシュ（Subhash）とやんちゃな弟ウダヤン（Udayan）の少年時代から始まる。兄弟は順調に成長し、そろって大学に入学するが、その頃から新生国家インドに不穏な空気が漂い始める。一九六二年に中印国境紛争が勃発すると、国内ではヒンドゥーとムスリムが衝突、さらには共産主義勢力の内部対立も激化していった。

一九六七年三月、西ベンガル州ダージリン県ナクサルバリ地区で始まった農地解放運動は、暴力革命路線をとるナクサライト運動に発展すると、インド各地に拡大した。この頃から兄弟は別の道をたどり始める。弟のウダヤンは運動にのめり込むと、爆弾テロに加担するまでになる。他方、運動から距離をとり続けた兄スバシュは、大学院進学のためアメリカ留学を決意する。

スバシュの渡米から二年後、ウダヤンは妊娠中の妻ガウリの目の前で、警官に射殺される。葬儀のため帰郷したスバシュは、実家で粗末に扱われる寡婦ガウリを目にする。不憫に思ったスバシュは彼女との結婚を決めると、ガウリを連れてアメリカに戻る。

こうして、ガウリの二回目の結婚生活が始まった。生まれてきた娘ベラ（Bela）との暮らしは、スバシュを父に変えたが、妻にも母にもなれないまま、ガウリは学業に専念する。そしてついに、大学に職を得たタイミングでガウリは家出を決行する。一二歳のベラは深く傷つき、精神的に不安定な時期を過ごすことになる。ベラが落ち着きを取り戻すのは、娘のメグナ（Meghna）を出産し、自らが母となってからのことだった。新たなパートナーと出会ったベラは、スバシュや彼の交際相手と安定した関係を築いていく。そうしてベラが自分の家族を手に入れた頃、突然ガウリが家を訪ねてくる。ベラは激しく母を拒絶し、その態度にガウリは死を考えるほど打ちのめされる。しかし数ヶ月後、ガウリのもとにベラから手紙が届く。そこにはメグナが望めば、いずれ会う日がくるだろうと書かれていた。こうしてガウリは赦され、彼女の「家族の終わり」が終わりを迎えたところで、小説は幕を下ろす。

英語圏文学を専門とする臼井雅美はこの小説を、学問を通してガウリが達観するための視座を会得する物語と読んだ。その解釈のために臼井は、紀元前までさかのぼり「ベンガルが抱えてきた悲しみの坩堝」をまとめると、その中にガウリを位置づける。なぜなら、太古から続く「時間の地図の中に、人がいるだけ」のことで、それこそが「ガウリが哲学で求めた世界」であり、彼女が至った達観の境地というわけだ（一一五）。臼井の解釈の妥当性は、ラヒリの発言が保証する。『低地』出版後のインタビューで、小説を書く理由を尋ねられたラヒリは、「両親のために『不在の世界』（absent world）としてのインドを実在のものにする」ためだったと答えている。しかし『低地』を書き終えた今、もう実際の場所を小説の舞台にしたくないとも語っており、その後ラヒリはイタリアに居を移すと、イタリア語で書いた小説『わたしのいるところ』（*Dove mi trovo* 2018）を発表した。予告通り、具体的な地名が見当たらない物語は誰かのためではない、彼女自身のための作品といえそうだ（*Vogue* 2013）。

話をもとに戻そう。ラヒリのコメントとあわせれば、「不在の世界」としてのインドは「時間の地図」上にのみ存在するということになる。これは文句のつけようがない、収まりの良い結論ではあるのだが、そこで一つ気になるのが、その論考で臼井が、ガウリの人生をG・C・スピヴァクの人生と重ねていることだ。臼井のいう通り、カルカッタ生まれのスピヴァクはアメリカに渡り、研究者の道を進んだ「フェミニズムの時代の寵児」であり、『サバルタンは語ることができるか』（*Can the Subaltern Speak?*）の著者である。では、「サバルタンは語ることができるか」といった問いをたてるスピヴァクが、果たして「時間の地図」を広げ、達観することなどあり得るのだろうか。

同書は、サバルタンの声を聞き入れない世界に向けたスピヴァク渾身の批判の書だ。そこで彼女が、フーコーやドゥルーズの「政治的」関与を批判し、デリダの脱構築を採用したのは、その課題を「わたしたちのなかにある他者の声である内なる声にうわ言を言わせること」つまり、サバルタンのか細い声にいかに耳を傾けるかという課題を認識論的なものと見定めているからだ（104）。

そのため、スピヴァクは「応答責任」(responsibility)を重視する。「応答責任」とは、自分と同じ基準では理解できないところに存在する他者への想像力をもって、他者に応える責任を意味する。スピヴァクはその心構えを、『ある学問の死』(*Death of a Discipline* 2003)においてこう語っている。「文学研究は『形象』(figure)を案内人にしなければならない」が、「形象の意味は決定不可能だ。わたしたちはそれを脱形象化(dis-figure)し、メタファーの論理を読まねばならない」(71)。そこで辛抱強い取り組みが求められるのは、他者やテクストを完全に理解することはないと、その不可能性が前提とされるからだ。その不可能性を手放さず、念頭に置いたまま、我々はテクストと向かわねばならない。なぜなら「グローバル資本が勝利した時代に、テクストの読みと教育において、応答責任を生かしておく(alive)ことは、一見不可能に見える。だがしかし、応答責任の可能な状態でいることはテクストの権利」なのであり、それに応えるのが文学の責任だからだ(101-102)。ならば「応答責任」をもって『低地』を読む時、「家族の終わり」はどんな姿を見せるのだろうか。

1 アルンダティ・ロイの『小さきものたちの神』を補助線として

そのための補助線として、もう一つの「家族の終わり」の物語、インド人女性作家アルンダティ・ロイ(Arundhati Roy 一九六一-)の『小さきものたちの神』(*The God of Small Things* 一九九七)[以後『神』]を取りあげよう。ロイとラヒリは、作家としてかなりタイプが違う。一九六七年にロンドンで生まれ、三歳でアメリカに渡ったインド系アメリカ人のラヒリは、中流インド系移民の生活を鮮やかに描く、今や一流作家である。他方ロイは一九六一年にインドのメガラヤ州で生まれ、幼少期をケララ州で過ごした生粋のインド人英語作家だが、彼女を小説家ではなく、アクティビスト兼エッセイストと思っている人もいるかもしれない。実際ここ二〇年、ロイは『ゲリラと森を行く』(*Walking with the Comrades* 2011) 等のノン・フィクションやエッセイを執筆活動の中心としてきた。しかし、振り返ってみると、ロイのデビュー作『神』もまた、ナクサライト運動を背景に「家族の終わり」を描いた作品であり、図らずも、ラヒリはロイと小説の舞台を共有しているのだ。

『神』は、ケララ州の町アエメナムを舞台とし、ナクサライトの不可触民ヴェルータ (Velutha) が警官に撲殺された後、彼の恋人である主人公アムー (Ammu) が家族を失う。もともとアムーは裕福なシリア・クリスチャンの封建地主の娘なのだが、屋敷では厄介者扱いされていた。離婚後、二卵性双生児の子どもエスタ (Estha) とラヘル (Rahel) を連れて出戻ったことに加え、元夫がヒンドゥー教徒だったことも災いした。屋敷を仕切る大叔母は「半分ヒンドゥーの雑種」の双子を嫌い、「コミュニティの違う者と恋愛結婚し離婚してきた娘に対しては、怒りに震えていた」(45)。そんなアムーと双子にとって、愛情深い青年ヴェルータが心の支えだった。彼は双子の良き友達であり、アムーの恋人だった。

しかしある日、すべてが崩壊する。その日、アムーの姪が川で溺死した。双子と姪の三人で川に向かったところ、事故が起きたのだ。大叔母はこの事故を利用し、アムーとヴェルータの関係を終わらせようと企んだ。彼女はヴェルータがアムーをレイプし、子どもたちを誘拐したのだと警官に訴えると、エスタを脅し、そのとおりだと偽証させた。結果、ヴェルータは警官に撲殺され、屋敷から追い出されたアムーは、安宿の汚い部屋で孤独死する。父親のもとに送られたエスタは、精神を病んで言葉を失い、ひとり屋敷に残されたラヘルはアメリカ人と結婚すると、夫についてアメリカに渡る。

二十三年後、父親の都合でエスタが屋敷に戻されると、エスタの世話をするようにと、ラヘルも屋敷に呼び戻された。屋敷で再会した二人は、体を重ねる。それは、一つだったあの頃に戻る双子の回帰であると同時に、近親婚というシリア・クリスチャンの伝統への回帰でもあった。二人は寂れた屋敷とともに、滅びの道を選ぶのだ。

2　同じ色彩の世界を生きる二人の異なる母親

「家族の終わり」の物語というだけでなく、『低地』と『神』には、いくつか共通点が見られる。例えば、主要登場人物は同世代で、『低地』のスバシュ、ウダヤン、ガウリと『神』のアムーの四人は皆、四〇年代生まれとされている。彼らはロイやラヒリの親世代にあたる。両作家と同じ六〇年代生まれは、アムーの双子エスタとラヘルで、『低地』のベラは少し年下ということになる。二つめに、二組の兄弟／兄妹の関係性が挙げられる。どちらも性格は正反対だが、二人の間には特別な結びつきが認められる。賑やかなラヘルと冷静なエスタは、自分たちを「珍しいタイプのシャム双生児で肉体は離れているが、本性が合体している」と思っている（2）。同様にスバシュとウダヤンの兄弟も「ウダヤンと一緒じゃない自分は考えられない。最も幼い頃の記憶から、いつも弟がいた」ため、「どちらかの名前が呼ばれると、そろって返事する状態」になっている（11）。三つめは、舞台設定だ。小説の冒頭で、読み手が最初に目にする物語世界は、どちらも同じくらい湿度と不快指数が高く、水草や苔の濃い緑色のイメージがまとわりついている。『神』の世界は、モンスーンが到来し「田舎がどこまでも緑」に染まっている。「レンガはモスグリーンに変わり」、「つる草がラテライトの土手いっぱいに延び、冠水した道路にまで溢れ」、町は植物に侵食されている（1）。同じく『低地』でも、モンスーンのために「池面が上昇し、二つの池の堤防が見えなくなった。低地に雨水が三、四フィートほどの深さで溜まる」と、そこを「布袋草が厚くおおった。浮草はどんどん増殖した。葉で表面が固まっているように見えた。緑が空の青と対照的だった」と地形を変える勢いで、布袋草が繁茂している(3)。

このように似通った世界が準備されたところで、主人公のガウリとアムーは、母としての役割を果たすよう配置されるのだが、その姿はあまりに対照的だ。アムーがいかにも「母親らしい」母親であったことは、ラヘルとの以下のやりとりから見て取れる。

困った娘をアムーはベッドに押し込むと、灯りを消した。おやすみのキスをしてもラヘルの頬につばが残らなかったので、ラヘルはアムーが本当は怒っていなかったんだと分かった。
「怒っていないよね、アムー」うれしそうにささやく。少しだけ余分に母が自分を愛してくれている。
「怒ってないよ」アムーはもう一回キスをした。「おやすみ。大好きだよ」(329)

このような母と子の愛情溢れるやりとりを、ガウリは実演できない。ガウリが、ベラを育てることに喜びを感じられないことを、ラヒリは次のように表現する。

試したこともないまま、およそすべての女性がやっていることが、彼女はできなかった。大したことじゃないはずなのに。(中略)ベラのところまで泳いでいって抱きしめるなど、もう無理なんじゃないかと思うところまでガウリはきてしまっていた。(164)

とはいえ、ガウリが育児放棄しているわけではない。ベラのために食事を準備し、遊びにも付き合う。ただ、彼女はベラの方を見ていない。そのことは本人も自覚していて、ベラと「一緒だと感じながら孤独も感じていることが、時に恐ろしくもあった」と内観している（163）。『低地』のガウリはどこまでも「孤独」だ。スバシュとの距離を縮めず、さりとてウダヤンに義理立てしているわけでもなく、彼が自分をナクサライト運動に巻き込んだのだと「怒りは募る一方」だ（164）。家の外でも状況は変わらない。ガウリに友達はいない。男性と性的関係をもつこともあるが、恋愛感情と性欲は切り分けられている。若き女性研究者の卵とのレズビアンの関係には多少深入りしたが、それも期間限定の情事で終わっている。結局、渡米以来、ガウリは誰にも感情を差し向けていない。唯一ガウリが「まるで幼子のことを話しているかのように話し」、「誰もいない家に置いていくことを心配する」のは、自分が書く論文だけだ（201）。

それは夫を殺された精神的外傷のためだと、読みたくなるかもしれない。しかし、ラヒリはそうは書いていない。むしろ「精神（mind）がガウリを救った」。そのおかげで彼女はまっすぐに立てたのだ。それが彼女の道を照らした。それが彼女を覚悟させた」から、ガウリはキャリアを手に入れることができた（213）。何より、ガウリは「孤独」に苛《さいな》まれてなどいない。「それ（＝孤独）を克服したいとは思っていないし、むしろ、依存するようになっている。二回の結婚で経験した関係性よりも、満足できて長続きする関係性を築いていた」（237）。

孤独に耐えられず、壊れてしまうのは『神』のアムーの方だ。アムーの時間は、死亡事故の日に止まってしまった。十一歳になった娘にと、七歳向けの絵本を買い、久しぶりに会った娘を質問攻めにするのは、「娘が大人っぽいことを言ったりしたら、凍った時間が溶け出してしまうと恐れている」からだ（160）。壊れたアムーは「知らない町の、部屋の知らない部屋の、知らないベッドの上で座っていた。自分がどこにいるのか分からず、身の回りに知っているものも何もなかった。見知ったものは恐怖だけ」という状態で独り寂しく死んでいく（161-162）。この「孤独」を、ガウリの「孤独」と同じだということはできまい。ならば、この違いはどこに起因するのか。『低地』と『神』の相違点に視点を移そう。

3 「第一の近代」と「個人化」する「第二の近代」

そこで、U・ベック（Ulrich Beck 1994-2015）の「個人化」概念を援用すると、アムーは「第一の近代」（first modernity）、ガウリは「個人化」（individualization）した「第二の近代」（second modernity）という、別の秩序の中で生きているといえる。かなり強引ではあるが、ベックの議論は以下のようにまとめられる。

ベックは近代を二つに分けると、その二つの間で、次のような移行が見られると分析した。伝統に縛られた「工業社会」である「第一の近代」は、自身を再帰的に近代化し続けことで、「脱伝統化」（detraditionalization）による「個人化」が進む。その結果「第二の近代」である「リスク社会」が到来する。我々はこの「第二の近代」に生きているため「第一の近代」から「第二の近代」への移行についても、次の「ゾンビ・カテゴリー」（zombie category）についても経験的に理解することができよう。

「ゾンビ・カテゴリー」、つまり理念だけを残し、形骸化した概念として、ベックは「家族」と「階級」をそこに分類した。伝統に縛られなくなったことで、離婚や再婚を自由に選ぶ「選択的婚姻関係（elective affinities）」が基本になると、「家族」は従来の固定的なものではなくなり、開放的かつ流動的なものに変化する。また「階級」概念にも変化が生じる。「第二の近代」では、闘争は国境を超えて展開されるため、国民国家を前提とした「階級」

概念では対応できない。「個人化」に適応した人々は「階級」の下に集まるのではなく、連帯する闘争を都度選ぶようになるというのだ。

4　二つの近代と二つの家族

さて、これら概念を援用すれば、アムーとガウリはともに四〇年代のインドに生まれたにもかかわらず、それぞれ「第一の近代」、「第二の近代」に生きているということになる。実際一九九七年出版の『神』に見られるインドは、男尊女卑がまかりとおる「第一の近代」の段階にある。小説では、弟がオックスフォード大学に留学しているのに、アムーは「女の子だから」という理由で、大学進学を許されていない。

他方『低地』に関しては、ガウリはアメリカという「第二の近代」に生きている。とはいえ、彼女の移住は一九七二年のことであり、「第二の近代」には早すぎる。ガウリの生き様には、ラヒリの現代的視点が入り込んでいる。アムーの「孤独」が「第一の近代」ゆえのものであるとするならば、ガウリの「孤独」はラヒリの「個人化」を投影したものといえよう。

今一度、小説で確認してみよう。先に述べたように、六〇年代後半のケララは「第一の近代」の真只中だ。「工業化」の発展は『神』でも再現されており、祖母が始めたピクルスの生産販売をアムーの弟が引き継いでいる。弟は銀行から多額の借り入れを行い、工場を拡大すると、労働者を増員する。それは「すばらしき男性優位社会のおかげ」であり、姉のアムーには相続を「訴える権利」がない(57)。この「第一の近代」社会で、アムーは他者と関係を結んでいくのだが、「大人になるにつれ、アムーはこの冷たく、打算的な残酷さと暮らすことを学んでいった。（中略）口論も対立も避けることなどなかった。実際のところ、彼女はそれを求めていたし、おそらく楽しんでさえいた」と快不快は別として、アムー自身が積極的に関わっている（181-182 傍点は筆者）。

ここでアムーが取り組んでいるのは、「ウチ」と「ソト」を統合するというインド人女性の特有の課題である。文化人類学者の常田夕美子によると、インド独立運動期に作られた近代／伝統という二分法的枠組みは「男がソトで対応する近代」／「女がウチで守る伝統」とジェンダー化して維持された。そうして「ふたつの異なる言説や実践が、対立と矛盾をふくみながら、どちらも正当なものとして共存」したために、女性は「ウチとソトの領域をどのように統合するのかというポストコロニアルの課題」に直面することになった（一九）。

この課題に、『低地』のガウリは煩わされない。ラヒリは、ガウリの「個人化」を先鋭的に進めるべく、ガウリに自ら「孤独」を作らせている。インド人大学教員主催のホームパーティーの場面では――本来ここはラヒリが得意とするところで、印洋折衷の空間におけるインド人移住者たちのやり取りが書かれるのだろうと、読み手の期待も膨らむところだが――参加者の会話は一切書かれない。ガウリの様子も「他人にあわせて無理にテンションをあげていた」で済まされる。そのため、読者は他者と関わるガウリの姿を思い描くことができない。しかし「彼らと時間を共にしたくない」、「彼らとは共通するところがない」と、人間関係を拒絶するガウリの本音を聞かされたところで、読み手が違和感を持つことはない。なぜなら我々読み手も同じ「第二の世界」の住人だからだ。我々はガウリの「個人化」を共有している。だから夫のいない女性大学教授を見ても、「気の毒」とも「可哀想」とも思わなければ、むしろ上手くやったと、ガウリの人生を羨ましくすら思うだろう（140）。

そうした観点から見直せば、最後の赦しも別の様態をもって見えてくる。一見ベラがガウリを赦し、救ったように見えるが、そうではない。「個人化」した家族形態が、ガウリを救ったのだ。赦しが「メグナ」の名をもって与えられていることに、留意しなければならない。ベラの家族は「選択的婚姻関係」によって成立している。元夫スバシュの再婚相手は三人の子どもを育てた未亡人で、ベラのパートナーのドリュー（Drew）も出産後に知りあった男性だ。彼は、メグナの父親ではない。血縁を根拠としない、開放的かつ流動的な家族で、ベラがガウリを引き受けたのは、祖父母を選択するメグナの「選択的関係性」（optional relationships）を尊重したからだ。その開放性にガウリは救われたのである（Beck 204）。

孤独死したアムーと、赦されたガウリ。二つの「家族の終わり」を、二人の個人的資質に帰すことはできない。ガウリが赦されたのは、ガウリのおかげではない。第一「個人化は社会条件であって、個人の自由な決定によって到達するところではない」のだ。（Beck 4 傍点は筆者）

5　二つの近代と二つのナクサライト運動

そこで問題になるのが、ナクサライト運動だ。ラヒリにとって、その運動に意味はない。なぜなら「階級闘争」はもはや死に体だからだ。実際ラヒリはこう言っている。「ウダヤンや彼の同志たちは『基本的に子供』」だ。そのため「ある種のイデオロギーがいかにも魅力的で、解決策のように見え、国や社会の多大な問題を解決する鍵のように見える」（Lahiri NPR）。『低地』では、スバシュに「ウダヤンは、間違った方向に先導された運動に命を捧げたのであり、それはただ損害を与えただけで、運動自体が崩壊していたのだ。それが唯一変えたものといえば、家族のあり方だけだ」と総括させ、（115）、さらには、死に際のウダヤンに「なにも治せず、誰も救えなかった。ここで革命はない」と気付かせる（334）。

ラヒリがそう判断したことには、ナクサライト運動の発展過程が関係している。経済学者高橋満の研究を参考に、初期のナクサライト運動の発展過程を確認しよう。一九六七年三月インドで選挙が行われると、ケララ州と西ベンガル州で、インド共産党マルクス主義派ＣＰＩ（Ｍ）を第一党とする左翼統一戦線政府が成立した。『神』と『低地』の舞台は、世界的にも珍しい、民主主義的選挙で共産党が政権をとった地域なのだ。だが、その後の過程は大きく異なっている。議会主義路線をとるＣＰＩ（Ｍ）は暴力路線をとるナクサライト指導者らの追放を決定、西ベンガル州ではチャル―・マズムダール（Charu Mazumdar）――『低地』で「インド共産党マルクス主義派の異端児」（二九）と紹介される人物――らが追放された。マズムダールは「階級殲滅理論」を掲げ、インド共産党マルクス－レーニン主義派ＣＰＩ（ＭＬ）を結成すると、「ナクサライト学生」を中心にゲリラ活動を開始した。ラヒリは、ここにウダヤンを加えたのだ。ウダヤンは社会正義に燃えていたが、高橋によれば、この段階でナクサライト運動は「ＣＰＩ（ＭＬ）とＣＰＩ（Ｍ）の『内ゲバ』的性格が強く」、本来の「農村根拠地建設をめざす運動からは全く遊離」した「都市ゲリラ」に成り下がっていた（三二）。よって、「運動自体が崩壊していた」というラヒリの評価は、あながち間違いではない。

しかしケララ州では、事情が違った。西ベンガル州同様、追放の憂き目に遭ったナクサライト指導者たちは、グループを結成したが、ＣＰＩ（Ｍ）を超える勢力とはなり得なかった。その違いは、ウダヤンとヴェルータの活動の違いに現れている。ヴェルータが唯一行っているのは、旗を振りながらのデモ行進であり、爆破行為で自分の指を吹っ飛ばしたウダヤンに比べると、かなり地味だ。

とはいえ置かれた環境は、ヴェルータの方がずっと複雑だ。彼が目障りなのは、ナクサライトだからというだけではない。不可触民の彼は、カーストの点からいっても忌避的存在であり、その彼が封建地主の娘アムーと交際しているというのだ。定義の通りに言えば、ヴェルータはサバルタンであり、彼の声は誰の耳にも届かない。しかし、ロイは、その声をすくいあげた。表題の「小さきものたちの神」はヴェルータのことであり、彼こそがアムーと双子の神なのだ。加えて、ヴェルータにはアムーの怒りを背負うという役割もある。アムーは「母性の無限のやさしさと、自爆テロリスト無謀な憤怒」という本来「混ざり合わないものが混ざった」アンビバレントな感情を抱えている（321）。しかし、彼女には「訴える権利」がない。そのためアムーは「ラヘルがデモのなかに見たのが彼（ヴェルータ）だったらと望んだ。旗を掲げ、怒りに腕組みをしていたのが、彼だったらと望んだ。陽気に見えるように気を使っているその裏で、彼女の怒りを宿していればいいと願った。独善的に組み立てられた世界に対し、息づいている彼女の憤り」をヴェルータに託すのだ（175–176）。

『低地』にそうした憤りが見られないのは、そこにカーストがないからかもしれない。ウダヤンやスバシュだけではない。ラヒリのカルカッタにはカーストが存在しないのだ。最初からそこは「脱伝統化」され、「階級闘争」の必要がないよう整地されている。だからラヒリは、問題なくナクサライトを学生運動に収斂することができる。だが、それはロイにはあり得ない。むしろナクサライト運動は当初の範囲を超え、「絶望的に貧しい先住民たち」や「独立から六〇年間、教育も医療も法的保障も受けられていない人々」を抱える運動になっている。その状況を自分の目で確認するため、彼女は「ゲリラと森を歩く」のだ（Roy 2011 7）。

そこで見直せば、あの濃緑の風景に、二人の認識の違いが投射されていることに気づく。『低地』では、四〇年ぶりに帰郷したガウリが、濃緑を失った町の景色を目にしている。池も低地も、ウダヤンが潜んだ布袋草もなくなり、新築の家が立ち並ぶ町に、不穏な気配は感じられない。すべては過去のことであり、終わったことなのだ。他方ロイは、それを過去のものとはしない。そもそも『神』の物語は、大人になったラヘルがアメリカから帰郷する「現在」から始まっているのである。

実際、ナクサライト運動は現在進行系で続いている。世界的に左翼運動が後退するなか、今なお続くナクサライト運動の将来を占うとして、政治学を専門とする中溝和弥は、二〇一五年に「暴力革命の将来」という論考を発表している。そこで中溝は、ナクサライト運動が衰退傾向に向かっていること、それでも五〇年以上も続いていることについて、理由をあげている。衰退要因として挙げられるのは、政府による弾圧と開発政策、インド政治の構造的要因、暴力に対する忌避感情の三点だ。そして、それでも運動が続行する理由として、以下四点を並べると、中溝はこれらの「問題は確かに存在する」と断言する。その問題とは、カーストによる社会的抑圧、農業を通した経済的抑圧、政府による強制的土地収容、そしてこうした社会・経済的抑圧を解消できない議会正当の存在である（一七二）。これらの問題のためナクサライト運動が完全に消滅するのは、まだ先だろうと中溝は予想する。というのも、政府による弾圧が暴力の連鎖を生み出していることに加え、土地収用問題に解決の兆しが見えないからだ。開発を優先するインド国家は、十分な保証を支払わないまま、人々に立ち退きを強制してきた。この問題に立ち向かえるのは「内外の大資本の影響力が及びやすい議会政党ではなく、やはり非暴力主義に基づいた社会運動、そしてナクサライト運動である」と中溝は断定する（一九一）。

ここまで来れば、ラヒリの罪は明らかだ。本人の意図しないところで、ラヒリは人々の拠り所を奪い、国家の片棒を担いでしまっている。そしてそこまで来て初めて、「もう実際の場所を小説の舞台にしたくない」といった彼女の真意に近づくことができる。人気小説家となった今、たとえそれがフィクションであろうと、彼女が書いたものが、他者に影響を与えないはずがない。そしてもちろん、ラヒリはそのことに気づいている。なぜなら「個人化」したラヒリに、それほど耐え難いことはないのだから。

おわりに

ラヒリ批判の論考と受け取られてしまう前に、急いで付け加えておこう。実のところ私は、ロイとラヒリは奥深いところで、同じ問題意識を共有していると考えている。やり方は異なるが、二人はそれぞれ「応答責任」をめぐる「革命」を行っているように見えるのだ。

そのあたりを説明するために、最後にもう一度スピヴァクを引用しよう。スピヴァクは「応答責任」の基礎となる「倫理的記号作用」の体験として、子どもの言語習得をこう解説する。

私たちが子どもとして、最初に学ぶ言葉には理性以前の言語があるが、そのような言語は意識された頭には感知されない部分の頭脳を動かすものである。つまり子どもの時の私たちはある言語を発明し、その子どもの親たちはこの言語を「学ぶ」。親は特定の名称がすでについている言語をしゃべっているので、この子どもの言語はこの名前の付いた言語のなかに挿入されていく。親の話している名前付き言語には子どもが生まれる前から歴史があり、また子どもが大人になって死んでもその歴史は続いていく。子どもがこの名前付き言語を習得していくにつれ、子どもはその言語内部のあらゆるネットワークにアクセスできるようになり、すべての発話と表現の可能性に開かれていく。(スピヴァク、二四)

一般的に大人と子供の間で起きるこの状況を、『神』は読み手に突きつけてくる。七歳のラヘルの視点で語られるこの小説は、時系列がめちゃくちゃで、前後の脈絡なく話題がころころ変わる上、一文が不完全なことも多く、意味のないオノマトペが出てきたかと思えば、意味ありげな言葉遊びが唐突に始まる。そのため読み手は、言語認識の回路を再設定しなければならない。そこをクリアした者は「ヴェルータのように、子どもをあるがままにし、ともに行動することがどれだけ難しいこと」かに気づき、「子供たちの作り話のはかりごとに直感的に対応し、配慮のない大人の態度でそれを駄目にしないよう配慮する」という「応答責任」の重要性を再確認することになる（190）。

ロイ同様、ラヒリも「書くことが抵抗の一形態であると信じている。文学の目的は、慣習に逆らい、ありきたりの事に挑み、頭の中で現実を回し、時間の流れに逆らうことだ」と考えている。（Lahiri *Pen America*）しかし、ロイのやり方は「個人化」したラヒリにはそぐわない。ラヒリは同じく「個人化」した他者の領域を侵犯しないよう配慮する。そのため、彼女は「抵抗運動」を自身の内に引き受けるのだ。

ラヒリが、新たに執筆言語としてイタリア語を選択したのはそのためだ。なぜなら、英語とベンガル語は「ラヒリの明白な構成要素」だからだ。ベンガル語や英語といった言語さえ、彼女にとっては個人を規定する「伝統」に他ならない。自ら選択したイタリア語だけが「自分で創った構成要素」となりうる（Lahiri *WSJ*）。イタリア語で書くことは、さらなる「脱伝統化」であり「個人化」なのである。イタリア語で書く時の「不完全な自由」は、子どもが最初に言語を習得する時の感覚にも似ていると言うラヒリは、自らの内で「応答責任」を遂行しているのだ。そして「この言語（イタリア語）を愛し没頭して、喜んで自分から言語的亡命（exile）状態になる」のである（*New Yorker*）。

※日本語の書物からの引用ページ数は、漢数字で示した。

参考資料

Beck, Ulrich, and Elisabeth Beck-Gernsheim. *Individualization: Institutionalized Individualism and its Social and Political Consequences*, Sage, 2001.

Lahiri, Jhumpa. *The Lowland*. Random House India, 2013.

——. Interview by Leyshon Cressida "Unknown Territory: An Interview with Jhumpa Lahiri." *The New Yorker*, 2013, www.newyorker.com/books/page-turner/unknown-territory-an-interview-with-jhumpa-lahiri.

——. "Jhumpa Lahiri in Rome: The Pulitzer Prize–Winner Talks About Her New Novel and New Ideas." *Vogue*, 2013, www.vogue.com/article/books-jhumpa-lahiri-in-rome-the-pulitzer-prize-winner-talks-about-her-new-novel-the-lowland-and-new-ideas.

——. Interview with Lynn Neary. "Political Violence, Uneasy Silence Echo In Lahiri's '*Lowland*'." *NPR*, 2013, choice.npr.org/index.html?origin=https://www.npr.org/2013/09/23/224404507/political-violence-uneasy-silence-echo-in-lahiris-lowland.

——. Interview with John Burnham Schwartz. "How Jhumpa Lahiri Learned to Write Again." *WSJ*, 2016, www.wsj.com/articles/how-jhumpa-lahiri-learned-to-write-again-1453305609.

——. Interview with Lily Philpott. "'No Language Has Power Over Another': A PEN Ten Interview with Jhumpa Lahiri." *Pen America*, 2019, pen.org/pen-ten-interview-jhumpa-lahiri.

Roy, Arundhati. *The God of Small Things*. Flamingo, 1997.

——. *Walking with the Comrades*. Illustrated, Penguin Books, 2011.

Spivak, G. C. "Can the Subaltern Speak?" *Colonial Discourse and Post-Colonial Theory*, edited by Patrick Williams, Laura Chrisman, Routledge, 1994, pp. 66–111.

Spivak, G. C. *Death of a Discipline*. Columbia University Press, 2003.

臼井雅美『記憶と対峙する世界文学』英宝社、二〇二一年。

スピヴァク、G・C『いくつもの声――ガヤトリ・C・スピヴァク日本講演集』本橋哲也・篠原雅武訳、人文書院、二〇一四年。

高橋満「一九六〇年代後半におけるインドの農民革命運動」『農業綜合研究』三一巻四号、農林省農業綜合研究所、二〇一一年、一―四八。

常田夕美子『ポストコロニアルを生きる――現代インド女性の行為主体性』世界思想社、二〇一一年。

中溝和也「暴力革命の将来――インドにおけるナクサライト運動と議会政治」石坂晋哉編『インドの社会運動と民主主義――変革を求める人々』昭和堂、二〇一五年、一六四―一九九。

ラヒリ、ジュンパ『別の言葉で』中嶋浩郎訳、新潮社、二〇一五年。

ラヒリ、ジュンパ『わたしのいるところ』中嶋浩郎訳、新潮社、二〇一九年。

ロイ、アルンダティ「インド経済成長の犠牲者たち――民主主義にいま、何が起きているか」『世界』八〇二号、岩波書店、二〇一〇年、二〇五―二一一。

ロイ、アルンダティ／ナオミ・クライン「違う世界に通じる入り口へ」『世界』九三六号、岩波書店、二〇二〇年、二九―四〇。

第4章
アジア系アメリカ文学における〈天災〉と〈人災〉
ヒサエ・ヤマモトとルース・オゼキの作品を中心に

松本ユキ

1　アジア系アメリカ文学と災害

アジア系アメリカ文学では、植民地主義や戦争により土地を奪われた経験、経済的・政治的な理由による移住など、人為的な要素が論じられる傾向にあり、どちらかというと〈天災〉よりも〈人災〉に焦点を当てられてきた。そのためか、アジア系アメリカ文学研究において、環境や自然というテーマは、これまであまり中心的に取り上げられなかったが、作品において全く描かれてこなかったというわけではない。[1]二〇一五年に上梓された『アジア系アメリカ文学と環境』(*Asian American Literature and the Environment*)という論集の序文において、ジョン・ギャンバー(John Gamber)は、アジア系アメリカ文学の作品は、初期のものから最近のものまで、環境との関係性に焦点を当てきたと述べたうえで、エコクリティシズム関連の研究書が世に出るまでなぜこれほどまでの時間を要したのか、と問いかけている(2)（Gamber 1）。

本稿では、自然災害について扱った比較的初期のアジア系アメリカ文学作品であるヒサエ・ヤマモト（Hisaye Yamamoto 1921–2011）の短編「ヨネコの地震」（“Yoneko's Earthquake” 1951）、そして現代を代表する日系作家のルース・オゼキ（Ruth Ozeki 1956–）の小説『あるときの物語』（*A Tale for the Time Being* 2013）を中心に考察し、作品で描かれている自然と人間との関係性や自然が人々の内面や世界観におよぼす影響を辿り、〈天災〉と〈人災〉の相関性について検証する。

ヤマモトとオゼキの共通点は、作家でありながら活動家としての側面を持っていること、環境破壊や家父長的社会の問題、そして人種差別の暴力を批判的視点で描いていることである。また両者とも、戦争の影響や宗教・信仰の問題、環境・ジェンダー・人種・多文化の問題に正面から取り組んでいる。本稿では、両者の作品における環境の問題に焦点を当てながらも、家父長的な暴力の問題、人種間の対立や連帯、異人種間結婚、そして文化のハイブリディティというテーマを重層的に描く、彼女たちの創作手法を考察していきたい。

2　人災は天災――「ヨネコの地震」

ヒサエ・ヤマモト(3)は、カリフォルニア州のレドンド・ビーチで生まれた、日系アメリカ人の二世作家である。彼女の父親は熊本県からの移民であり、カリフォルニアで農業に従事していた。第二次世界大戦により、彼女は家族と共に、アリゾナ州のポストンに強制収容されることとなる。戦後は、アフリカ系アメリカ人の週刊紙「ロサンゼルス・トリビューン」でコラムを執筆し、その後も作家として活躍していく。彼女の代表的短編「ヨネコの地震」は高く評価され、スタンフォード大学のフェローシップの誘いを受けるが、彼女はそれを断り、一九五三年九月から二年間、養子のポールと共にカトリック・ワーカーの運動に参加するため[4]、スタテン島の農場に移住した。このような彼女の生き方・活動・思想は、彼女の作品世界に投影されている。

ヒサエ・ヤマモトの短編集は、一九八八年に初版、二〇〇一年には改訂増補版が出版されており、本稿で扱う短編「ヨネコの地震」もその中に収録されている[5]。

「ヨネコの地震」における地震は、ヨネコという一人の少女の信仰を揺るがし、彼女の内面に大きな地殻変動を引き起こす。一九三三年三月一〇日にカリフォルニアで地震が発生すると[6]、十代の少女ヨネコ・ホソウメは激しく動揺し、ホソウメ家の人々はそれを「ヨネコの地震」と形容した。

他の人たちはすぐさま、冷静にこの大惨事に適応した。都会よりも脅威の少ない田舎にいる自分たちはなんと幸運だったのかと言い、仕事をしなくてよいこの期間を休暇と捉え、屋外で過ごさなければならない状況をキャンプ旅行のようだと考えるものすらいた。彼らはヨネコにも同じように楽観的に考えさせようとしたが、彼女は新たな揺れがあるたびに震え上がり、ものごとの本質を見ようとしない夢想家として、他の人たちを退けた。ヨネコの反応は実に顕著なものであったので、ホソウメ家では以降、その出来事を「ヨネコの地震」と呼ぶことにした。(51)

地震により変化したのは、ヨネコの内面だけではない。ホソウメ家は、地震後も様々な災厄にみまわれることとなる。地震が起こったときに、車を運転していたヨネコの父は、電柱と接触し、感電事故に遭い、後遺症により、畑仕事ができなくなる。被災後、家長としての役割は、ヨネコの母とホソウメ家が雇っていたフィリピン系の日雇い労働者、マルポが担うこととなった。ヨネコの父は次第に周囲につらく当たるようになり、ついには妻に手をあげてしまい、それを止めようとしたマルポにも不満をぶつける。ある日突然、マルポは農場を去り、同じ日に車で町へ向かったホソウメ一家は、道中でコリー犬をひいてしまう。行先は日系の病院で、数時間後に戻った母は、どういうわけか、とても辛そうな様子であった。帰り道、コリー犬の姿は見当たらない。さらには、ヨネコの弟のセイゴが腹痛で苦しみ、急死する。原因は七月の暑さと青いオレンジ、生のジャガイモによる食あたりだった。哀しみに暮れたヨネコの母は、キリスト教を信仰し、熱心に教会に通うようになる。娘のヨネコは、クリスチャンであるマルポを通じて神の言葉に親しみ、キリスト教に淡い憧れを抱いていたのだが、彼女の信仰は長くは続かなかった。どんなにお祈りをしても、地震という暴力をやめてはくれない神への不信感から、ヨネコはすぐさま、神を信じることをやめてしまう。

自分たち家族以外に日系人が誰もいない、教会などのコミュニティーが身近に存在しない環境の中で、ヨネコの家族が育てている多様な作物は、アメリカ社会における彼らの異質性や雑種性をより一層際立たせている。

彼女もまた時としてキリスト教への憧れを抱いていたが、それがばかげた気まぐれにすぎないことを自分でも理解していた。彼女の住んでいた田舎の共同体には、日系人のためのバプテスト教会は一つもなかったのだから。その辺にはヨネコ、彼女の父親、母親、弟のセイゴ以外には日系人はいない。だから、そんな教会などあるはずがない。彼らが唯一無二の存在であったのは、それだけにとどまらない。そこらの田舎では、広大なオレンジの果樹園が広がっているだけだったが、彼らはブラックベリー、キャベツ、ルバーブ、じゃがいも、きゅうり、たまねぎ、メロンなど、実に多様な作物を耕作していた。(46)

ヤマモトが短編の中で描くのは、日系人の家族が、フィリピン系やメキシコ系など人種的に多様な労働者と共に、朝から晩まで同じ畑で汗水流して働くことで成り立っていた、一九三〇年代のカリフォルニアの農村社会である。(7) 彼らは、いかなる土壌においても様々な作物を豊かに実らせ、どんなに厳しい環境にも柔軟に適応し、他の民族と交流することで、多様な文化を生み出してきた。その道のりは、アメリカ社会における制度的差別との戦いの連続であった。

一九一三年のカリフォルニア州外国人土地法(8)や一九四一年の真珠湾攻撃後の日系人強制収容などにより、日系人たちは、絶えず土地や財産を奪われ、共同体の経済的・社会的基盤を脅かされた。イチゴ農家をしていたヤマモトの父親は、日系人の土地所有を禁じる法をすり抜けるため、共同で土地を所有していたようだが、強制収容が差し迫ると、土地を売却したため、自分たちで育てたイチゴを雇い主のために収穫しなければならなかった(Wald 153)。以前はメキシコ人も日系人も一緒に作業をしていたが、雇用主が人種をグループごとに分けたと、ヤマモト自身も当時の記憶を振り返っている(Crow 75–76)。オゼキが二作目の『オール・オーバー・クリエーション』(*All Over Creation*)において、モノカルチャーの暴力を批判し、種の多様性の重要性を訴えたように、ヤマモト作品においても、生物および文化の多様性は、相互に結びつきのあるテーマとして示されている。「ヨネコの地震」においては、畑ごとに育てる作物を単一化し、人種マイノリティを分断して統治する資本主義的システムや、文化的多様性を破壊する暴力的行為に対する批判的視座が埋め込まれている。そのような人種主義や資本主義の暴力に抗うハイブリッドな主体として描かれているのが、マルポである。マルポは、ホソウメ家にとって重要な働き手であっただけでなく、クリスチャン、アスリート、ミュージシャン、アーティスト、ラジオ・テクニシャンなど様々な顔を持つ（48）多才な人物であった。ヨネコの父は、フィリピン人は怠け者だと決めつけ、ハワイ育ちのマルポが働き者なのは、日系人の影響を受けていたからだ（47-48）と主張しているが、ヨネコの観察からは、また別のマルポ像が浮かび上がる。

マルポは、キリスト教の学校で聖書について学び、ランニングや筋トレで身体を鍛え上げ、映画スター（主にブロンドの女性）の肖像画を描き、賛美歌やアイルランド民謡を歌い、自分でラジオの細工もしている。彼の詩的でユーモアに溢れる言語感覚、身体的能力や文化適応力の高さ、知的関心の旺盛さ、そして新しいことにチャレンジしようとする精神は、幼いヨネコの目には魅力的に映った。ヨネコがマルポに惹かれたのは、彼が、アメリカ社会で生き残っていくための必要性に迫られて働いている周囲の大人とは違い、生そのものを充実させ、様々な文化的特権を享受しているように思えたからだろう。ハワイの多文化社会で育ったマルポは、一人の人間にはおおよそ不可能と思われるようなほど、多彩な能力を柔軟に吸収する「スーパーマン」（Osborn and Watanabe 37）のような存在であり、作者ヤマモトが未来に思い描く文化的多様性の化身であった。

しかしながら現実には、ヨネコの父の態度からも読み取れるように、当時の日系社会は、フィリピン系やメキシコ系の労働者たちに対して、根深い人種的偏見を持っている。同じ畑で働く労働者、アメリカ社会で同じように人種差別と闘う移民という共通項は、共同体内部に存在する偏見を拭い去るには十分ではない。ヨネコと弟のセイゴ、そしてヨネコの母が、マルポの多様な面に惹かれ、働き手としても彼を頼りにすることは、ヨネコの父、ホソウメ氏にとっては、自らの家長としての権威の失墜を意味する。彼はしばしばフィリピン人に対する偏見を口にしているが、このような人種差別の暴力は家庭内に浸透し、一家に災いをもたらす要因となる。

キンコック・チャンが示唆するように、「ヨネコの地震」においては、二重のプロットが進行している。彼女の分析によると、メインのプロットとして、少女ヨネコの視点からは、彼女のマルポに対する淡い恋心とキリスト教信仰への憧れが描き出されているが、その裏に隠されているのは、ヨネコの母の物語であり、彼女のマルポとの関係、そして息子の死後のキリスト教への改宗だ（Cheung 42）。ヨネコにとって大人への通過儀礼である恋愛と信仰は、結局のところ失望へと変わり、母親にとっては悲劇となってしまう。

本作品において、家父長的制度と人種差別の暴力は、雷にあたったような災難として描かれている。それを象徴するのが、ヨネコの父の感電事故、そして父が母を平手打ちするのを目の当たりにし、雷に打たれたような衝撃を受けた子供たちの反応だ。家庭内の暴力を目の当たりにしたとき、子供たちにとっての平和な日常はすぐさま崩れ去っていく。

> そのとき、ホソウメ氏はアイロンがけをしている妻のところに行き、彼女に平手打ちを食らわせた。妻に手をあげたのは、それがはじめてだった。ホソウメ夫人はしばらく動けなかったが、何事もなかったかのようにアイロンがけを続けた。ところが彼女の視線は、たまたまその部屋で新聞を読んでいたマルポをちらりと見ていた。ヨネコとセイゴはラジオを聴いていたことも忘れ、まるで雷に打たれたように驚き、両親を見つめていた。(53)

夫・父親・男性・家長・雇用主としての権威が侵害されているとホソウメ氏が感じるのは、夫に生意気な口答えをする妻や親に敬意を払わないアメリカ生まれの子供、雇用主よりも働き手として頼りになるフィリピン系労働者のせいではない。ホソウメ家での家庭内暴力、そして日系社会における世代間の対立や女性の抑圧は、アメリカ社会における人種差別や女性の抑圧、労働力の搾取などの問題と分かちがたく結びついている。小さな田舎で農業を営む日系のコミュニティーの内部で生じる問題は、アメリカ国内外の問題と無関係ではない。

この作品において、雷や地震などの〈天災〉は、様々な〈人災〉の比喩として機能している。雷、そしてそれに起因する父の感電事故は、アメリカ社会で日系アメリカ人が経験した数々の災いを象徴するとともに、家庭内での暴力を目撃した子供たちの精神的ショックを表す比喩となっている。さらに地震は、思春期の少女ヨネコの内面を根底から揺るがし、彼女の周囲の状況を一変させる大きな要因であった。

ヨネコという一人の少女の未熟で不安定な信頼のおけない語りは、災害に見舞われる人間が、自然の前では無力な存在であることを示唆する。地震は、神への漠然とした信仰を揺るがし、家族や共同体の平和な日常を脅かし、生命を危険にさらす、人知を超えたものとして描かれている。結婚や宗教における家父長的制度の信仰と性的な搾取の構造、アメリカ社会で日系人が経験してきた人種差別や経済的搾取、アジア系男性の男性性の喪失、文化そして生物の多様性の否定。これらの問題は地震と同じく、日系アメリカ人の一家が独力で解決することのできない問題として立ちはだかっている。アメリカ社会において言いようのない怒りや無力感を感じている両親の苦悩を、日系アメリカ人の少女ヨネコも受け継いでいく。

3　天災は人災――『あるときの物語』

アメリカ人の父親と日系の母親の間に生まれたルース・オゼキ(9)は、コネチカット州ニューヘイブン出身の映像作家・小説家であり、かつては日本での生活も経験している。一九九八年に出版された最初の小説『イヤー・オブ・ミート』(*My Year of Meats*)により、彼女は一躍脚光を浴びた。三作目『あるときの物語』の舞台設定は、オゼキのパートナーであるオリバー・ケルハマー（ドイツ系カナダ人の環境芸術家）とのカナダのブリティッシュコロンビア州での生活を反映したものである。

オゼキの小説『あるときの物語』(10)では、二〇一一年の震災後の世界において、日本の少女ナオとカナダ在住の作家のルースという二人の物語が、時間と空間を超えて交錯していく様子が描かれる。カナダの島で夫のオリバーと猫のペスト（本当の名はシュレーディンガー）と暮らしている作家のルースは、ある日海岸でハロー・キティの弁当箱を発見する。その中には、日本の女子学生ヤスタニ・ナオの日記と古い手紙、そしてアンティーク時計が入っていた。ナオの日記は二〇一一年の津波により流されたものなのか、それとも誰かが海に投棄したものなのか、その答えを見つけようと、ルースは日記を読み進める。

ナオの所持品を見つけたルースとその周囲の人物たちが明らかにしようとする謎は、それが浮き荷（Flotsam）であるのか、投げ荷（Jetsam）であるのかということだ。ルースの夫オリバーはその違いを、浮き荷は偶然に海を漂流しているものであるが、投げ荷は意図的に投棄されたものとして説明している（Ozeki 13）。津波により運命的にたどりついたという物語は、作家であるルースの文学的想像力をくすぐるが、彼女の友人ミュリエル（引退した文化人類学者でゴミの専門家）は、科学的根拠を見つけることが重要であり、日本人観光客が海に投棄したという別の可能性も示唆している（32）。浮き荷か、投げ荷かという問いは、ナオが自然災害に見舞われ死亡したのか、あるいは自らの意志で死を選択したのか、それとも彼女はまだ生きているのか、という存在の問題に関わってくる。

夫オリバーによると、ナオの所持品も、他の漂流物と同様に、ゴミベルトに吸い込まれ、分解されて、魚やプランクトンの餌になってしまう可能性があったのだが、ナオの日記はそれを回避し、奇跡的にルースが「ジャップ農場」[11]と呼んでいる場所に流れ着き、日系の血を継ぐ人物であるルースの手に渡った（36）。太平洋循環からそれたナオの日記には、何らかの意志や記憶があるかのように感じられるのだ。

ナオの日記には、彼女の父がドットコム・バブルで失業し、ストックオプションで貯蓄を失ったため、一家でアメリカから日本に帰国したことが記されている。帰国子女の彼女は、日本の学校でのいじめや秋葉原での援助交際、更には父親の自殺未遂など、深刻な問題を抱えていることが明らかになる。ナオの家族の抱える問題は、アメリカでの生活に端を発している。アメリカにおいてナオの父親は、シリコンバレーで優秀なエンジニアとして働いていたが、家長が財政上の決定を下すという男性中心的資産運用法により、一家に災いを招くこととなる（51）。

ナオは日記の中で、日本で初めて過ごす家族のクリスマスと正月に、両親がアメリカで家族に降りかかった災いがまるでなんでもなかったかのように振舞っていたことを振り返り、自分一人の力ではどうにもならないもどかしさを吐露している（50）。さらに彼女は「私の家庭生活は災難だった」（303）と記しており、彼女にとって日本での家庭生活は一種の災害のようなもの、子供にはどうすることもできないものとして受け止められている。「ヨネコの地震」において、ヨネコの父親が感電事故により仕事ができなくなり、父親としての権威を失墜させたように、ナオの父も、アメリカで同じような災難に見舞われる。ヨネコと同様、自分にはどうすることもできない問題に対峙したとき、ナオは言いようのない怒りに駆られることとなる。

ナオが家庭や学校で抱える個人的問題は、経済的不況、環境問題、戦争やテロリズムなど、外の世界の問題と結びつけられている（169）。ナオと彼女の家族が抱える問題は、自己責任として片づけることのできるものではない。それは、彼らの力を超えた国家の問題、グローバルな社会が抱えている課題であることが、ナオの言葉によってはっきりと示されている。ナオの言うように、アメリカという国家はつねに国外で戦争という人災を繰り返してきた。彼女は、第二次世界大戦の真珠湾攻撃と二〇〇一年九月一一日にアメリカで発生した同時多発テロのシナリオが、酷似していることを指摘している。

多くのアメリカ人が言うには、日本の真珠湾攻撃は9・11のようなシナリオだった。だから怒ったアメリカはお返しに宣戦布告した。アメリカがうんざりして、日本に原爆を落とし、広島と長崎を完全に抹消してしまうまで、戦いはつづいた。アメリカはそんなことをしなくても勝ちに向かっていたのにひどすぎる、という考えに、ほとんどの人が同意するんじゃない。（179）

多くのアメリカ人にとって、9・11は真珠湾攻撃の奇襲のような予測不可能な災難として受け止められ、9・11の十年後の遠く離れた地震大国の日本において、3・11は同じく不意打ちとして認識された。真珠湾攻撃や9・11は、〈人災〉ではあっても〈天災〉のように感じられたが、アメリカがこれまで国外で繰り広げてきた戦いが、アメリカに対するテロの引き金となったことに疑いの余地はなかった。地震、津波、原子力発電所の事故、放射能汚染の問題を含めた複合災害としての東日本大震災は、〈天災〉ではあっても〈人災〉であることがはっきりしていた。日本とアメリカ、そして大人と子供の中間にいるナオの言葉は、私たちが日ごろ目を背けがちな歴史的連続性を直視するよう迫り、その現実を記憶に留め、未来へと繋げていくよう、読者に訴えかけている。

オゼキの『あるときの物語』は、〈人災〉としての〈天災〉である3・11に、フォーカスを絞る。そして〈人災〉が、私たちの歴史に対する無知や記憶の消去、そして物語を想像する力の欠如と結びついていることを炙り出していく。あらゆる事物がそうであるように、私たちの情報や記憶もゴミベルトに巻き込まれ、大きな海の循環の中に消えていく。ナオの日記をルースが読まなければ、彼女の物語は不在であるように、情報や記憶がなくなれば、あらゆる物語は失われてしまう。3・11が教えてくれたのは、人間の生命の儚《はかな》さだけでなく、このような情報の曖昧さや記憶の不確かさである。テレビやネット上で映し出される被災地の光景は、情報の波にもまれ、たちまち消えていく。人間存在も同じように儚く消えていくものであり、私たちは常にその存在をおびやかされている。

3・11がルースに教えてくれたのは、「知らないということはつらい」ということであり、それがこの世界の情け容赦ない現実であるということである。

知らないというのはつらいことだ。地震と津波により一万五八五四名の生命が奪われ、何千人もの人が行方不明、生き埋めとなり、波に流され、海に飲み込まれた。彼らの遺体が見つかることはなかった。彼らに何が起こったのか、だれも知る由はない。少なくともそれは、この世界の厳しい現実なのだ。(400)

多くの人が津波にのまれて消えていったにもかかわらず、彼らに何があったのかを知るすべはない。作家であり読み手であるルースは、この残酷な現実を憂いながらも、あらゆる世界の可能性について思索し、現在この世界で生きていることの幸せをかみしめようとしている。

深井美智子が指摘するように、『オール・オーバー・クリエーション』でのオゼキは、環境問題を人間が引き起こした災いとみなし、それに対して抵抗のスタンスを見せてきた（一九）が、『あるときの物語』では、自身の曹洞宗への得度、そして東日本大震災の影響を受け、自然に対する姿勢を変化させている（一二）。芳賀浩一は、『あるときの物語』におけるゴミやモノの視点による語りに注目し、それを「脱人間中心的な視点」として解釈している（三〇七）。このような「人間中心主義批判」から「脱人間中心主義」への転換は、人間の視点から環境との関係を批判的に捉えるだけでなく、人間主体のエージェンシーを学び捨て、自然やモノ、非人間の語りに耳を傾けようとする作者の態度を表明したものであろう。しかしながら、このような変化の根底にはやはり、以前の作品にも共通する人間中心の語りへの批判があることを忘れてはならない。自然の前では、人間は非常に無力な存在であるが、災害は、自然環境に無関心な人間が、作り出したものなのだから。

『あるときの物語』において、日本にいるナオそしてカナダ在住のルースは、自らに降りかかる〈人災〉を〈天災〉になぞらえながらも、3・11という〈天災〉を〈人災〉が繰り返される歴史の一部として、捉えようとしている。オゼキはあるインタビューにおいて、記憶しなければ同じ過ちを繰り返す人間の営みを、アルツハイマー、ガイル、ゴミベルトなどの比喩と重ね合わせ、現代のデジタルな時代における情報の短命さ、儚さ、脆さについて思考をめぐらせている（Ty and Ozeki 163）。

その瞬間はいかに重要な情報や記憶であるように思われても、次の瞬間すぐに忘れ去られゴミとなってしまう。事物として残らなければ記憶の仕様がない。ナオの日記のように海を漂う者たちの語りをいかに記憶していくべきか。亡き人々の物語をいかに言語化するか。そこに、〈人災〉を繰り返さないための重要な鍵があるとオゼキは考えているのだろう。

4　災害を超えて、言葉をつなぐ

『震災後文学論――あたらしい日本文学のために』において木村朗子は、「人災といえば、二〇〇一年九月一一日にアメリカでおこった同時多発テロがあった。東日本大震災が、すぐさま3・11と言われるようになったのは、このアメリカ同時多発テロを9・11と呼んだことからきている。その意味では、呼び名の上で、あらかじめ正しく人災の歴史に組み込まれたということができよう」（木村　二〇一四）と指摘している。ルース・オゼキの『あるときの物語』においても、このような第二次世界大戦から湾岸戦争、そしてアフガニスタン侵攻とイラク戦争、9・11から3・11へと続く人災の歴史的連続性が描かれている。

「ヨネコの地震」においては、カリフォルニアで一九三三年三月一〇日に地震が発生する。まるで二〇一一年三月一一日の東日本大震災を予感しているかのような奇妙な数字の並びである。数字は偶然の一致かもしれないが、私たちはそこにそれ以上の特別な意味を読みとろうとする。これらの数字を心に刻みながらも、歴史は繰り返し、人々は次から次へと災難に見舞われていく。

ヤマモトが〈人災〉を〈天災〉となぞらえて描く一方で、オゼキは3・11後の世界を描くとき、〈天災〉の〈人災〉としての側面に焦点を当てる。両者とも災害を通して人間の内面の変化について考え、災害により主体性の問題がいかに揺るがされるかに焦点を当てており、この点は〈ポスト災害〉の社会ではより一層重要な要素となっていると言える。

両作品では、思春期の少女の不安定で断片的な語りにより、自然環境の影響による人間の主体性の揺らぎが表現され、沈黙に声を与えることの重要性が提起されていた。「ヨネコの地震」では、災害によりエージェンシーを奪われた主体が、その経験をいかに乗り越え、成長の糧としていくのかが示唆され、『あるときの物語』では、人間が自らのエージェンシーを学び捨て、人間以外のモノに語らせようとする姿勢が示されている。

さらに世代の異なる二人の作家は、人種差別や家父長制の暴力を自然災害と重ね合わせる。西洋中心主義の家父長的な社会の中で人間性を剥奪された人種マイノリティや女性たちは、低賃金あるいは無償で労働に従事せねばならず、生殖や性を厳しく管理される。それ以外の文化的・社会的活動は、家族や共同体の生活を支えるための必要性（Necessity）に迫られたものではなく、それゆえに〈非生産的〉で贅沢なもの（Extravagance）として否定される。[12]さらには、経済的な発展を最優先するグローバルな資本主義の世界では、多様性や共同体を破壊し、生命を奪う暴力行為が正当化されてしまう。[13]

このような社会的不正義を暴き出す彼女たちの文学は、自然が人々の内面や世界観におよぼす影響を正面から捉え、人間存在の意味を根源的に見つめなおそうとするものであり、〈ポスト3・11〉、そして〈ウィズ／ポスト・コロナ〉を生きる私たちが、終わりの風景を超えて、どのように言葉を紡ぎ出し、災害の物語をつないでいくのかを考えていくうえで、重要なヒントを与えてくれるのではないだろうか。

※本稿は、第二六回 ASLE-Japan の全国大会（二〇二〇年一一月二二日、オンライン開催）の発表原稿を加筆し、大幅に修正したものである。また、ＪＳＰＳ研究費（科研番号：20K12971）の助成を受けた研究成果の一部である。日本語書物からの引用ページ数は、漢数字で示した。

注

（1）現代を代表するアジア系作家であるルース・オゼキやカレン・テイ・ヤマシタの作品は、環境というテーマでよく論じられるが、カルロス・ブロサンやヒサエ・ヤマモトなどの初期のアジア系作家について分析したものは、まだまだ数が少ない。

（2）アジア系アメリカ文学と環境というテーマを扱った研究書として、*Asian American Literature and the Environment*（2015）と *Ecocriticism and Asian American Literature*（2020）を挙げておく。

（3）ヒサエ・ヤマモトについては、Densho のウェブサイトを参照のこと。（URL は以下の通り：encyclopedia.densho.org/Hisaye_Yamamoto/）

（4）カトリック・ワーカーは、一九三三年にドロシー・デイとピーター・モーリンによって設立された運動であり、農場での共同生活などを行っていた。ヤマモトとカトリック・ワーカーとの関わりについては、Wald（2015）で詳しく論じられている。

（5）本稿では、*Seventeen Syllables and Other Stories*（2001）を使用した。本文でのヤマモトの作品からの引用は、拙訳である。訳をするにあたって、邦訳『ヒサエ・ヤマモト作品集――「十七文字」ほか十八編』を参照させていただいた。ヤマモトの著作は短編集一冊のみで、出版されるまでにかなりの時間がかかっている。

（6）「ヨネコの地震」は、一九三三年に実際にカリフォルニア州のロングビーチで発生した地震をもとに創作されたものと推測される。Densho のホームページで公開されているインタビュー（ddr.densho.org/interviews/ddr-densho-1002-10-1/?tableft=segments より閲覧可）においてヤマモトは、当時はカリフォルニア州ダウニーで中学校に通っており、構内の建物が修復中であったという記憶に言及している。

（7）一九二〇年代から三〇代にかけては、労働者から借地農家に転じる日系の農家が増え、その労働の多くを、フィリピン系やメキシコ系の働き手を雇うことにより、まかなっていたようだ（稲木　三六）。

（8）外国人土地法とは、市民権を獲得することのできない外国人（特に外国生まれの一世）の土地所有を禁じる法律であり、排日土地法とも呼ばれる。カリフォルニア州では、一九一三年に制定された。

（9）ルース・オゼキについては、彼女のホームページ Ozekiland を参照のこと。（URL は、www.ruthozeki.com/）

（10）作品の日本語訳は筆者によるものであるが、その際に既訳を参照させていただいた。

（11）作中に登場するかつて「ジャップ農場」と言われていた場所は、もともとは日系人の所有であったが、第二次世界大戦時の日系人の強制収容により、農場を売却することを強いられ、現在はドイツ系の人が運営している（Ozeki 32）。ジャップとは日本人・日系人に対する侮蔑語であり、現在では人々はこの言葉の使用を控えているが、日系のルーツを持つルースは、この言葉を使うことに固執している。彼女がこの言葉をあえて使用するのは、第二次世界大戦中に多くの日系人が強制的に収容所に入れられ、土地や財産を奪われた歴史を記憶するためである。

（12）アジア系アメリカ文学における「必要性」（Necessity）と「奢侈」（Extravagance）の概念については、Wong（1993）で詳細に議論されている。

（13）Shiva（2005）によると、「ジェンダーの不平等、女性の排除や使い捨ては、宗教的・経済的・政治的システムによって形成された家父長的システムに依拠している」（124）。そのようなシステムにおいては、生命や人間性は軽んじられ、生物の多様性は否定されてしまう。

参考資料

Cheung, King-Kok. *Articulate Silences: Hisaye Yamamoto, Maxine Hong Kingston, Joy Kogawa*. Cornell UP, 1993.

Crow, Charles L. "A MELUS Interview: Hisaye Yamamoto." *MELUS* 14.1（Spring 1987）: 73–84.

Gamber, John. "Introduction: Ecocriticism and Asian American Literature." *Asian American Literature and the Environment*. Lorna Fitzsimmons, Youngsuk Chae, and Bella Adams, eds . Routledge, 2015. 1–9.

Osborn, William P. and Sylvia A. Watanabe. "A Conversation with Hisaye Yamamoto." *Chicago Review* 39.3–4（1993）: 34–38.

Ozeki, Ruth. *My Year of Meats*. Penguin, 1998.

——. *All Over Creation*. 2003. Canongate, 2013.Kindle.

——. *A Tale for the Time Being*. Canongate, 2013.

Shiva, Vandana. *Earth Democracy: Justice, Sustainability, and Peace*. North Atlantic Books, 2005.

Simal-González, Begoña. *Ecocriticism and Asian American Literature: Gold Mountains, Weedflowers and Murky Globes*. Palgrave Macmillan, 2020.

Ty, Eleanor and Ruth Ozeki. "'A Universe of Many Worlds': An Interview with Ruth Ozeki." *MELUS* 38.3（Fall 2013）: 160–171.

Wald, Sarah D. "Hisaye Yamamoto as Radical Agrarian." *Asian American Literature and the Environment*. Lorna Fitzsimmons, Youngsuk Chae, and Bella Adams, eds . Routledge, 2015. 149–166.

Wong, Sau-ling Cynthia. *Reading Asian American Literature: From Necessity to Extravagance*. Princeton UP, 1993.

Yamamoto, Hisaye. *Seventeen Syllables and Other Stories*. 1988. Ed. King-Kok Cheung. Rutgers UP, 2001.

稲木妙子『ヒサエ・ヤマモトの世界』金星堂、二〇一九年。

オゼキ、ルース『あるときの物語』上下巻、田中文訳、早川書房、二〇一四年。

木村朗子『震災後文学論――あたらしい日本文学のために』青土社、二〇一三年。

芳賀浩一『ポスト〈3・11〉小説論――遅い暴力に抗する人新世の思想』水声社、二〇一八年。

深井美智子「ルース・オゼキの作品にみる変容する抵抗のかたち――*All Over Creation* と *A Tale for the Time Being* を中心に」『AALA Journal』二一号、二〇一五年、一二–二〇頁。

ヤマモト、ヒサエ『ヒサエ・ヤマモト作品集――「十七文字」ほか十八編』山本岩夫他訳、南雲堂フェニックス、二〇〇八年。

第5章
「終わり」の見えない不安
イアン・マキューアンの『土曜日』試論

高橋路子

序

イアン・マキューアン（Ian McEwan, 1948-）第九作目の小説となる『土曜日』（*Saturday*, 2005）は、一人の脳神経外科医の一日を描いた作品である。ある土曜日の夜明け前、主人公ヘンリー・ペロウンは週末が始まる前の期待感もあってか、窓の外を眺めながら、いつにない「多幸感」（5）を覚える。[1] しかし、主人公の幸福感はすぐさま不安感に取って代わられる。暗闇の中を一機の飛行機が火を噴きながらヒースロー空港の方向に急降下していくのが見えた。その瞬間、ペロウンそして読者の脳裏に二〇〇一年九月一一日の惨禍が蘇る。

マキューアン文学に浸透する不安の多くは「終わり」にまつわるものである。大英帝国の衰退、英国から米国への覇権交代、核の脅威、冷戦の終結、テロへの警戒、気候変動と環境汚染、高齢化社会と終末医療など歴史的、社会的な不安要素に加えて、人間関係の崩壊、階層社会の歪み、病気と死に対する精神的不安など、マキューアンはさまざまな角度から不安と「終わり」の関係を扱っている。

『土曜日』では、主人公の個人的な不安と9・11以後の世界に広がる全体的な不安とが重なり合いながら物語が展開していく。本稿では、作品の中核を占める不安と「終わり」の関係性を明らかにし、マキューアンの終末観を参照しながらこの小説を再読する。そして、主人公が最後に下す決断の意味について考察する。

1　不安という共同体

不安と恐怖はマキューアンの他の作品においても重要な要素となっているが、『土曜日』も例外ではない（Zalewski）。デイヴィッド・マルコム（David Malcolm）はマキューアン文学における個人的な要素と全体的な要素の融合に注目し、初期の作品が思春期における主人公の内面的不安を題材にすることが多かったとするならば、中期以降の作品では社会的な不安が多く扱われていると指摘する（Malcolm 106）。

初期のマキューアン作品では殺人、倒錯、妄想、近親相姦など読者に衝撃を与えるような題材が多かったが、中期以降の作品では長い苦悩やその余韻が重くのしかかるようなテーマが多く扱われている。(2) 思春期の子供を多く扱った初期作品では、成長の過程でみられる内面の葛藤に焦点が当てられていたが、それ以降は、成人もしくは中年を主人公とすることが多くなり、作品の主たる関心事も社会的あるいは政治的なものへと推移している（Haffenden 30–31）。

マキューアンが中期以降の作品で取り上げる題材は、『土曜日』の主人公が「二十一世紀初頭のメニュー」(34)と呼ぶものである。それらは具体的には、中東問題、アメリカとヨーロッパの関係、イスラムをめぐるさまざまな混乱、イスラエルとパレスチナの問題、独裁者と民主主義など政治的な内容のほか、地球温暖化や世界の貧困の問題などである。さらには、大量破壊兵器、原子力発電所の燃料棒、衛星写真、レーザー光線、ナノテクノロジーなど先端技術および自然科学にまつわる題材も含まれる。これらはいずれも二十一世紀の時代の明暗を分ける鍵であり、我々が取り組むべき課題である。

『土曜日』は「イングランドの状態小説(condition of England novel)」(Ross 75, Malcolm 106)に分類されることもあるが、それは、この作品が現代の英国社会の現状と諸問題を扱っているからである。チャールズ・ディケンズ(Charles Dickens, 1812–1870)やエリザベス・ギャスケル(Elizabeth Gaskell, 1810–1865)らが、十九世紀英国社会における階級、労働、貧困、ジェンダーにまつわるさまざまな社会問題、いわゆる「イングランドの状態問題」を作品で取り上げたように、マキューアンも作品の中で二十一世紀英国社会が抱えるさまざまな問題を浮き彫りにする。(3)ロンドンの一等地に住み、高級車を乗り回す富裕な主人公の特権化された世界観をもって「イングランドの状態」とすることに対しては、強い反発があることも事実である(Spahr 234, Ross 79)。しかし、この作品が9・11以後の世界を舞台としていることには大きな意味がある。「我々の時代とは、混乱と恐怖の時代だ」(4)とマキューアンの主人公が自覚する通り、あの忌々しいテロ事件以降、世界中が「不安という共同体」の一員となった。現代の英国社会が直面する最大の危機とは、この先何が起こるか分からないという不安と恐怖なのである。

もうすぐ始まるテレビニュースが引力のように「ペロウンを」誘惑する。世の中の流れについていかなければという衝動、全世界を覆う不安の共同体に自分も参加しなければという衝動は、この時代特有のものである。（176、傍線は筆者による）

チョンジェン・チェン（Chung-jen Chen）は『土曜日』を通じて読者が共通の不安と恐怖を共有するという「集合的不安」（Chen 110）の要素に注目し、その治癒的効果について論じている。小説の舞台は二〇〇三年二月一五日である。この日は、米英軍によるイラク侵攻に抗議する大規模な反戦デモが行われた日である。9・11という集合的恐怖を体験した多くの国民が、二度と同じことを繰り返してはならないという強い信念のもとにロンドンに集結した。当然ながら、全国民が志を同じくしていたわけではなく、ペロウンのように立場を決めかねている国民もいたであろう。しかし、対イラク戦争に反対した者もそれを支持した者も、あるいは立場を明確にしなかった者も、皆に共通して言えることは、誰しもが将来に強い不安を感じていたことである。

イラク侵攻については、独裁者サダム・フセインと一族による悪しき独裁政権を倒し、拷問にかけられている多くの国民を解放し、大量破壊兵器の査察を行うべきだと主張する賛成派と、報復は報復を生むことになり、多くの一般市民が大惨事に巻き込まれ、難民や食料不足など深刻な国際問題へと発展するにちがいないと訴える反対派が真っ向から対立した（180–181）。結局は、反戦デモからほぼひと月後にイラク戦争は強行され、『土曜日』が出版されてから数か月後の二〇〇五年七月七日にロンドンで同時爆発テロが発生した。しかし、そのことを作品の登場人物たちは知る由もない。

マキューアンは二〇〇七年のインタビューの中で「あの選択［イラク戦争］は間違っていた」（Remnick 169）と述べているが、当時は自身もペロウンと同様に「両価的感情（ambivalent feelings）」を持ち、立場を明確にできなかったと告白している（Lynn 146）。ここで強調しておきたいのは、何が正しい選択であったかということではなく、どのような結末になるかは誰も予測がつかなかったということである。「終わり」があって人々は不安になるのではなく、「終わり」が見えないから不安になるのである。起こるかもしれないし、起こらないかもしれないという不確定性こそが不安をより大きなものにする。

一方、ピーター・シモンセン（Peter Simonsen）は主人公と認知症の母親との関係に注目する。作品に浸透する不安感は、なにも戦争やテロとの戦いばかりではない。シモンセンは『土曜日』を「介護施設ナラティヴ（nursing home narrative）」に分類し、現代の高齢化社会における現状を描いていると論じている（Simonsen 179）。シモンセンいわく、高齢者福祉施設いわゆる老人ホームは人々の意識のなかで「不安と恐怖の場所」となっている。「死」が待ち受けている場所という意味のみならず、いずれは自分も「身の回りのことができなくなり、家族に迷惑をかけるかもしれない」という人生の終末期に対する人々の不安が記号化された場所となっていると述べている（Simonsen 177）。

実際のところ、ペロウンが介護施設にいる母親を見舞う時間は短く、三〇〇頁近くある小説の中でその場面自体は一〇頁ほどしかないのだが、母親のことは終始ペロウンの心にあって、彼を憂鬱な気分にさせる。まだ元気だったころの母親の姿、水泳が得意だった自慢の母親については些細なことまで鮮明に思い出すことができたが、施設で暮らし、もはや息子のことも分からなくなってしまった今の母親については「顔すら思い出せずに」いた。ペロウンにとって母親の今の状態は「精神の死」そして「生ける屍」（165）であり、施設を訪問することは「墓に献花しにゆくのに似ている」（125）とさえ感じた。医者でありながら自分の力ではどうすることもできないことに無力感と絶望感を覚えると同時に、自分も同じようになるのではないかという大きな不安が彼を襲う。シモンセンは、母親訪問の場面は、作品の中の「死んでいる中心部（dead center）」を象徴しており、主人公が一番弱く傷つきやすい場面であると指摘する（Simonsen 180）。

記憶も曖昧なまま滔々とお喋りする母親を見ながら、ペロウンは自分の老後のことを心配する。いずれ自分も「子供たちの前でとりとめのない話をするしわがれた老人」（165）になるのだろうか。ペロウンは静かな決意で己を律する。「母のようになっては駄目だ。しっかり健康維持をしなければ。そのためには自分にもっと厳しくせねば」（165）と。まずは、血圧とコレステロール値をもっと下げるべきだろう。卵やミルクは控えて、チーズも駄目だ、コーヒーもいずれやめないといけないだろう、といった具合に。しかし、ペロウンが認知症を発症するのは、今やテロが起こるとの同じくらいの確率で起こりうることである。それが現実となるまでは、不安を完全に消し去ることはできない。

2 「シュレーディンガーの猫」——終わらない不安

『土曜日』では、たびたび「シュレーディンガーの猫」のことが言及される。最初にペロウンがこの量子力学の実験のことを思い出すのは、飛行機が炎上しながら急降下していくのを見た直後である。この実験では、不透明な箱の中に猫と毒薬の瓶を一緒に入れる。

その猫は生きているかもしれないし、ランダムに作動するハンマーが箱内の毒薬の瓶を叩き潰して死んでいるかもしれない。観察者が箱の蓋を開けるまでは、両方の可能性——生きた猫と死んだ猫——が隣り合わせ

に存在しており、どちらの可能性も、二つの並行世界において同等にリアルなのである。(18)

この実験と同様、ヒースロー空港に不時着陸した機内の乗客が生存している確率は、彼らが死亡している確率と半々であり、真相が明らかになるまでは、希望と絶望が入り混じった状態が続く。『土曜日』で取り上げられる不安は、まさにこの類の不安である。戦争、テロ、老い、認知症、病気、不慮の事故などは現代社会が直面する問題であるが、「終わり」が見えないがゆえに、我々は問題が実際に起こる前から不安にさせられるのである。このような不安は、作品に独特な緊張感を与えている。

そもそも不安というものは極めて主観的な感情であり、同一のものを見ていたとしても万人が同じ感情を抱くとは限らない。しかし、マキューアンは不安をきわめて私的な感情として扱いながらも、万人に共通する不安があることを示唆する。それが作品の根底にある不安であり、「終わり」にまつわる不安である。事実、複雑かつ巧妙なプロットで知られるマキューアン文学の主軸をなすのは「終わり」であると言っても過言ではない。彼の作品でしばしば描かれるのは、目に見えない「終わり」に対して抗い、もがき苦しむ主人公たちである。小説家も必ず作品の「終わり」を必要とするという意味においては、見えない「終わり」との葛藤は、作家自身のものであると言ってもよいだろう。

『土曜日』の主人公は、五〇歳を目前にして仕事も家庭も全て順風満帆で、人生を謳歌しているかに見える。脳神経外科医としての仕事は、超絶的な技巧と集中力が求められ、肉体だけでなく精神的にも負担が大きい。ペロウンは、一日のうちにそのような複雑な手術をいくつもこなし、病院では同僚スタッフや患者からの信頼も厚い。プライベートでは、ロンドンの閑静な住宅街に居を構え、新聞社で顧問弁護士を務める有能で美しい妻と一八歳になる息子のシーオと暮らしている。長女のデイジーは詩人で、この春に最初の詩集を出版予定だ。今はパリで一人暮らしをしているが、この土曜日に帰ってくることになっていた。子供たちの祖父でペロウンにとっては義父にあたるグラマティカスもフランスから合流する。久しぶりの一家団欒にペロウンは朝から興奮気味である。友人で同僚のジェイ・ストロースとのスカッシュ、母親の見舞いなど週末のルーティンをこなし、市場で新鮮な魚介類を買い、酒類の準備をし、晩のビッグイベントに向けてゆっくり休む間もないほどである。途中、ギタリストである息子のバンドのリハーサルに立ち寄り、彼らの音楽に酔いしれる。子供たちの前途有望な未来を確信しながら、自慢の魚介シチューを作るペロウンの様子は幸福感に満ちている。この完璧な土曜日の締めくくりとして、彼の大切な家族が一堂に集まり、これまでの諸々の蟠《わだかま》りを解消し、信頼と愛情を確かめ合うはずであった。

ところが、家族の再会という「物語」は予想外の結末をむかえることになる。原因は、日中に自動車の接触事故を起こしたペロウンが、その対応を誤ったことにあった。ぶつかった車を運転していたバクスターという男が難癖をつけて脅しをかけてきた時、相手の様子から男がハンチントン病という神経性の難病を患っていると察知したペロウンは、相手の不安をうまく利用し、医学の専門用語を並べて彼を動揺させることで、その場を何とか切り抜けたのであった。しかし、バクスターはペロウンの車の後をつけて、「ロンドンに巣食う貧者たち、麻薬中毒者、根っからの悪人たち」(37) からペロウンと家族を守ってくれるはずの厳重な防犯システムをかいくぐり、彼の自宅に押し入ってきたのである。

ここで注目すべきは、妻ロザリンドの背中にナイフを突きつけるバクスターの姿に気がついた時のペロウンの様子である。

バクスターは午後の間ずっと、こうしてわが家に入る瞬間を思い描いていたに違いない。〔中略〕それも当然だ。バクスターがこうして現れたのはすべて理にかなっている。愚かにも、ペロウンは数秒の間、そのことばかりを考えていた。勿論だ。これですべて納得がいく（It makes sense）。今日一日のほとんど全ての要素がこの部屋に揃っているのだから。（206）

今日という一日は、この瞬間につながっていたのだ、とペロウンは感じる。バラバラだった点が一本の線で結ばれた時の感覚に似ている。そして、「終わり」が見えたとたんに、それまでの出来事や行動の意味付け（"make sense" 206）がなされる。昼間の自分の判断の誤りがこのような結果をもたらしたのだということ、バクスターの乗る赤いＢＭＷがバックミラーに何度か映ったように見えたのだが、それが思い過ごしではなかったことが証明された。それまで不確定だった要素がそうでなくなった時、不安は払拭される。そして今度は、不安が恐怖と後悔へと変わる。

一方、バクスターにしてみれば、これは「終わり」ではなく、彼の復讐は始まったばかりである。抵抗するグラマティカスを殴り、ペロウンの娘デイジーは皆の前で全裸にさせられる。デイジーが妊娠初期であることをペロウンはこのとき初めて知る。さらに最悪な事態に進展するかに思われたが、バクスターの隙をついて、ペロウンと息子シーオが彼を階段から突き落とすことに成功する。ペロウンは危機一髪で最悪の事態を回避することができたのである。

もし、この小説がここで終わっていたとするならば、つまり、バクスターが階段から落ちて逮捕され、場合によっては死ぬところで終わっていたとするならば、全く違う「物語」になっていたであろう。クライマックスの場面で主人公が悪人を倒し、大切な家族を守ったというハッピーエンドとして読まれたかもしれない。しかし、これまで見てきたように、『土曜日』に描かれる世界は、そのような明確な「終わり」がない世界である。

脳神経外科医としてのキャリアの第一線を退く日はいつ来るのだろうか。今のような贅沢な暮らしはいつまで続けられるのだろうか。毎年チャリティーマラソンに参加しているが、いつまで出場できるのだろうか。認知症の母親は、いつまで今の状態が続くのだろうか。母親のように理性的に物事を考えられなくなる日が自分にも来るのだろうか、だとしたら、いつ来るのだろうか。9・11から始まったテロとの戦いはこれからも続くのだろうか。イラク侵攻という選択は不安な現状に終止符を打つことができるのだろうか。それとも、新たな戦いの始まりとなるのだろうか。「終わり」が見えない将来だからこそ不安は尽きないのである。

そのような不安と向き合うべく、人間はそれぞれに「終わり」の「物語」を創り出してきた。その典型的な例が黙示録であり終末思想である。そして、『土曜日』においても主人公は最後に自らの意志で「終わり」を創り出す。たった数時間前に自分と大切な家族を襲い、恐怖と暴力と辱めを与えた悪人バクスターに対して、自分なりの決着をつけることで、この土曜日という一日を締めくくるのである。

3　マキューアンの終末観

アメリカ同時多発テロ事件が起こった時、世界中の人々があの瞬間を「この世の終わり」と感じたことだろう。現場から遠く離れた場所で、人種も宗教も違う多くの人々が、さまざまなメディアを介してあの事件を追体験することで、それぞれに「終わり」を体感したにちがいない。しかし、現実には、その後もアフガニスタン紛争、イラク戦争など各地で紛争や戦争が起こり、アル=カーイダ、タリバン、イスラミック・ステートなどイスラム主義を唱える国際テロ組織と欧米諸国との闘いは今日も続いている。我々はその暗い影の中を、今もなお不安を抱えながら生きている。その意味において、9・11の「物語」は決して終わってはいないのである。にもかかわらず、9・11が相変わらず「終わり」の言説——人類の滅亡、平和の終焉、理性の崩壊——のなかで語られるのはなぜなのだろうか。

二〇〇七年六月にスタンフォード大学で行われた講演のなかでマキューアンは、科学が著しく発達した現代においても、中世ヨーロッパの時代と同じように信仰や宗教に基づく終末思想が広く浸透していることに注意を促す。とりわけ米国においてその傾向が顕著であると指摘した上で、いかに「終わり」の啓示に対する強い執着が人々の中にあるかをいくつかの例を挙げながら論じている。事実、世界の終末、最後の審判、選ばれし者の救済、新たな世界の到来など預言的内容が書かれた新約聖書の『ヨハネの黙示録』は宗教や宗派を超えて根強く支持されている。

その一方で、科学界は年々深刻化する気候変動やパンデミックの問題を取り上げ、世界が「終わり」に近づいていることに警鐘を鳴らし続けてきた。にもかかわらず、科学者たちの警告が黙示録の終末論ほどには人々の心に訴えることができずにいる理由をマキューアンは次のように分析している。科学の分野においても黙示録に匹敵するような「物語（narrative）が必要」なのだと。二十一世紀の世界を「確実に破滅させるのは核兵器、ウイルス性伝染病、宇宙からの隕石、人口増加あるいは環境破壊」であろう。しかし、こういった危険が先行き不透明の中で「終わりのない将来の可能性（open-ended future）」として提示されるだけでは人々は納得しない。しかし、それらが「宿命論（fatalism）」など終末と関連付けられた時、科学界からのメッセージは、宗教的な終末思想と同

様の影響力を持ちうるだろうというのがマキューアンの主張である。(4)

従って、科学者がいくら海面上昇や気候変動に関する最新のデータを提示したところで、聖書の『ダニエル書』や『ヨハネの黙示録』など預言書のもつ明確な啓示と強烈なインパクトにはかなわない。人々が求めているのは「物語」だからである。より厳密に言えば、人々は「終わり」を知りたがっているのである。マキューアンは『終わりの意識』(*The Sense of an Ending*, 1966)の著者フランク・カーモード(Frank Kermode)の説を繰り返す。人類は「終わりという虚構」を必要としているのであり、預言書が今なお現代においても「有効」な理由はそこにあるのだと。「物語」には必ず始まりと終わりがあるように、科学にも「終わり」が必要である。事実、「終わり」が告げられることで、人はそれまでの人生を振り返り、自分自身の存在の「意味」を考え始める。そして、そうすることで、現実世界におけるさまざまな問題に具体的な形で向き合うことが可能となるかもしれない。科学の力でこの世に新たな「終わり」を作ることが可能であるはずだというのがマキューアンの希望的メッセージである。(5)

マキューアンがこの講演のなかで訴えようとしたこととは、科学的言説と文学的言説の融合の必要性である。テロ、戦争、老い、病気、認知症、気候変動、環境汚染など二十一世紀の時代が抱えるさまざまな現実問題を「終わり」のある「物語」として扱うことで、人々にそれぞれの「物語」の意味について、そして、その中で自分の果たすべき役割について考える機会を与えるべきだということである。そのように考えると、マキューアンの小説の主人公が、しばしば医者や物理学者など科学的思考で物事を考える人物に設定されているというのも単なる偶然ではないことが分かる。気候変動の問題をテーマにした『ソーラー』(*Solar*, 2011)は、主人公の結婚生活が破綻しかけているところから始まる。そして、主人公の不摂生による健康障害と人間関係の崩壊が、環境汚染や気候変動による地球の滅亡と重ねられており、情緒的、倫理的な側面での「終わり」と科学的根拠に基づく「終わり」が領域を超えて相互に絡み合い、一つの「物語」として展開されている。

4　一日の「終わり」

ここまでマキューアンの終末観、そして彼の作品における「終わり」、厳密には虚構の「終わり」の役割について確認してきた。そこで「終わり」に注目しながら、改めて『土曜日』を読むと、この小説には幾通りもの「終わり」が用意されていることが分かる。まさに「シュレーディンガーの猫」の実験と同様、異なる確率で複数の「終わり」が同時に存在するため、最後までどうなるか予測がつかない。早朝に目撃した飛行機の墜落は事故なのか、それともテロなのか。反戦デモはイラク侵攻を食い止めることができるのか。すべてが不確定なまま物語が展開されるため、不安感は募るばかりである。

では、この作品は見えない「終わり」に不安を抱え、翻弄されるだけの人間を描いたのかと言えば、そうではない。前述したように、作品の最後でペロウンは自らの手で「終わり」を創り出し、一日の「物語」に新しい意味をもたらすのである。『贖罪』(*Atonement*, 2001) では、語り手が、姉とその恋人を主人公とした「物語」に幸せな「終わり」を用意することで、過去に自分が犯した罪の償いをしようとする。新しい「終わり」を創り出すことで、語り手ブライオニー自身も新しい人生を再出発させることができるのである。

『土曜日』では、ペロウンは息子と協力し、家族を恐怖に陥れ、愛娘に辱めを与えようとしたバクスターを階段から投げ落とし重傷を負わせる。注目すべきは、警察の取り調べと救急車の搬送が終わった後にペロウンが下した決断である。

「ヘンリー？　ヘンリーか？」

「ああジェイか。私だ」

「聞いてくれ。急性硬膜外血腫の患者がひとりだ。男性、二〇代半ば、階段から転落。サリー・マッデンはインフルエンザで三〇分ほど前に帰ってしまって、こっちにはロドニーがいる。熱心で出来る奴だし、君の助けは要らないと言ってはいるのだけどね。ヘンリー、脳静脈洞の真上に陥没骨折があるのだよ」

ヘンリーは咳払いをする。「そこに血腫ができているのだな」

「ずばり真上に。［中略］ここはベテランの助けが必要なのだよ。病院に近いのは君だし、君が一番頼りになるからね」

キッチンの向こうから［家族の］不自然な大きな笑い声が聞こえてくる。大げさで不快な笑い声だ。決して恐怖を忘れたふりをしているわけではない――恐怖が鎮まるまで何とか耐えようとしているのだ。ジェイが呼び出せる外科医は他にもいる。ペロウンは原則として知人の手術はしない。だが、これは別だ。バクスターに対する自分の姿勢は色々と変化しているが、ある明確な考え、ほとんど決意と言ってもよいものが今は固まりつつある。自分が何をしたいのか分かっている気がした。

「ヘンリー？」

「いま行く」（232–233、傍線は筆者による）

ペロウンが予想した通り、バクスターはハンチントン病という難病を患っている。この病気は染色体の異常が原因で起こる遺伝性の進行形神経変性疾患で、筋肉がひきつり、自分の意志に反して手足が動くなど身体のコントロールが効かなくなるほか、幻覚や妄想などの精神障害、認知機能障害などが出てくる病気である。現時点では治療法が見つかっておらず、この先どうなるのかも分からない。先が見えないこの不安こそが、バクスターを自暴自棄に陥らせる最大の原因である。ひょっとするとバクスターにとっては、この先、不安を抱えたまま長い闘病生活を送るよりも、階段から転落死した方が幸せであったかもしれない。しかし、ペロウンは自らが執刀し彼の手術を行う選択をする。その時の気分に合った音楽を聴きながら手術台に向かうとき、「いつもの満足感がヘンリーを包み込む。それは自分がしていることを正確に知り尽くしている喜び」（250、傍線部筆者）であった。そして、ペロウンは躊躇なく素早く正確な手つきでバクスターの頭蓋骨にドリルをあてる。ペロウンにもう迷いはない。

恐ろしい事件からさほど時間が経っていないにもかかわらず、ペロウンは難しい手術を無事に成功させてバクスターの命を救う。バクスターは、一命をとりとめたとは言え、この先、病状はますます悪化し、いずれは裁判に立つことすら困難になるであろう。ペロウンがバクスターに与えたこの「終わり」が罰なのか救いなのかは解釈が分かれるところであろうが、いずれにせよペロウン自身は、この「終わり」に満足しているようである。自分の力で今日一日の出来事に決着をつけたのであるから。自らが選択した「終わり」によって、土曜日というペロウンの「物語」に新たな意味がもたらされた。こうしてみると小説最後に描かれるペロウンは、冒頭で飛行機が落下していく光景をただ見ているだけの傍観者とは明らかに違うことが分かる。

作品の最後は、眠りに落ちるまえのペロウンの言葉で締めくくられている。「ああ、今日も一日が終わった」（279）。あと数時間もすれば日曜日が始まる。きっと新しい一日も不安が待ち受けていることだろう。しかし、土曜日は終わったのである。

結

もし、土曜日の早朝にペロウンが目撃した飛行機墜落がエンジントラブルではなくテロであったとしたら、いったいどのような「終わり」が用意されていただろうか。さらに、そこにどんな「意味」(49)が生まれていただろうかということを最後に考えてみる。一日中そのニュースを追いかけていたペロウンであるが、テロの可能性がないことが明らかになると「自分は不安に振り回されていただけなのか」(180)と思わず情けなくなる。「死んだとばかり思っていたシュレーディンガーの猫は結局生きていたのだ」(35)。そのことに安堵するというよりは、何か拍子抜けしたような複雑な気分になる。というのも、心の片隅で「最悪の事態であってほしいという願望」(151)があったからである。しかし、そうであるからといってペロウンが9・11のような悲惨な出来事が再び起きることを望んでいたということにはならない。むしろ、一機の飛行機によって何らかの啓示が下されることを望んでいたと解釈するべきであろう。9・11の後遺症がいまだ癒える気配もなく、新たな戦争が始まろうとしていた二〇〇三年二月一五日の土曜日に、ロンドンの大都市をめがけて突っ込んできた飛行機が実際にテロであったとするならば、あるいはテロの可能性が完全に否定されることなく、人々に不安と恐怖を与え、警戒を促すものであったとするならば、もしかすると、あのイラク戦争は起こらなかったかもしれない。これればかりは神/作者のみぞ知るところであるが、きっと「物語」は異なる結末を迎えていたにちがいない。

マキューアンはゼイディ・スミス(Zadie Smith)のインタビューのなかで「死への不安」、「終わり」の意識は「人間理解につながった（to make sense of the human）」と語っている（Smith 131）。事実、「終わり」にまつわる不安こそ、人間を人間たらしめていると言ってもよいかもしれない。結果、宗教的な終末思想に向かう者もいれば、科学的に「その日」を計算しようとする者もいるだろう。マキューアンの作品では、登場人物たちが自ら「終わり」を創造する。それが虚構であると分かっていたとしても、自分で納得のいく「終わり」を作ることで、不安と向き合うことができるからである。マキューアンの作品は「終わり」の見えない不安に対して我々がどのように取り組むべきか、その一つの方法論を示してくれている。

注

（1）McEwan, Ian. *Saturday*, 5.　以下、テクストからの引用はカッコ内の頁数のみで示す。引用の翻訳は小山太一訳を参照したが、論旨に合わせて改変した。

（2）初期作品の題材が殺人や近親相姦など衝撃的な内容が多かったため"Ian Macabre (macabre は「不気味、ぞっとする」という意味)"という異名が付けられたほどである（Remnick 163）。

（3）「イングランドの状態問題（the condition of England question）」という表現を用いて十九世紀英国社会の問題を最初に論じたのは、評論家トマス・カーライル（Thomas Carlyl, 1795–1881）である。

（4）McEwan, "End of the Blues," 357–358.

（5）McEwan, "End of the Blues," 357.

参考資料

Chen, Chung-jen. "London is 'Waiting for Its Bomb': History, Memory, and Fear of Destruction in Ian McEwan's *Saturday*." *Wenshan Review of Literature and Culture*, Vol. 5.2, June 2012, pp. 105–34.

Gormley, Antony. "A Conversation about Art and Nature." Roberts, pp. 134–42.

Haffenden, John. "Ian McEwan." Roberts, pp. 26–46.

Kermode, Frank. *The Sense of an Ending.* 1966. Oxford UP, 2000.

Lynn, David. "A Conversation with Ian McEwan." Roberts, pp. 143–55.

Malcolm, David. "The Public and the Private" *The Cambridge Companion to Ian McEwan*. Ed. Dominic Head, Cambridge UP, 2019, pp. 106–19.

McEwan, Ian. *Atonement*. 2001. Vintage, 2002.

——. "End of the World Blues." *The Portable Atheist: Essential Readings for the Nonbeliever.* Da Capo Press, 2007, pp. 351–65.

——. *Saturday*. 2005, Vintage, 2006.

——. *Solar*. 2010. Vintage, 2011.

Remnick, David. "Naming What Is There: Ian McEwan in Conversation with David Remnick." Roberts, pp. 156–75.

Roberts, Ryan, ed. *Conversations with Ian McEwan*. UP of Mississippi, 2010.

Ross, Michael L. "On a Darkling Planet: Ian McEwan's *Saturday* and the Condition of England." *Twentieth-Century Literature,* 54.1, Spring 2008, pp. 75–96.

Simonsen, Peter. "Who Cares? The Terror of Dementia in Ian McEwan's *Saturday*." *Care Home Stories: Aging, Disability, and Long-Term Residential Care*. Eds. Sally Chivers and Ulla Kriebernegg, JSTOR, https://www.jstor.org/stable/20479838.

Smith, Zadie. "Zadie Smith Talks with Ian McEwan." Roberts, pp. 108–33.

Spahr, Clemens. "Prolonged Suspension: Don DeLillo, Ian McEwan, and the Literary Imagination after 9/11." *NOVEL: A Forum on Fiction*, 45.2, Summer 2012, pp. 221–37.

Zalewski, Daniel. "The Background Hum: Ian McEwan's Art of Unease." *The New Yorker*, Feb. 15, 2009, https://www.newyorker.com/magazine/2009/02/023/the-background-hum.

マキューアン、イアン『土曜日』小山太一訳、東京、新潮社、二〇〇七年。

「特集――イアン・マキューアン」『英語青年』二〇〇八年一一月。四三一－四八頁。

第6章　ゾラ・ニール・ハーストンの『彼らの目は神を見ていた』における災害とレジリエンス

平塚博子

はじめに

ゾラ・ニール・ハーストン（Zora Neal Hurston 1891–1960）は、民族学者でハーレムルネッサンスを代表する作家である。その代表作『彼らの目は神を見ていた』（*Their Eyes Were Watching God* 1937）でハーストンは、アフリカ系女性で主人公のジェイニー・クロフォードの自立を描いている。さらにこの小説のクライマックスで、ジェイニーらを襲う巨大なハリケーンを描くことで、ハーストンは人間と自然の関係そして人種やジェンダーや階級といった問題を、深く掘り下げている。

一九七〇年代の再評価以来、現在はアフリカ系女性文学のキャノンとして扱われるこの作品は、アフリカ系文学に限らず様々なコンテクストで読まれてきた。近年、自然や環境という視点からハーストンおよびその作品を解釈した研究が続々と出てきている。本稿ではそうした議論を踏まえつつ、『彼らの目は神を見ていた』におけるハリケーンを考察する。それによって、この作品が災害を通じて、人間中心主義に基づく社会構造の限界を描いていることを明らかにする。それと同時に、この作品を大災害という危機的状況を生き延びる力としてのレジリエンスを探求する物語として読み解いていきたい。

1　ハーストン作品における自然と環境文学的側面

『彼らの目は神を見ていた』におけるハリケーンを考察する前に、この作品のあらすじとこの作品を含めたハーストン作品について、自然や環境文学的な視点から解釈した先行研究を簡単に踏まえたい。先にも述べたように、この小説は、アフリカ系女性ジェイニー・クロフォードの自立の物語である。祖母が経済的安定という理由のみで選んだ相手と望まない結婚をしたジェイニーは、ジョー・スタークスと出会い駆け落ちする。しかし野心家で、後にアフリカ系の住人だけが暮らすイートンヴィルの市長にまで登りつめるスタークスは、ジェイニーが自分らしく生きることを認めず二人の結婚は不幸なものに終わる。スタークスの死後、若く自由な考えを持つティーケイクと魅かれあい結婚したジェイニーは、二人で湿地帯のエバーグレイズに移り住み、豆を栽培する季節労働者として働き始める。そこに巨大なハリケーンが襲い、ティーケイクは嵐のさなかに犬に噛まれ狂犬病を発症する。病気で錯乱し、ジェイニーに銃を向けるティーケイクに、ジェイニーは正当防衛から発砲しティーケイクは死んでしまう。裁判で無罪となり、ティーケイクの埋葬を終えたジェイニーがイートンヴィルに戻り、自らの生い立ちからイートンヴィルに戻るまでの出来事を、親友のフィービーに語るという形式でこの小説は展開していく。

近年ハーストンやこの作品を、自然との関係性や環境という観点から解釈する研究が出てきている。例えば、ジャック・テンプル・カービー（Jack Temple Kirby）はハーストンの環境保護者的側面を指摘し、ハーストンを「自然の力であり卓抜した庭師」と呼んでいる（Kirby 225）。クリストファー・リージャー（Christopher Reiger）は、南部における自然と人間の不可分性を指摘し、ハーストンを、「人間を自然の上に立つものとする伝統的なパストラルな庭園が含意する静的で受動的自然観を拒絶」する「エコパストラル」な南部作家の一人だとする。そして、ハーストンを含む南部のエコパストラルな作家は、「相互の関係性の中に人間とそれを取り巻く環境を位置づけ、人間を含む自然界のネットワークモデルを支持する」としている（Rieger 7）。また、マシュー・M・ランバート（Matthew M. Lambert）は、ハーストン作品において南部の黒人民話に登場する動物たちが、環境や人種によって搾取されることに代わる選択肢を見出す手段として機能していることに着目する。その上でハーストンが、「南部でのアフリカ系アメリカ人の経験から、社会と環境に関わるオルタナティブな形式を創り出した」としている（Lambert 87）。

こうした先行研究が示すように、ハーストンの作品は自然との深いつながりを示す作品が数多い。『彼らの目は神を見ていた』も自然の植物や動物の比喩やイメージにあふれている。例えば、主人公のジェイニーは自分の人生を自然に重ね合わせて考える。ジェイニーにとって人生は、「葉の茂った、大きな木のよう」であり、「いろいろな苦しいこと、楽しいこと、出来たこと、出来なかったことが一枚一枚の葉」であり、「人生の夜明けと運命が枝」である（Hurston 8）[1]。またジェイニーは自然界からの啓示を通じて、性に目覚める。

ジェイニーは、梨の木の下であお向けに寝そべりながら、近づいた蜂が出すブーンという羽音、金色の日差し、あえぐようなそよ風に浸っていた。その時、聞こえない声が届いた。彼女は、花粉を運ぶ一匹の蜂が、花の中に入るのを見た。数多くの花びらが愛の抱擁を受けようとアーチ形になり、花が咲きそろってクリーム色になり、喜びでわきたつちっぽけな枝から根にいたるまで、木は恍惚とふるえた。そう、これが結婚なんだ。（10–11）

作品の中で示されるこうした自然との親和性やアニミズム的な要素について、民俗学者としてハーストンが調査したカリブ海文化やブードゥー教からの影響を指摘したり、ジェイニーが既存の人種やジェンダー規範に抵抗する力を読み込む解釈もなされてきた。(2)

2 『彼らの目は神を見ていた』におけるハリケーンと人間中心主義の限界

『彼らの目は神を見ていた』において自然と人間の関係は、ハリケーンという自然災害を通じてより深く掘り下げられる。この作品の中でハーストンは、一九二八年にフロリダ州南東部を実際に襲ったハリケーンを描いている。オキチョビー・ハリケーンと呼ばれるこのカテゴリー４のハリケーンは、一九二八年九月一六日にパームビーチ郡に上陸し、沿岸部を襲った。その後内陸に移動して、オキチョビー湖に十フィートの巨大な高潮を放ち、その高潮が堤防を乗り越えて、湖周辺の地域社会を浸水させたのだ（Merianos）。ハリケーンが与えた経済的被害は甚大で、南フロリダを他の地域よりも一年早く世界恐慌に陥らせるほどであった（Brochu）。加えて、死者数二千五百人以上と言われ、フロリダで最も死者数の多いハリケーンであると同時に、米国を襲った自然災害で最も死者数が多いものの一つとなった（Merianos, Brochu）。

ハリケーンとそれに翻弄されるティーケイクら季節労働者を通じて明らかになるのは、自然災害時における人間中心主義の脆弱性である。エバーグレイズにハリケーンが近づくと、まずインディアンのセミノール族の一行が東に向かって移動を始める。しかしティーケイクは、インディアンの男からハリケーンが来るので高地に逃げるという言葉を聞いても、その翌日にウサギや袋ネズミやガラガラ蛇など動物たちが東へ移動するのを見ても、災害の接近を真に受けようとはしない。仲間のバハマ出身の青年に一緒に車で逃げようと誘われても、ティーケイクはそれを断わってしまうのだ。ティーケイクは、「インディアンには先を読む目がなく」、「ヤバイかどうかを知っている白人たちはどこにも行かない」（148）、その上「一日に七、八ドル稼いでいるときにハリケーンがくるはずがない」（143）と考えて、避難することをやめてしまう。

南部文学とディザスターナラティブを論じた論考の中で、ダニエル・スポス（Daniel Spoth）は、従来の南部文学が強調する「土地との連帯」ではなく、「資本に支配される土地としての南部」を提示している点に、『彼らの目は神を見ていた』の南部文学としての特異性を指摘する。そして、災害を予測する監督者の能力や人工建造物の力、さらに自然の力は農業市場に従属するいう信念などの人間の能力を過剰に優遇し、自分より高い階級に判断をゆだねてしまうティーケイクらの信念が幻想であることを、災害が明らかにしていると指摘する（Spoth 149）。

スポスが指摘する通り、既存の人種や階級のヒエラルキーを内面化し、経済を優先したティーケイクは、嵐と荒れ狂う湖の前に全く無力である。ハリケーンよって、「怒りっぽい人のように、寝床で寝返りを打ち、雷の轟について不平を言う」擬人化した「怪物」となった湖は（150）、建物やティーケイクら逃げ遅れた住民に容赦なく襲いかかる。

オキチョビー湖という怪物が寝床から起きだしてしまった。風速九〇メートルの風で怪物を縛っていた鎖がほどけてしまった。怪物は堤防をつかんだまま走って、ついに仮設住宅まで達した。草を引き抜くように住宅を根こそぎにすると、壊れた堤防や家の木材をもろとも住人たちを巻き込み、さらに逃げる人間どもを足早に追いかけた。濁流は、高波となって大地を呑み込もうとしていた。(153)

ハリケーンは、『彼らの目は神を見ていた』の人間中心主義的で白人至上主義的な南部社会を「平準化」する。ジュディス・ニューマン(Judith Newman)はこの作品のハリケーンについて、「大きな平準化装置として機能して、動物と人間を一つの共通の社会へと還元する」ものであるとする(Newman 823)。ミッチ・ゼリユー(Mitch Therieau)は、さらに「アブジェクトとしての嵐の発生によって白人と黒人の身体が等しく記憶された」と指摘する(Squint ch. IV)。『彼らの目は神を見ていた』においてハリケーンは、犠牲者を人間と動物、さらには人種や階級の区別がつかない遺体(bodiles)へと変換してしまうのだ。

遺体(bodies)が見つかったのは、壊れた家の中だけではなかった。家の下敷きになっていたり、茂みにからまっていたり、水面に浮いていた李、木に引っかかっていたり、あるいは残骸に埋もれていたりした。……エバーグレーズから来たトラックが道路に一列縦隊に並んでいた。トラックの荷台には、それぞれ二十五体ほどの遺体(bodies)が積んであった。服を着たままのものや裸のものもあれば、損傷の激しいのもあった。穏やかな顔をして、手を合わせて安らかに眠っているのもあった。一方、苦しんだ顔をして、目は驚いてカッと

見開いたままの死体もあった。何事が起ったのかと目をこらしているうちに、彼らの身に突然死が訪れたのだ。(162)

ニューマンやゼリユーが指摘するように、『彼らの目は神を見ていた』は、ハリケーンを人間中心主義と白人至上主義を下支えする既存の社会規範を無効にする、圧倒的な破壊力として描いている。

3　『彼らの目は神を見ていた』における災害・人種・階級

『彼らの目は神を見ていた』のハリケーンは、ゼリユーらがいう「平準化装置」であると同時に、社会的差異の「増幅器」としても機能している。ハーストンはこの作品の中で、災害という非常時においても、あるいは災害時にこそ増幅される人種や階級といった格差に触れている。

避難する先々でジェイニーとティーケイクは、平時と変わらない人種隔離された白人至上主義の世界に直面する。例えば、ジェイニーとティーケイクが避難先に選んだ丘の頂は白人に陣取られ、二人に疲れた休を休める場所はない。また、ティーケイクは二人の白人監督にライフルで脅され、強制的にハリケーン被害の復旧作業と遺体の埋葬作業に動員される。白人の監督はティーケイクら作業員に、以下のように腐敗が進んで人種の区別がつかなくなった遺体(bodies)についても白人か黒人を調べるように命じる。

本部の命令なんでな。今白人の棺桶を作ってんだよ。松の木の安物だけどないよりはましだろ。白人の死体は絶対に穴に投げるなよ。……気の毒だけど、黒人にいきわたるだけの棺桶はねえんだよ。石灰をたっぷりかけてから埋めな。(163)

ハーストンは、災害時においても死後でさえ、絶対的な境界として機能する南部社会の人種の問題が浮き彫りにする。

『彼らの目は神を見ていた』でのハリケーン犠牲者の埋葬の場面において、ハーストンはオキチョビー・ハリケーンの史実を踏まえつつ、当時の人種間格差をこの作品に描きこんでいる。ニコル・ブロチウ(Nicole Brochu)によると、ハリケーン当時は数え切れないほど多くの遺体があり、腐敗が進みすぎて身元が分からないため、まともな葬儀が行われることはなかった。白人は松の木箱に入れられて埋葬されたのに対し、アフリカ系の遺体は掘った穴に無造作に放り込まれ、死者の四分の三を占める黒人の出稼ぎ労働者の墓には、標識さえも与えられなかった。さらに当時の政治家は、この地域を支えていた観光業が衰退するのを恐れて、暴風雨の深刻さを軽視したため、後世のために破壊の状況を十分に記録しなかった。ことからオキチョビー・ハリケーンは「忘れられた嵐」として知られ、死者の大半の黒人の出稼ぎ労働者は「生前は隔離され、死後は見捨てられた」という(Brochiu, Spoth 151)。ハーストンは、南部の白人至上主義/資本主義社会において最下層に生き、人知れず葬られた「ディスポーザブル」で、(Spoth 151)、「むき出しの生」(アガンベン 七)としての黒人季節労働者の身体と、その忘れ去られた歴史に触れているのだ。

4　レジリエンスの物語としての『彼らの目は神を見ていた』

『彼らの目は神を見ていた』のハリケーンは、巨大災害を前に無力な人間中心主義と、災害時に社会的弱者をさらに弱体化させる、まさにロブ・ニクソン（Rob Nixon）が「スローバイオレンス」と呼ぶもの前景化する（59）。それと同時にハーストンはこの作品において、災害とは不可分の危機的状況や喪失を乗り越える力についても探求している。興味深いのは、主人公ジェイニーがハリケーン後に危機的状況に直面した際に、救いや支えを求める対象がアフリカ系コミュニティではないという点だ。この作品においてハーストンは、危機的状況を乗り越える力として、既存の制度や共同体に依存しないオルタナティブな関係性を示唆しているのだ。

ハリケーンのさなかに犬に噛まれたことがもとで狂犬病を発症したティーケイクは、ジェイニーに銃を向けるまでに錯乱し、正当防衛でジェイニーはティーケイクを銃で撃ち殺してしまう。ジェイニーはティーケイクの死後すぐに裁判にかけられるが、法廷でジェイニーが直面するのは無理解と敵意である。ジェイニーがよく知る検事は、ティーケイクを殺した彼女を死刑にするよう主張し、「パームビーチから来た見知らぬ男の弁護士」は死刑にしないようにと主張する（176）。いずれにせよ、事件を審理するのは、「ティーケイクとジェイニーのことを何一つわかっていない」白人の判事と弁護士そして陪審員なのだ（176）。

さらにジェイニーとティーケイクの関係をよく知り、裁判を傍聴するエバーグレイズのアフリカ系の人々は、ジェイニーに敵意をもっていた。彼らは、ティーケイク病気の間ジェイニーが浮気をしていたと誤解していたのだ。彼らは裁判の間、ジェイニーに不利な判決が下ることを望みながら、「白人の前に使えるただ一つの武器である舌という銃に弾を込め、引き金をおこしたまま」、「発言したくてうずうずしながら」、傍聴していた（176）。

こうした状況下でジェイニーが理解を求めたのは、裁判を傍聴にきていた白人の女性達だ。自らの命が懸かった状況でジェイニーは以下のように、法廷に居合わせた見ず知らずの白人の女性達からの共感を求める。

彼女を見に来た白人たちの中には、女たちも一〇人近くいた。彼女たちはいい服を着て、おいしいものを食べているかのように血色がよかったが、実際は名もなく貧しい人たちだった。彼女たちは作業服を着たジェイニーを見るために、どうして金持ちらしく着飾らねばならないのだろうか。しかし、気取っているようにも見えない、とジェイニーは思った。もし、自分が判事や陪審員たちにではなく、彼女たちに真相を教えることはできたらいいのに。(176)

最終的にジェイニーは正当防衛が認められる。エバーグレイズの黒人たちは落胆して「頭を垂れ、足を引きずるようにして」法廷を出ていくのに対し、この白人の女たちは「涙を流して、防御壁のように彼女の周りに立ち」、理解と共感を示すのだ(179)。

法廷でもう一人ジェイニーの状況を理解し共感を示して、彼女を救うために証言をしたのは、ティーテイクの治療にあたった白人医師シモンズだ。ジェイニーは裁判で死刑以上に、「彼女が、ティーケイクを愛していなかったので、彼に死んでもらいたかったと思われる」ことを恐れていた(179)。法廷においてシモンズはジェイニーが事件後ティーケイクに腕に噛まれたことにも構わず、亡くなったティーケイクの頭をなでていたこと、そしてティーケイクの手元にはピストルがあったことなどを証言する。そして、ジェイニーのティーケイクへの愛が本物であることを証明するのだ。

白人女性やシモンズ医師にみられるように、法廷においてジェイニーを支え、救うのは人種と階級を超えた共感と理解である。災害について論じた著書において、レベッカ・ソルニット（Rebeca Solnit）は災害の歴史が、「生きる目的や意味だけでなく、人間が社会的なつながりを切実に求める動物であることを教えてくれる」とする。その上で、災害時という危機においては、既存の社会秩序やヒエラルキー、公的機関は役に立たないことを指摘する（Solnit 305）。そして、成功するのは利他主義と相互扶助に基づく即席の市民社会と「見知らぬ者同士の愛」だとする（Solnit 305–306）。ソルニットは、こうした状況を「地獄のなかにできたパラダイス」と呼び、そこに社会変革の契機を見ている（Solnit, 10）。

> 人々の災害時の行動について一般的に信じられていることと事実との間にある驚くほど大きなギャップにより、人々の可能性は狭められているが、その思い込みを変えれば、本質的に大きな変化が期待できるだろう。つまり、大災害は、それ自体は不幸なものだが、時にはパラダイスに戻るドアにもなりうるのだ。少なくともそこでは、わたしたちは自分がなりたい自分になり、取りたい行動を取り、それぞれが兄弟姉妹の番人になる。[3]（3）

ジェイニーが経験する裁判は厳密には災害時とは言えないが、白人女性たちとシモンズ医師が法廷で危機にあるジェイニーに対して表した共感と理解は、ソルニットが指摘する「地獄のなかにできたパラダイス」を想起させる。法廷におけるジェイニーと白人女性達、およびシモンズ医師との関係を通じて、ハーストンは既存の社会秩序や構造に縛られない、その限界を乗り越える力としての、利他的で相互理解に基づくオルタナティブな関係性の可能性を示唆しているのだ。

裁判の後ジェイニーは、生前ティーケイクが植えようと買っていた花の種の包み以外の一切を捨て、ティーケイクとの思い出の地であるエバーグレイズを去る。ジェニーにとってエバーグレイズは、ティーケイクがいなければ「ただの漠然とした黒泥の土地」にすぎず（182）、自分を「幸せにしてくれるものはなくなった」からだ（7）。そして、ジェイニーは以前に住んでいたイートンヴィルへと戻っていく。

しかし、イートンヴィルに戻るジェイニーは、市長夫人としての役割を演じていた以前のジェイニーではない。ジェイニーは、出て行ったときに着ていたきれいなサテンの服ではなく、被災地のエバーグレイズで着ていた泥だらけの作業着で戻ってきた。[4] 以前とは異なる様子でたった一人で戻ってきたジェイニーを、イートンヴィルの人々の多くは勝手に、落ちぶれた前市長夫人や年下の男に捨てられた哀れな女などに仕立て、様々な推測をして噂をする。町の人たちに誤解されているジェイニーを心配する親友のフィービーは、ジェイニーにこれまでの経緯を説明することを勧めるが、ジェイニーは次のように断る。「わざわざ知らせるつもりはないわ。そんなことをしたってなんにもならないもの。あの人たちが知りたかったら、遊びに来ればいいじゃない。そしたら、私、じっくりいろんなことを教えてあげるのに」（6）。大きな危機と喪失を経験し新しく生まれかわったジェニーは、他者によって定義される人生を拒絶し、ありのままのジェイニーを受け入れてくれる相互理解に満ちた関係性を希求しているのだ。

この物語の最後では災害という危機と、ティーケイクの死という大きな喪失を経てなお安らぎを感じられる、生者と死者が混在する世界に生きるジェイニーの姿が示されている。

陽の光を肩掛けがわりにしたティーケイク。もちろん彼は死んではいなかった。彼女が彼のことを感じ、思い続ける限り、彼は死ぬはずがなかった。彼との思い出にふれると、壁に愛と光が映し出された。そこには安らぎがあった。彼女は、大きい魚網を使うように自分の地平線を手繰り寄せた。世界の果てから手繰り寄せて、地平線を肩にかけた。網にかかったそれだけの人生！　彼女は見においで、と自分の魂に呼び掛けた。（184）

ハリケーンと最愛の人の死という二つの危機を乗り越えるジェイニーの姿勢は、アンドリュー・ゾッリ（Andrew Zolli）とアン・マリー・ヒーリー（Ann Marie Healy）が論じるレジリエンスの概念を想起させる。様々な分野を横断して、レジリエンスを論じた著作の中で、ゾッリとヒーリーは、レジリエンスを「システム、企業、個人が極度の状況変化に直面したとき、基本的な目的と健全性を維持する能力」として定義する（Zolli & Healy 8）。[5] ゾッリとヒーリーは、単なる原状回復との違いを強調しつつ、レジリエンスについて次のように述べる。

最後に、おそらくもっとも直感に反することだと思うが、レジリエンスは必ずしも元の状態への「回復」を意味するわけではない。なかには周囲の環境の破壊や激変を経験しても、きっちりとベースラインまで回復するレジリエントなシステムもあるが、必ずしもそうである必要はない。純粋な意味においては、レジリエントなシステムには戻るべきベースラインが存在しないこともめずらしくない――絶えず変化する環境に合わせて流動的に自らの姿を変えつつ、目的を達成するのである。（13）

ティーケイクを亡くしたジェイニーにとって、生前のティーケイクとの生活というベースラインはもはや存在しない。しかし物語の最後で、以前とは異なる形でティーケイクとともに生きながら、自分らしく生きるジェイニーの姿を通して、ベースラインが消えてなお残るレジリエンスとその多様なあり方が示されている。

おわりに

『彼らの目は神を見ていた』のハリケーンは、人間中心主義の限界とともに災害時により鮮明に浮かび上がる人種や階級の格差の問題を浮かび上がらせている。それと同時にハーストンは、それらを形作る社会規範という束縛に囚われない関係性や生き方に、危機的状況を乗り越える力と多様なレジリエンスの可能性を見出しているのだ。大災害から始まる様々な危機をしなやかに生き延びるジェイニーの姿は、復興や回復の形が決して一つではないことを示しつつ、人新世という気候変動と災害が切り離せない時代の終わりの先の風景に、示唆を与えてくれるものといえよう。

注

(1) 以下、テクストからの引用はカッコ内の頁数のみで示す。引用の翻訳は松本昇訳を参照したが、論旨に合わせて改変した。

(2) リージャーはこの場面について、ブードゥー教の影響を指摘しつつ、人種やジェンダーによって制限され、課された役割に対するジェイニーの反抗を表しているとする (Reiger 98)。さらに、『彼らの目は神を見ていた』を、自然との調和的な均衡というパストラルの理想を、景観という外面だけでなく人物という内面にも求める「パーソナル・パストラル」と呼んでいる。そして、ハーストンが「パーソナル・パストラル」のねらいは、文化や都市を変えるのではなく、自己の変革にあるとしている（Reiger 93）。また、アレサンドラ・アルバーノ（Alessandra Albano）も、ブードゥー教をはじめとするカリブ海の慣習は、自然の力を支配する女性の神々を強調することで、女性の解放を可能にしていると指摘する。そして、黒人の女性性を自然界と切り離せないものとするハーストンが革新的な解釈を提示していると述べている（Albano 23–36）。

（3）引用の翻訳は高月園子訳を参照したが、論旨に合わせて改変した。

（4）ゼリユーは、『彼らの目は神を見ていた』において、アブジェクトに浸ることが、登場人物をアブジェクトが与える精神的ダメージから登場人物を保護することとして機能していると指摘する。そして、ハリケーンによって沼地（Swamp）に浸る行為は、アブジェクトに浸る行為であるとした上で、ジェイニーの作業服についた沼地の泥がジェイニーにとって、ジェイニーを自分たちの想像の枠に押し込めようとするイートンビルの人達から守る外套として機能している解釈している（Squint ch. IV）。

（5）引用の翻訳は須川綾子訳を参照したが、論旨に合わせて改変した。

参考資料

Albano, Alessandra. "Nature and Black Femininity in Hurston's *Their Eyes Were Watching God* and *Tell My Horse*". *Journal of African American Studies* (2020) 24:23–36.

Brochu, Nicole "Florida's forgotten storm: The Hurricane of 1928" https://www.sun-sentinel.com/sfl-ahurricane14sep14-story.html. Accessed 31, July, 2022.

Hurston, Zora Neal. *Their Eyes Were Watching God*. Harper Perennial, 1990.

Kirby, Jack Temple. *Mockingbird Song: Ecological Landscapes o f the South*. Chapel Hill: U of North Carolina P, 2006.

Lambert, Matthew M., *The Green Depression: American Ecoliterature in the 1930s and1940s*. UP of Mississippi, 2020.

Merianos, Nick. “Okeechobee Hurricane of 1928 killed more than 2,500 Floridians” https://www.baynews9.com/fl/tampa/weather/2021/09/16/okeechobee-hurricane-of-1938-killed-more-than-2-500-floridians. Accessed 31, July, 2022.

Newman, Judie. “‘Dis Ain’t Gimme, Florida’: Zora Neale Hurston’s Their Eyes Were Watching God.” *Modern Language Review* 98.4 (2003): 817–26.

Rieger, Christopher. *Clear-cutting Eden: Ecology and the Pastoral in Southern Literature*. Tuscaloosa: U of Alabama P, 2009.

Solnit, Rebecca. *A Paradise Built in Hell: The Extraordinary Communities That Arise in Disaster*. Penguin Books, 2010.

Spoth, Daniel “Slow Violence and the (Post)Southem Disaster Narrative in Hurston, Faulkner, and *Beasts o f the Southern Wild*.” *Mississippi Quarterly*, vol. 68, no. 1–2, winter-spring 2015, pp. 145–166.

Squint, Kirstin L., et al eds. Swamp Souths: Literary and Critical Ecologies. LSU Press, 2020.

Zolli, Andrew and Healy Ann Marie. *Resilience: Why Things Bounce Back*. Headline, 2012.

アガンベン、ジョルジョ『ホモ・サケル　主権権力と剥き出しの生』高桑和巳訳、以文社、二〇〇七年。

ゾッリ、アンドリュー／ヒーリー、アン・マリー『レジリエンス　復活力――あらゆるシステムの破綻と回復を分けるものは何か』須川綾子訳、ダイヤモンド社、二〇一三年。

ソルニット、レベッカ『定本 災害ユートピア――なぜそのとき特別な共同体が立ち上がるのか』高月園子訳、亜紀書房、二〇二一年。

ハーストン、ゾラ・ニール『彼らの目は神を見ていた』松本昇訳、新宿書房、一九九五年。

第7章
荒野の王が見た風景
シェイクスピア悲劇『リア王』における飢饉、大嵐、疫病

高橋実紗子

1　序

『リア王』（*King Lear*, 1606）の登場人物は、天地の奇妙な変化のうちに悲劇の始まりを感じとる。一幕二場、グロスター伯爵は次男エドマンドの偽言を信じこみ、ありもしない長男エドガーの悪事を疑うことになる。リア王が愛娘コーディリアを勘当し、忠臣ケントを追放するという異常事態を目のあたりにしてまもなくのことである。彼は立て続けの変事に驚きを隠せず、「最近の日食に月食」が災厄の前兆であったと嘆きながら退場する[1]（1.2.95）。エドマンドは父の考えを迷信だとして嘲笑し、何も知らずに登場した兄の前でわざとらしくこう演じてみせる――「ああ、このところの日月食は、こうした争いを予兆していたのだ」（1.2.126–27）。本戯曲にはふたつの底本

が存在するが、一六〇八年の第一四つ折り本では、エドマンドは次のように破裂音の頭韻を重ね、たたみかけるように続ける。

親子関係の不自然な変化、死（death）、飢餓（dearth）、古くからの友情の解消（dissolutions）。国の分裂（divisions）、王や貴族への罵詈雑言、理由なき疑念（diffidences）、友の追放、軍隊の解散（dissipation）、夫婦間の亀裂、ほかにもなにやら色々と。（Q1.2.131–35）

ウィリアム・シェイクスピア（William Shakespeare, 1564–1616）が『リア王』を執筆していたと考えられる一六〇五年、イングランドでは実際に皆既日食が観測された（Shapiro 83; Levy 35）。晴れた日であったなら、ロンドンではひとびとが太陽の九割以上が欠けるのを目撃したことになる。エドマンドによる予言もまた空言ではなく、たとえば、「死」や「飢餓」は、同時代のペスト流行や度重なる不作を想起させる。[2]

腺ペストはシェイクスピア時代のひとびとを幾度となく不安に陥れたが、一六〇二年から一六〇三年にかけては大流行が起き、国王ジェイムズ一世の戴冠式も延期された（Dugdale, n. pag.）。ロンドンにおける週ごとの死者数が記録された当時の瓦版によれば、一六〇三年一〇月までに計三万二千人以上が埋葬されたという（Chettle, n. pag.）。『リア王』初演の一六〇六年から一六一〇年にかけても、規模は劣るものの毎年流行が起き、劇場も閉鎖された。疫病が発生する要因として一般的に信じられていたのは、罪深い人間に対する神の怒り、空気の腐敗、および天体の位置の悪さである。一六〇三年の大流行時には、土星と木星の合というよからぬ惑星の状態に加え、グロスターが凶兆だとして恐れていた日食も確認されていた（Wilson 125; “Briefe,” n. pag.）。

飢饉に関して言えば、一五九〇年代におもに小氷期による寒冷を原因とした穀物の不作が続き、一五九七年に大規模な食糧難がひとびとを襲った。一五九〇年の小冊子には、同年六月、ケント州ストックベリーを「雹の大嵐（great Tempest of haile）」が襲い（*Most True*, n. pag.）、地表に打ちつけた「異常な大きさの雹」によって「小麦、ライ麦、エンドウ豆、ソラ豆、大麦、麻、果実、桜桃がすべて、枝葉もろとも」傷んでしまったことが記録されている（*Most True* 4–5）。一六〇七年一月には、ブリストル海峡付近で洪水が発生して多数の犠牲者を出し、牛や羊などの家畜もこの「海の災禍（Plague of Waters）」に飲み込まれた。「穀物の山も干し草の山も流され、決して取り戻すことはできなかった」（*True Report of Certaine Wonderfull Overflowings*, n. pag.）。

こうした災厄を予感するグロスター親子の会話から始まる『リア王』には、戯曲をとおして疫病、飢饉、大嵐といったモチーフが現れる。その背景には、前述のような同時代に起こった災害の記憶をみることができるが、これらは単に作品の悲劇性を高める以上の機能を果たす。疫病は比喩となって登場人物、とりわけリアの口が発する言葉に感染し、絶え間ない飢えは内側から、容赦なく打ちつける風雨は外側から、彼の身体に直接作用する。リアの身体はこうした災禍のモチーフをつうじて解体され、彼がそれまで目を向けようとしなかった王室以上の世界、人間以上の世界に組み込まれていく。

2　飢えと寒さのなかで

物語の始まり、リアの見る世界は豊かな実りに満ち、のちに訪れる飢餓状態など感じさせない。彼が愚かにも娘たちの愛情を天秤にかけて王国を分配しようとするとき、広げられた地図には肥沃な大地が想像される。王は、父への愛を雄弁に語ったゴネリルとリーガンにそれぞれの取り分を示したのち、末娘コーディリアに「わが美しき王国」の「豊かな三分の一」を与えたいと話す（1.1.79）。コーディリアの心を勝ち取らんと競うふたりの求婚者、フランス王とバーガンディ公爵も、「フランスの葡萄、バーガンディの乳（The vines of France and milk of Burgundy）」と食物の比喩を用いて表現され（1.1.83）、リアがつねに彼女に豊かさを約束しようとしていることがうかがえる。リアはみずからにも同じものが用意されることを信じて疑わない。退位直後に身を寄せたゴネリルの邸宅では朝夕気ままに過ごし、狩りから戻って腹がすくと、上機嫌に「食事だ、おい、食事だ！」と命じる（1.4.39–40）。

上の娘たちの態度が豹変すると一転、豊かさは飢えのイメジャリーに取って代わられる。ふたりの娘に見放され、出ていくリアには空腹の身体を休める寝床もない。第三幕、城を出て、リアと彼につき従う道化が目にするのは、冒頭で示唆されていたような果実がたわわに実る豊沃な大地とは言えない。老王を見かけた紳士はこう嘆く。「この夜、乳を吸われて飢えきった熊（the cub-drawn bear）は巣穴にとどまり／獅子や腹をすかせた狼（the belly-pinched wolf）も／毛皮を濡らさずにいるというのに、あの方は頭に被るものもなく走って」いる[3]（Q3.1.12–14）。リアの体験する苦難はたびたび動物のおかれた過酷な状況と比較されるが、ここでは狼と熊への言及をつうじて、彼に嵐をしのぐ場所もなければ食料もないことが示される。エドワード・トプセル（Edward Topsell, 1572–c.1625）による動物誌『四つ足獣の歴史』（*The Historie of Foure-footed Beastes*, 1607）によれば、狼は「食べている肉の毛も骨も一緒に貪り食らう」ほど「非常に強欲」であり（Topsell 737）、狼それ自体が飢えの象徴となりうることがわかる。冬眠中に食物を一切とらず、それゆえ「内臓があまりに空になり、ほとんど閉じて張りつく」熊もまた、飢えと密接にむすびついた動物といえる（Topsell 37）。こうした動物の名称に、さらに空腹をしめす形容詞が付与されることによって、リアの飢餓状態が強調されるのである。

飢えはリアの一行だけが経験しているものではなく、王国全体が苦しんでいるものとも考えられる。この場面の舞台はしばしば荒野（heath）と想定されるが、ジェイン・エリザベス・アーチャー（Jayne Elisabeth Archer）らによれば、一六〇八年および一六二三年の底本いずれにおいても、舞台が荒野であるとは明記されておらず、王がもっとも激しい狂気をみせるのは、むしろ耕地（field）であるという。飢えは不毛の大地という舞台によって強調されるのではなく、実りの季節を迎えても正しく刈り入れがおこなわれず穀物が腐敗していくばかりの皮肉な状況によっていっそう強調される（Archer 520–22）。四幕三場、父を見かけたという話を聞いたと述べるコーディリアの台詞に従えば、リアは麦が「背高くのびた農耕地（high-grown field）」で、「伸び放題のカラクサケマン、畝のあいだに生える雑草、／ワルザネ、毒ニンジン、刺草、タネツケバナ、／毒麦（rank fumiter and furrow-weeds, / With hardocks, hemlock, nettles, cuckoo-flowers, / Darnel）」といった「食料となる麦畑（our sustaining corn）に／はびこる、役に立たない雑草」でつくった王冠をかぶり、大声で歌っている（4.3.1–8）。ジョン・ジェラード（John Gerard, 1545–1612）の『植物誌』（*The Herball or Generall Historie of Plantes*, 1597）によれば、たとえば毒麦は食料にならないどころか「パンや飲料に使用する麦に紛れていれば、眼を痛め、かすませる」有害な植物である（Gerard 79）。アーチャーらは、こうした雑草を編んだ冠が、王国の分断により紛争が勃発した結果として収穫が失敗し、飢饉が訪れるというリアの王国の状況そのものを象徴していると指摘する（Archer 522–24）。[4]

さまようリアと道化は、空腹のうえに雨に打たれて凍える。王は道化に尋ねる。「どうした、おまえ？　寒いのか？／わたしは寒い」（3.2.68–69）。弟の策略によって身を追われたエドガーは、正気を失った「ベドラムの物乞い」に変装してあばら屋に身を潜めていたが、屋根を求めて現れたリアの一行に名を問われて「泳ぐカエル、ヒキガエル、オタマジャクシ、ヤモリにイモリを食べる哀れなトム」だと答える（3.4.119–20）。エドガーが並べる奇妙な食物は、彼の変装を堅固にするものであって実際に口にしていたものではないと考えられるが、彼が逃亡生活によって飢餓状態にあることも示している。エドガー演じる哀れなトムはうわごとのように「トムは寒いよ」と繰り返し（3.4.56, 76–77, 135, 161）、道化は呟く。「この冷たい夜がおれたちを阿呆と狂人に変えるのさ」（3.4.73）。

リアはこの状態をみずからすすんで経験した。松明を頼りにリアを探しに来たグロスターは、王を「火と食事が用意されているところにお連れする」ことを申し出るが（3.4.141）、リアはエドガーらとともに外に留まることを選択する。彼は娘たちに追い出される前も、ゴネリルに謝罪するよう勧めてきたリーガンに向かってこう言い放っている。「彼女の許しを乞うだと？〔中略〕『わたしは跪《ひざまず》き、乞う／どうかわたしに衣服、寝床、食事を与えたまえ』」（2.4.141–45）。飢饉にあえぐとき、ひとびとが神に向かって唱えていたであろう言葉を、リアは拒否したのである。「いや、それならばむしろ、わたしはいかなる屋根も放棄して／風の敵意に対抗し、／狼やフクロウの仲間になることを選ぼう」（2.4.197–99）。

3　動物、そして植物へ

空っぽの胃のまま、リアには穏やかに眠る場所もない。ようやく辿り着いたあばら屋で彼が出会うのは、わずかばかりのぼろ布を身につけて物乞いに扮するエドガーである。二幕三場、彼は咎なく追われることになり、生存をかけて、もっとも貧しい身なりのものに変装することを決意していた。

なによりも卑しく、どこまでも貧しい形をとり、

裸一貫、人間のおごりをあざ笑うように
獣同然になってやるのだ。顔に不潔なものを塗りたくり、
腰には布を巻き、髪をもつれさせ、
すっかりむき出しの身体を、
狂風と荒天の迫害のもとにさらそう。（2.3.7–12）

エドガーにとって、この世でもっとも卑しいものは「獣同然」の様相を呈している。獣はみな、その「むき出しの身体」しか持たない。しかしながら、その身体は不足なく彼らを環境に適応させる機能を果たす。対して人間はみずからの皮膚では自然の脅威に立ち向かうことができず、借り物をするしかない。もろい皮膚しか持たない人間とは異なり、獣は生まれながらにして「優れた毛皮を装備している」と考えられていた（Shannon 142）。ローリー・シャノン（Laurie Shannon）は、こうした考えが当時の動物誌にみられる動物の表皮の描写や挿絵に反映されていると指摘する。たとえば、サイには鎧をおもわせる頑丈な皮膚が、ヤマアラシには捕食者から身を守る針が、羊には悪天候でも凍えることのない毛が与えられていることが挿絵で示される（Shannon 145）。獣はそれぞれ過酷な自然環境で生き抜いていくために必要な皮膚や毛皮を持ちあわせている。それそのものの姿で完全な状態であり、借り物をする必要がない。

リアは物乞い姿のエドガーに出会い、動物化することによって生き延びようとする彼の、人間そのものの身体を目にして驚嘆する。彼はこの「哲学者」トムに触発されて（3.4.142）、ついにみずから身に纏《まと》うものを脱ぎ捨てる。

人間とはこの程度のものでしかないのか？　彼をよく見よ。おまえは虫に絹も、獣に毛皮も、羊に羊毛も、猫に麝香も借りていない。ところがどうだ！　この三人は俗にまみれている！　おまえはものそのものだ（the thing itself）。持たざる人間（unaccommodated man）はおまえのように、これほどまでに貧しく、むき出しの、二本足の動物（animal）なのだ。［衣服を脱ぎ捨てる］剥がれよ、剥がれ落ちるのだ、借り物よ。さあ、留め具をはずせ。（3.4.95–101）

前述のとおり、辛苦を耐えるリアはしばしば動物にたとえられるが、ここでは衣服を放棄して、身ひとつで嵐に立ち向かわなければならない動物と身体的に同じ状態になる。リアは裸になることでまったくの人間としての身体を手に入れた。その身体は、獣と同じように外界に対してむき出しで、かつ、獣の身体以上に外界の影響を受けやすい。リアは、「狼やフクロウの仲間（comrade）」になることを選択したが（2.4.199）、人間の皮膚が彼らの毛皮や羽毛とは異なることを認識する。「獣同然」になろうとしたエドガーもまた、打ちつける風雨のなかでは凍えることしかできない皮膚しか持たない。しかし、人間そのものの姿になることによって身体的に動物に近づこうとするリアとエドガーの行為は、生存への激しい欲求を反映した積極的な動きといえる。(5)

動物とのあいだに境界をひく人間から、獣の「仲間」というまったくの人間としての意識を得たリアは、植物との親和性も高めていく。激しい雨のなか、天に向かって両手をあげたまま立ちつくすリアの姿は、暴風雨で葉という葉を失ってなお立ち続ける一本の木をおもわせる。彼は獣から衣を借りることを拒んだが、代わりに植物から借り物をし、あばら屋の「藁」で暖をとる（3.2.69）。

植物に借り物をして生き延びるのはリアだけではない。エドガーは二幕三場で「幸いにも見つけた樹洞（the

happy hollow of a tree）」に隠れて追っ手を逃れたと説明している（3.2.2）。植物はエドガーに避難場所のみならず、変装の手段も提供し、彼は「死んだように無感覚になった腕に／留針、木串、釘やマンネンロウの小枝（sprigs of rosemary）を突き立て」て慈悲を乞う「ベドラムの物乞いたち」を手本にすることを決意する（2.3.14–16）。こうして植物を隠れ蓑とするエドガーは、五幕二場、グロスターをおいてフランス軍とブリテン軍の戦況を確かめようとするときも、父が安全に待機できる場所として「木陰」を選んだ（5.2.1）。

　植物は、動物からの借り物を放棄したリアを保護する役割を果たす。フィレモン・ホランド（Philemon Holland, 1552–1637）が一六〇一年に英訳した大プリニウスの『博物誌』（*The Historie of the World*, 1601）を参照すれば、植物もまた動物と同じようにみずからを守るための優れた表皮を自然から与えられていることが明らかになる。

> 第一に、あらゆる生きとし生けるもののなかで、自然は人間を裸一貫の状態で産み落とし、ほかのものが持つよいもの、豊かなものを着せた。残りのものについてはみな、それぞれの類に応じてこと足りるだけのものを身に纏《まと》わせた。すなわち、殻、さや、硬い毛皮、針毛、粗毛、剛毛、細毛、羽毛、羽、鱗、むく毛などである。草木の幹や茎には、樹皮や外皮（barke and rind）を纏《まと》わせ、ときには二重に与えて、暑さと寒さによる損傷から保護した。（Holland 152; Chiari 155）

リアの人間としての身体は、植物の身体よりももろく傷つきやすい。リアは、みずからの身体の弱さを認めて植物から借り物をし、生き延びることを最優先する。同時に、こうした「生まれながらの鎧（nat'rall *Armour*）」（Wither, qtd. in Shannon 147）に身を包む植物との親和性を高め、植物化することによって、彼自身の生命力が示される。

先に述べたとおり、狂気が最高潮に達したリアは、伸び放題の麦畑のなかを歌いながらさまよう。百人の兵が王の捜索にあたらなければならないほど麦は背高く伸び（Archer 521–22）、彼の身体を覆い隠す。頭には「伸び放題のカラクサケマン（fumiter）」や毒麦を編んだ冠を戴き（4.3.3–5）、リア自身が麦のあいだにはびこる草のようである。カラクサケマン（fumitory）は地を這うように勢いよく四方に広がって育つため、「大地の煙（*fumus terrae*）」とも呼ばれる（Foakes 321n3）。耕地に繁茂する雑草を身につけることは、リアの生きる力を反映しているものとも考えられるだろう。

コーディリアは、麦のあいだを駆けまわる父の姿を想像して涙を流し、自分の涙で父を治す薬草が育つようにと願う。「治癒をもたらすすべての神秘よ、秘められた大地の薬効よ、この涙で芽吹き、この善きひとの苦痛を和らげ、治しておくれ」（4.3.15–18）。コーディリアの涙の雨は、薬草だけではなく、植物とともにあるリアにも降り注ぎ、彼の生存を支えるものとなる。

4　解体される世界、解体されるリア

「涙など流すものか」（2.4.272）。舞台裏から嵐の音が響き始めるのは、リーガンの邸宅をあとにするリアが涙を押し殺したときである。小宇宙としての人間リアの内面に吹き荒れる嵐は、外界の悪天候と呼応する（2.4.297; Foakes 259–60n7–15; Weis 194n10）。王は天候を支配して世界を水に沈め、転覆させようと、雷鳴の轟音に負けず劣らずの声で吼えたてる。[6] 嵐によってすべてを破壊しようとする彼の言葉には黙示録的な言葉が並ぶ（Foakes 106–7; Weis 47）。

吹け、風よ、その頬が裂けるまで！　荒れ狂い、吹け、
天と海の噴流よ、吹き出せ
尖塔を沈ませ、風見鶏を飲み込むまで！
硫黄臭を放ち、思考に劣らぬ速さで移動する稲妻（fires）よ、
樫の木をたたき割る雷電の先触れよ、
この白髪頭を焦がすのだ。すべてを揺るがす雷よ、
地球の丸みを真っ平らに打ちつぶし、
自然の鋳型を砕き、今すぐ
恩知らずの人間を生むあらゆる種を破壊しろ！（3.2.1–9）

このようすを見かけた紳士によれば、リアは水や風といった「猛り狂う世界の元素（the fretful elements）と闘い、／大地は海に落ち、／うねる波は陸地を飲み込むようにと風に命じて」、世界を水と陸地の境界が存在しなかった天地創造前に戻そうとしているのだという（3.1.4–6; Foakes 259n5–7）。「火よ、吹け。雨よ、噴き出せ。／雨も風も雷も火も、わたしの娘ではない。／地水火風よ（you elements）、わたしはおまえたちを厳しく責めたりはしない」（3.2.14–16）。リアの目に映る世界は、それを構成する四元素に解体され、やがてひとつに混じり合っていく。

リアの頬を伝うべき「水滴（water-drops）」は（2.4.266）、暴雨となって降り注ぎ、あらゆるものを飲み込む。コーディリアはリアを見かけた人物から話を聞き、父が「荒れ狂う海のように（as the vexed sea）」取り乱していること

を知って涙を流す（4.3.2）。創世記の大洪水が大地を覆い尽くし、海となって生きとし生けるものを洗い流したように、リアのなかで世界は混沌とした海へと回帰する。

水はさまざまな境界線を曖昧にするといえる。一六〇七年、度重なる嵐と高潮が原因とされる洪水がブリストル海峡に面する一帯を襲ったが、このとき水は越境していくものとして記録された。「水は境界を超えて（transgresse and break their boundes）、大地の実りを破壊し、人と獣の生命を奪う」。陸海と天地を分かつ境界線は機能しなくなり、「牧草地はすっかり消えてしまったか、海に沈んだように見え」、流される家屋は「船」に、牛の群れは「鯨」になり、ある住人は逆巻く波を「山々か高く盛り上がった雲」と見間違えた（*True Report of Certaine Wonderfull Overflowings*, n. pag.）。同様に、リアの想像のなかでも、「大地は海に落ち、／うねる波は陸地を飲み込」み（3.1.5–6）、分かれたはずの領域はふたたび融合する。

嵐は天地や陸海の境界だけでなく、リアの身体と外界の境界も曖昧にする。変装したケントはリアをあばら屋に案内するが、王はなかなか中に入ろうとしない。外で猛然たる嵐にさらされていれば、「さらに苦しいことを／考える隙」がなくなるのだという（3.4.24–25）。「轟音をたてる海」に飲まれそうになれば「熊の口に飛び込む」ほうがまだよいと考えるように（3.4.10–11）、娘の裏切りに心を裂かれるよりは暴風雨に打たれるほうがよほどよい。猛烈な風、水、音は、リアの精神と身体を貫き、「あらゆる感情を奪う」ほどにリアの内側を満たしていく（3.4.13）。

レベッカ・ラロッシュ（Rebecca Laroche）およびジェニファー・ムンロー（Jennifer Munroe）は、人間の身体が外部環境と物質的につながっているとの前提にもとづき、暴風雨にさらされるリアの狂気を、人間という意識からの解放ととらえる（Laroche and Munroe 19, 87）。そもそも初期近代のひとびとにとって、身体とは外界との相互作用に影響され、形作られる、「浸透しやすい（porous）」ものであり（Mentz 142）、それゆえに嵐は「われわれの皮膚を侵略する（Invades us to the skin）」ものとなりえた（3.4.7）。皮膚は丸裸になった人間の身体と外界を分かつ最後の障壁であり、そこへ雨水が浸透していくことは、リアという人間が解体され、彼の身体が「人間以上の世界」、すなわち「人間と人間以外のもの（および階層や性別の分類）が溶けあって境界線も曖昧になっている、融和した有機的な統一体」に接続されることを意味する（Laroche and Munroe 57, 87）。ラロッシュとムンローの議論が示すように、リアが外界とひと続きになっているみずからの身体を認識し、人間という概念から解放されるとき、彼は身分や地位といった人間の定めた枠組みからも解放される。容赦なく打ちつける雨を皮膚に実感してはじめて、リアはそれまで目を向けようとしなかった王室の外の世界も見えるようになる。

着物もない貧者たち、どこかで
この無慈悲な嵐の猛襲を耐えている者たちよ、
頭上には屋根もなく、腹は空のまま、
破れて穴だらけのぼろ布を纏《まと》い、どうやって
こんな天候から身を守ろうというのか。ああ、わたしは
これまでこうしたことに無頓着だった。（3.4.28–33）

ソフィー・キアリ（Sophie Chiari）が述べるように、ここで雨水は、「洗礼を授ける水、聖水」としての機能も果たし、盲目的だったリアの目を開くのである（Chiari 158）。

5　リアの死

『リア王』には、多数の死者を出した疫禍のレトリックが散見され、登場人物の台詞には死の影がつきまとう。リアを中心として、人物たちは舌が感染したかのように疫病（plague）という言葉を用いる。第二幕、リアは上の娘たちに裏切られ、リーガン夫妻に「疫病」を含むあらゆる災禍が降りかかるよう喚き立て（2.4.83）、ゴネリルを「この腐敗した血のなかにできた／疫病の腫れ物（plague-sore）、膨れ上がった腫瘍」と呼び（2.4.213–14）、みずからの身体が蝕まれているさまを想像する。変装したケントはゴネリルの家令オズワルドを罵って「そのひきつり顔に疫病が下れ！」と言い放ち（2.2.75）、両眼を失ったグロスターは身投げしようと崖を目指して案内人を求め、「この時代の不幸（times' plague）」を嘆く（4.1.47）。戯曲をつうじて、彼の周囲には病を蔓延させる「低く垂れ込めた空気（pendulous air）」（3.4.63）が漂っているのである。(7) 反対に、コーディリアが（生きて）登場する場面において、疫病という言葉が使われることはない。死が影をおとす舞台に一筋の「慰めの光」（2.2.151）をもたらすのは彼女であるといえる。

リアは、コーディリアとともにあることによって生かされる。第一幕、王は彼女をフランス国王もしくはバーガンディ公爵と結婚させ、若い世代に王国の権利を譲って退位する心算であることを明かしたが、みずからは政務から解放されて「死へと這っていく（crawl toward death）」のだと宣言していた（1.1.40）。ところが、第五幕、牢獄へと引かれていくときには、コーディリアとともにこれからを生きていくことを何よりも望んでいる。彼はゴネリルとリーガンに会わないかという提案を断り、ともに牢のなかで「生き、／祈り、歌い、昔話をし、／金ぴかの蝶々を見て笑おう」と末娘に懇願する（5.3.11–13）。リアはコーディリアをつうじて意識を死から生へと向けるのだ。

最終幕、リアはフランス軍の陣営でコーディリアと再会する。ピーター・ミルワード（Peter Milward）は、新約聖書の「『放蕩息子』のたとえ」が『リア王』全体に浸透していることを指摘し、この場面でコーディリアが父親の役目を担っていると論じる（ミルワード二九三～九四頁、ルカ一五章一一～三二節）。たとえ話の父親は、放蕩息子が帰ってくると走り寄って胸に抱き、接吻して、しもべたちにこう命ずる。「急いでいちばん良い服を持って来て、この子に着せ、手に指輪をはめてやり、足に履物を履かせなさい。それから、肥えた子牛を連れて来て屠りなさい。食べて祝おう。この息子は、死んでいたのに生き返り、いなくなっていたのに見つかったからだ」[8]（ルカ一五章二二～二四節）。「子どもからの仕打ちを受けて子どもにもどった父親（child-changed father）」リアもまた（4.6.14）、コーディリアという親に迎えられ、帰ってきたというただそれだけの理由で、無条件に許されるのである。

リアは再会の場で目を覚ますと、目の前に愛娘コーディリアとおぼしき女性が立っていることに驚嘆する。「笑わないでほしいのだが、／この女性はたしかにわが子のコーディリアのようにおもえるのだ」（4.6.62-64）。コーディリアは涙を流し、父は言う。「泣いているのか？　そうか、お願いだから泣かないでおくれ」（4.6.65）。先に述べたように、嵐の場面において大地に降り注ぐ雨が聖水を意味していたのだとすれば（Chiari 158）、ここでコーディリアが流す涙もまた、リアに洗礼を授ける聖水ととらえられる。リアは嵐のなかで荒々しい洗礼を受け、コーディリアによってふたたび洗礼を受ける。洗礼があらたな誕生、再生を意味するならば、リアはここで新しい生を授けられたことになる。

しかしながら、許しを受け、あらたな生を受けたリアが物語の結末に見る風景は、穏やかなものとは言えない。五幕三場、エドマンドの謀計によってコーディリアは絞殺される。彼女を胸に抱いて登場するリアの目に映るのは、息のないわが子の身体ばかりである。ピエタ像を彷彿とさせる、そのあまりに凄惨な状況を目にしたケントは声をしぼりだす。「これが約束された結末なのか」(5.3.237)。


リア　吼えろ、吼えろ、吼えろ(howl)! ああ、おまえたちは石(stones)でできた人間だ。

わたしがおまえたちの舌と眼をもっていたなら、
空の天井が裂けるほど泣き叫ぶだろうに。この子は永遠に逝ってしまった。

ひとが死んでいるか、生きているかは分かる。

この子はすっかり土のように死んでいる(dead as earth)。(5.3.231–35)

リアの口からほとばしるように出てくる苦しみの言葉には、獣、石、および土の表象が確認できる。彼は、エドガーやケントが衝撃のあまり言葉を失って立ちつくしていることが理解できず、獣のような大声で娘の死を悼まない彼らを非難し、みずからも吼えるように声をあげる。[9] 周囲の人間は冷たい石となり、愛する娘は大地と一体化しつつある。[10] こうした表象からは、子を失った獣が吼え声をあげながら荒れ果てた地をさまよっている情景が想像されるだろう。『四つ足獣の歴史』において描かれる、子を奪われた虎のようすは、こうしたリアのようすに重なる。狩人によって子が一匹ずつ盗まれ、船に積まれてしまった母虎は、「子どもが船で連れ去られ、もう二度と彼らに会うこともそばにおくこともできないとわかると、海岸で悲嘆に暮れて吼え、きしるような声で鳴き、うなり声をあげて(howling, braying, and rancking)、しばしばその場で死ぬ」(Topsell 709)。

それまで動物や植物との親和性を高めていたリアは、コーディリアの死を受けてふたたび動物となった。そしてついに息のない娘を抱いたままこと切れ、みずからも娘とともに土に変化しようとする。嵐によって世界が地水火風の四元素に解体され、やがてすべてを飲み込む混沌の水となるように、リアの身体も最終的には元素にもどっていく。嵐のさなか、彼の憤怒と涙は稲妻という火と暴雨という水になって身体から離れ、彼が息絶えると、生命の風も身体を離れた。最後に残るのは土であり、こうして彼の身体は死によって完全に解体され、世界に開かれ、大地という風景の一部と変化するのである。

リア　わたしのかわいそうな阿呆がしばり首になった。いない、いない、生きていない。
犬も、馬も、鼠さえも命があるのだ、
どうしておまえに息がない？　おまえはもう、帰って来ない。
もう決して、決して、決して、決して、決して。
すまないが、この留め具をはずしてくれないか。どうも。
これが見えるかね？　この子を、ご覧、この唇を、
ほらこれを、これを。［リア、死ぬ］（5.3.279–85）

父は、激しいまでの否定語の反復によって娘がもう戻らないことを忍受しようとする。しかし、その苦しみのうちに心の臓が裂けるとき、リアのまなざしは娘の生に向けられているようにおもわれる。ここで繰り返される否定語とともに並ぶのは、「命（life）」や「息（breath）」といった言葉である。

リアが最後に見るのは死ではなく生であったか。彼はコーディリアの口元に鏡をかざし、「吐息で表面が曇る

なら、／そら、この子は生きている」と説明する（5.3.236–37）。スティーヴ・メンツ（Steve Mentz）は、この場面における「プネウマ」、つまり生命に不可欠な「宇宙および身体を循環する流動的な空気」の重要性を指摘する（Mentz 142; Chiari 158）。リアが娘の口元を見よと叫び、「無」（1.1.89）と成り果てたはずの彼女のなかに生の気配を探し求めながら息絶えるとき、リアのなかで、彼女の死が永遠の生命へと続くことが示唆される。(11)

息を吹き返したかのようにおもわれたコーディリアは、死に支配された舞台を通り抜ける風でもある。コーディリアを失って、リアは誰も彼も疫病に冒されるようにと罵る。「災いが下れ（A plague upon you）、揃いも揃って人殺し、反逆者だ」（5.3.243）。先に述べたとおり、リアの周囲を漂うのは死をもたらす「低く垂れ込めた空気」（3.4.63）であった。疫病が発生する原因のひとつとして信じられていたのが、こうした空気の腐敗であり、予防のためには「腐敗も汚染もしていない、澄んだよい空気（pure and good）のあるべつの場所に移動」しなければならない(12)（"Briefe," n. pag.）。コーディリアの口を通過したとリアが考えるのが「澄んだよい空気」であるならば、彼はここで浄化された空気を得ることになる。コーディリアが息を吹き返したと信じるとき、リアは疫病から比喩的に救われるのである。

6　結——風を記憶する大地

悲劇の終わり、ケントはついに息絶えた王を前にしてこう呟く。「これほど長く耐えられた（so long）のが不思議なくらいだ。／ご自分のお生命ではなかったのだろう（He but usurped his life）」（5.3.292–93）。エドガーはケントの言葉を反響させながら、悲しみのうちに最後の台詞を引き受ける。(13) リアの最期の言葉と同様に、彼の台詞には否定語と隣り合って「生きる（live）」という単語が確認できる。

悲壮な時代の重荷を、わたしたちは負わねばなりません。
言うべきことではなく、感じたままを言おうではありませんか。
もっとも年長のおひとが、もっとも耐えられた。若いわたしたちは
これほど多くを見ることも、これほど長生きすることもないでしょう（nor live so long）。（5.3.299–302）

作中にみられる飢餓、嵐、そして疫病といった災禍のモチーフは、リアに死をもたらすのではなく、君主としてのリア、および人間としてのリアを解体し、彼にあたらしい意識を与え、再生の機会を与えるものとなった。同時に、彼がこうした災禍をあまりに長く耐えたことによって、むしろ彼の生存が強調された。幕切れのとき、リアはコーディリアとともに土塊となり、舞台には静かな大地が広がる。そこにはリアにしか見ることができない、コーディリアの生命の風の記憶がある。リアの死後、ケントやエドガーの言葉にかすかに確認できる生の気配は、『リア王』において、たとえどれほど否定されたとしても、生は続いていくということを示しているのかもしれない。

注

（1）本論において引用する『リア王』のテクストは、断り書きのないかぎり、一六二三年の第一二つ折り本にもとづく。
（2）一七世紀初頭にひとびとが経験した災禍は、疫病の流行や食糧難のほかに、異常気象、火災、高潮などが挙げられる。エセックス州ハリッジに座礁した鯨をめぐって終末論的な議論が展開する一六一七年の小冊子には、著者に世界の終焉を予感させた

さまざまな事象が列挙されている。一六〇三年には疫病が大流行して多数のひとびとが犠牲となり、一六〇五年には「あの恐ろしくきわめて忌まわしい」火薬陰謀事件が計画されたが「神のみわざによって見抜かれ、明かされた」。イングランド各地で町を焼きつくすほどの火災が起き、創世記以来と言うべき大水によって「何百エーカーもの牧草地と耕作地が一瞬のうちに（いわば）大海に変わり、あらたな群れで泳ぐ魚たちが、溺死した男、女、子ども、それに動物の死骸を餌とした」（*True Report and Exact Description* 4–5）。一六〇八年には厳寒が「地上の実りに死をもたらし、河川を凍らせた」ので多くの魚が死に、またあるときには干ばつによって不作が続き、「感覚を失った大地が救いを求め、天にむかって口を開けた」。一六一二年冬にはあらゆるものが暴風の影響を受け、「教会、尖塔、家屋、煙突、樹木、ほかにもわれわれにとって必要不可欠なさまざまなものが徹底的に破壊され、転覆した」（*True Report and Exact Description* 5–6）。著者は、こうした一連の悲劇が「最後の日の訪れを告げる最初の前兆」でありうると警告する（*True Report and Exact Description* 9）。

（3）飢えた動物への言及は一六〇八年の四つ折り本の台詞に見られ、第一二つ折り本では削除されている。

（4）このように飢饉は天災としてだけではなく、人災としてもとらえられる。当時のひとびとは、民に食料が行き渡るように取り計らうべきは君主だと考えた。食糧難が起こるのは、君主が生産、分配、および消費の仕組みを破綻させているためである。麦畑が適切な手入れをされずに荒廃し、リア本人だけでなく王国全体が飢えに苦しんでいるのだとすれば、ゴネリルとリーガンがリアの従者を大幅に減らすのも、彼が王国の分断を招き、飢饉の一因をつくった責任者であるからだと考えられる（Archer 524）。

（5）初期近代において、人間と動物の境界はしばしば曖昧なものとして想像された。人間と動物の「境界交差（boundary-crossings）」については、これまで交差がもたらしうる「混乱（boundary-confusion）」や、人間の絶対的な定義が脅かされることによって生まれる主体の「不安感（boundary-anxiety）」が中心的に論じられることが多かったが、ジーン・E・フィーリック（Jean E. Feerick）とヴィン・ナルディッツィ（Vin Nardizzi）によれば、当時のひとびとにとって、こうした交わりがつねに否定的なものであったとは限らない。そもそも人間を動物と二項対立しているものとしてみる視座はデカルト以降に確立したと考えられ、シェイクスピア時代の人間の定義はより流動的かつ曖昧で、人間と人間以外のものの境界交差は、ごく自然なものでありえた。そこにみられるのは「欲望、感嘆、落胆、さらには解放」など、不安感にはとどまらなかったと考えられる（Feerick and Nardizzi 4）。

アンドレアス・ヘフェレ（Andreas Höfele）は、リアの「動物化」が「退化（*de*generation）ではなく再生（*re*generation）」を意味しうることを指摘する。第一幕において国王リアが隠居生活について述べた際の「死へと這っていく」（1.1.40）という表現からは、王らしからず、むしろ動物的な、腹這いの姿勢が想像される。そこには、あらゆる人間や動物と同様に老いて死んでいくみずからの身体を受け入れるリアの「謙虚さ」と、「同輩としての動物との親交（fraternization）」が読み取れるという（Höfele 211）。

（6）ここではリアの感情が嵐と呼応するが、当時、嵐をみてひとびとが想像したのは「神の怒り（wrath）」だった（Chiari 152–55）。嵐の轟音は「天から地に向かって荒々しく吹かれる、恐るべき神の怒りの喇叭」であり、「神の鼻孔をとおるほんの一息でさえ、揺動する地球という全世界を破壊するのに充分であるのだ」（*Wonders*, n. pag.）。

（7）疫病はあらゆる境界を越えて蔓延するため、先に述べた水（嵐、洪水）と同様、越境するものといえる。疫病は万人を等しく危険にさらし、人間と動物も区別しない。当時、ペストは犬が媒介して人間への感染が拡大していると考えられた（*Present*, n. pag.; Shapiro 75）。

（8）ミルワードは『リア王』における放蕩息子のたとえ話の要素のひとつとして、飢饉に言及があることを指摘している（ミルワード二九三頁）。「遠い国に旅立ち、そこで放蕩の限りを尽くして、財産を無駄遣いしてしまった。何もかも使い果たしたとき、その地方にひどい飢饉が起こって、彼は食べるにも困り始めた」（ルカ一五章一三～一四節）。

（9）リアはここでコーディリアの死を嘆き悲しむように命じているが、彼が「吼えろ（howl）」と発話するとき、その音そのものが吼え声のように響くと考えられる。当時の動物誌によれば、吼え声（howling）は、狼、犬、虎、フクロウなどの声を表現した（Topsell 138, 176, 709, 736）。

（10）「石でできた人間（men of stones）」とは、石のように硬い無慈悲な心をもっていることを意味するだけでなく、人間を親にもたず石から生まれた、人間らしからぬ人間であるとの考えを示唆する（Weis 332–33n250）。

（11）A・C・ブラッドリー（A. C. Bradley, 1851–1935）が論じるように、リアがコーディリアの蘇生を信じて「苦痛ではなく歓喜」のうちに息を引き取ったかどうかは議論がわかれるところだが（Bradley 291）、彼と対をなすグロスターが変装した息子エドガーの正体を知り、「歓喜と悲嘆という相反するふたつの激情」に心を引き裂かれて「微笑みながら」死んだことを踏まえれば

(5.3.190-1)、リアが感じていたのは苦痛だけではないと考えられる。

（12）疫病の感染を防ぐためには「とりわけ曇天や雨天においては、有害な空気（pestilent ayre）が侵入しないよう窓を閉めきる」必要があり、開ける場合は「真昼ごろ」に限定することが推奨された（"Briefe," n. pag.）。リアは窓を開けるどころか、夜間、雨が降りしきるなか屋外に飛び出し、みずから疫病にかかりやすい空気のなかに身をおいた。リアはこうした状況を体験してはじめて、疫病を運ぶ空気を遮断する窓どころか、「破れて穴だらけのぼろ布」のような衣服しかもたず、満足に身体を包むこともできない貧しいひとびとがいることに思い至る（3.4.31）。

（13）一六〇八年の四つ折り本では、最後の台詞はオールバニに与えられている（Q5.3.315–18）。

参考資料

Archer, Jayne Elisabeth, et. al. "The Autumn King: Remembering the Land in *King Lear*." *Shakespeare Quarterly*. vol. 63, no. 4, winter 2012, pp. 518–608.

Bradley, A. C. *Shakespearean Tragedy: Lectures on Hamlet, Othello, King Lear, Macbeth*. 2nd ed., Macmillan, 1905.

A Briefe Treatise of the Plague Wherein is Shewed, the [Brace] Naturall Cause of the Plague, Preseruations from the Infection, Way to Cure the Infected. By I. W., London, 1603.

Chettle, Henry. *A True Bill of the Whole Number That Hath Died in the Cittie of London, the City of Westminster, the City of Norwich, and Divers Other Places*. London, 1603.

Chiari, Sophie. *Shakespeare's Representation of Weather, Climate and Environment: The Early Modern "Fated Sky."* Edinburgh UP, 2019.

Dugdale, Gilbert. *The Time Triumphant, Declaring in Briefe, the Arival of our Soveraigne Liedge Lord, King Iames into England, His Coronation at Westminster*. London, 1604.

Feerick, Jean E., and Vin Nardizzi. "Swervings: On Human Indistinction." *The Indistinct Human in Renaissance Literature*, edited by Jean E. Feerick and Vin Nardizzi, Palgrave Macmillan, 2012, pp. 1–12.

Foakes, R. A, editor. *King Lear*. By William Shakespeare, Bloomsbury, 1997. The Arden Shakespeare.

Gerard, John. *The Herball or Generall Historie of Plantes*. 1597. London, 1633.

Höfele, Andreas. *Stage, Stake, and Scaffold: Humans and Animals in Shakespeare's Theatre*. Oxford UP, 2011.

Holland, Philemon, translator. *The Historie of the World*. By Pliny the Elder, London, 1601.

Laroche, Rebecca and Jennifer Munroe. *Shakespeare and Ecofeminist Theory*. Bloomsbury Publishing, 2017. The Arden Shakespeare.

Levy, David H. *The Sky in Early Modern English Literature*. Springer, 2011.

A Most True and Lamentable Report, of a Great Tempest of Haile Which Fell upon a Village in Kent, Called Stockbery, about Three Myles from Cittingborne, the Nintenth Day of June Last Past. 1590. London, 1590.

Mentz, Steve. "Strange Weather in King Lear." *Shakespeare*, 2010, vol. 6, no. 2, pp. 139–52.

Present Remedies against the Plague Shewing Sundrye Preservatives for the Same, by Wholsome Fumes, Drinkes, Vomits and Other Inward Receits. London, 1603.

Shakespeare, William. *King Lear: A Parallel Text Edition*. Edited by René Weis, 2nd ed., Routledge, 2010.

Shannon, Laurie. *The Accommodated Animal: Cosmopolity in Shakespearean Locales*. The U of Chicago P, 2013.

Shapiro, James. *1606: Shakespeare and the Year of Lear*. Faber and Faber, 2015.

Topsell, Edward. *The Historie of Foure-footed Beastes*. London, 1607.

A True Report and Exact Description of a Mighty Sea-monster, or Whale, Cast upon Langar-shore over against Harwich in Essex, This Present Moneth of Februarie 1617. London, 1617.

A True Report of Certaine Wonderfull Overflowings of Waters, Now Lately in Summerset-shire, Norfolke, and Other Places of England Destroying Many Thousands of Men, Women, and Children, Overthrowing and Bearing Downe Whole Townes and Villages, and Drowning Infinite Numbers of Sheepe and Other Cattle. London, 1607.

Weis, René, editor. *King Lear: A Parallel Text Edition*. By William Shakespeare, 2nd ed., Routledge, 2010.

Wilson, F. P. "Illustrations of Social Life IV: The Plague." *Shakespeare Survey*, vol. 15, edited by Allardyce Nicoll, Cambridge UP, 1962, pp. 125–29.

The Wonders of this Windie Winter: By Terrible Stormes and Tempests, to the Losse of Lives and Goods of Many Thousands of Men, Women and Children. London, 1613.

共同訳聖書実行委員会訳『新共同訳　新約聖書』日本聖書協会、二〇〇六年。

ミルワード、ピーター編注『リア王』ウィリアム・シェイクスピア著、大修館書店、一九八七年。

第8章
〈終わりの風景〉の向こう側[1]
インドラ・シンハの『アニマルズ・ピープル』とボパール、水俣、太平洋核実験

小杉　世

1　はじめに

現在フランス在住の作家インドラ・シンハ（Indra Sinha 1950–）は、イギリス人作家である母親とインド人海軍士官の間に生まれ、インドのボパール化学工場災害の被害者のための社会活動も長く行ってきた。[2]『アニマルズ・ピープル』（*Animal's People*, 2007）はインドの架空の街カウフプール（Khaufpur）を舞台として、あの夜の出来事とその後の街の人々の生活をある青年の視点から語る物語である。小説中で語られるあの夜とは、街の化学工場が「毒」を放出し、その夜だけで三千人を超える住民が亡くなり、州政府が認めているだけでも被害者数は五七万人を超え、[3]多くの人々が後遺症を患うことになった事故の夜である。マディヤ・プラデシュ州の州都ボパールで

一九八四年十二月に起きた合衆国の多国籍企業ユニオンカーバイド社の殺虫剤製造工場の毒性ガス（イソシアン酸メチル）漏洩事故をもとにしている。小説の語り手は、その事故の数日前に生まれた孤児で、フランス人の修道女フランシかあちゃん（Ma Franci）を育ての親として街の貧民街に育ったアニマル（ヒンディー語で जानवर Jaanvar）と自称し、周りからもそう呼ばれている青年である。六歳のとき、首と両肩の燃えるような痛みと発熱を経て、背骨が委縮し「ヘアピン」（二六、英語版 15）のように曲がって、二足歩行ができなくなり、四足歩行で生活する主人公（語り手）は、「人間の世界ってやつは、目線の高さで見るようにできている。そう、あんたたちの目線でだ。おれがちょっと顔を上げれば、他人の股ぐらを覗くことになる。腰から下は別世界なんだぜ」（八、英語版 2）と語るが、糞尿の匂いのするこの小説はその主人公アニマルが地上六〇センチの目線から見た世界を描く。

ロブ・ニクソン（Rob Nixon）は、放射能汚染や気候変動に代表されるような長い時間をかけてゆっくりと生物や環境を侵食する目に見えない力を「遅い暴力」と呼び、その影響を最も如実に受けるのは、問題を生み出している先進国の裕福な人々でなく、植民地時代から長い搾取を経験してきた先住民コミュニティや、グローバリゼーションの経済構造のなかで底辺におかれる存在であることを指摘した（Nixon 2, 4）。ニクソンはシンハのこの小説が「ネオリベラル・グローバリゼーションの下腹部」を「社会のアウトカースト」の視点から探る作品と評する（Nixon 46）。本稿では、シンハの小説を通して見えるグローバリゼーションの世界システムを、関連する作品や今日の状況を参照しながら検証する。

2 グローバリゼーションの世界システムと「ゴミの帝国主義」

エリザベス・デロリー（Elizabeth DeLoughrey）は、カリブのドミニカ共和国のアーティストであるトニー・カペラン（Tony Capellán）がサント・ドミンゴの海岸で拾い集めたゴミをリサイクルして制作したインスタレーション「カリブ海」(4)（'Mar Caribe'）に言及して、グローバリゼーションの一見境界のない人の流れを象徴する海にも、難民など望まれない存在を絡めとり除去する有刺鉄線に象徴されるような境界があることを指摘した（DeLoughrey 109）。ハイチからの難民を収容したキューバのグアンタナモ米軍基地収容所や、中東から東南アジア経由でオーストラリアに難民受け入れを希望するボートピープルをナウルやパプアニューギニアのような太平洋島嶼部国家に設置した収容所で請け負わせるかわりに財政支援をする「パシフィック・ソリューション」と呼ばれたオーストラリアの難民政策などもその典型である。カペランのインスタレーション「カリブ海」の棘の冠ならぬ有刺鉄線の鼻緒のサンダルは、帝国の「廃物（refuse）」を引き受ける第三世界（あるいは「廃物」にされる存在）が負う痛みを雄弁に語っている（小杉二〇二〇）。核廃棄物やフォールアウトを含む有害物質を帝国の周辺に位置する（旧）植民地の第三世界や先住民の土地に負わせる「ゴミの帝国主義」（DeLoughrey 115）は、核実験が行われた冷戦期に限らず、現在もその構造は続いている。デロリーの指摘するグローバル経済の特徴である「（人間の）使い捨て（human disposability）」（101）と、有害廃棄物などの「リスクのアウトソーシング」、「ゴミの帝国主義」は、斎藤幸平がシュテファン・レーセニッヒに言及して論じる「外部化社会」（斎藤三〇）の問題であり、ニクソンが「リスクの移転（risk relocation）」あるいは「リスクのトランスナショナルな押し付け（the transnational off-loading of risk）」（Nixon 46）と呼ぶものである。

冷戦期に太平洋地域その他で行われた核実験の影響は、被ばくや有害廃棄物による直接の健康被害にとどまらず、生活の変化がもたらした健康への影響は、現在も続いている。たとえば、第二次世界大戦後のアメリカによる軍事化によって、生活形態や食料が大きく変わったマーシャル諸島においては、被ばくに起因する疾患に加えて、糖尿病などの基礎疾患を多く生み、そのことがアメリカ在住マーシャル人コミュニティにおける新型コロナ感染者数と死者数の多さに関係している（McElfish et.al.、中原）ことからも、「帝国」による軍事的経済的支配が及ぼす影響のスパンの長さがわかる。また一方では、日本の高齢者のワクチン接種も始まらず、自宅療養中に死亡する患者が大阪で急増した二〇二一年四月下旬から五月上旬の第四波の医療逼迫時に、先進国と第三世界とではワクチン供給にも格差があるなかで、マーシャル諸島では、国内での一八歳以上のワクチン接種は二〇二一年一月から開始され、二〇二一年四月一九日時点でのマジュロ環礁・クワジェリン環礁の都市部の一八歳以上のワクチン接種完了率は六一％、四月上旬からは離島でのワクチン接種も進んでいた。(5) このような状況を見れば、合衆国と自由連合協定を結んでいるマーシャル諸島がアメリカの軍事的な支配を受けるかわりに、強い供給パイプラインでつながれていることも如実に見える。

3　帝国のホモ・サケル

シンハの小説『アニマルズ・ピープル』を読んだとき筆者の頭に浮かんだのは、ニュージーランド在住サモア人舞台芸術家レミ・ポニファシオ（Lemi Ponifasio）の舞台で、しばしば登場する動物のように四足歩行する男の姿である。ときどき二本足で立ち上がっては言葉にならない言語でなにかわめき、やがて四本足に戻って静かに舞台上を通り過ぎていく。第一次世界大戦百周年の委嘱作品『アイ・アム』にあらわれるインドネシア人のダンサーが演じている四足歩行の男性は、戦争で流した血の責任から逃れるために人間であることをやめたかのように見える（小杉二〇一五年、二七七）。グローバル経済や「帝国」の発展のために犠牲となる「帝国のホモ・サケル」について、シンハの小説を例にとって考察したい。

「利益を内部に取り込み、リスクを外部化する」多国籍企業の「企業植民地主義」（Nixon 52）の構造をシンハの描くカウフプールにみるニクソンは、チェルノブイリ原発事故後に導入された放射性燃料デブリ除去ロボットが機能しなくなったとき徴用された若者たちが「人間」としてではなく、「バイオロボット（biorobots）」(6)、すなわち「使い捨て可能な部品」（54）として扱われたことに言及し、企業植民地主義の活動でリスクを負わされる第三世界の人々との関連性を指摘して、災害や事故の責任をのがれる「企業の健忘症」（51）を批判する。

シンハの小説『アニマルズ・ピープル』には、大災害を引き起こした事故の後、有害化学物質が放置されたまま廃墟と化したアメリカ資本の化学工場跡が描かれる。事故から二〇年経っても除染がなされていない事故現場は、マーク・J・ラウゾン（Mark J. Rauzon）が論じた太平洋の忘却された島々の実験施設跡とも重なる。工場の敷地を囲む壁には「巨人が拳で殴ったような穴があちこちに開いている。人々が家を作るために煉瓦を持ち出した跡だ。ナットクラッカーでおれの住む界隈はほとんど、この死んだ工場の破片でできている」（四五、英語版 29）とアニマルが語るように、カウフプールのスラム街ナットクラッカーの家並みそのものが「カンパニ（Kampani）」の残骸でできている。これは第三世界や先住民コミュニティにおいて珍しいことでない。

オーストラリアの中国系アボリジナル作家アレクシス・ライト（Alexis Wright）の長編小説『カーペンタリア』（*Carpentaria*, 2006）のアボリジナルの主人公ノーマル・ファントムはゴミの山から拾ってきた屑で自分の家（ナンバー・ワン・ハウス）を建てる。現実世界でも、たとえば冷戦期に英米の核実験場となったキリバス共和国クリスマス島では、実験後四〇年以上も実質的な除染が行われないまま、島民たちは島に放置されたあらゆる廃棄物を利用して生活してきた。新しい村に電気を引くとき、核実験のモニタリング・サイト（放射線測定施設）の電線を再利用したという技師もいたし、立ち入り禁止区域のコンクリート盤を砕いて、漁網の重石にしたという男性もいる。軍用車の廃車の山のそばの池で、人々は魚を釣っていたし、加鉛燃料タンクがあった地区の地下水は今も飲用できないが、実験を行った国は、島に残された廃棄物が環境や人に与えたかもしれない影響について認めていない。(7)

シンハの小説中の工場の敷地は事故から二〇年経ってもなお、昆虫が棲息できない土壌である。「ほら、とても静かだろう？　鳥の声さえしない。草むらにはバッタもいないし、蜜蜂の羽音も聞こえない。昆虫はここじゃ生き延びられない。カンパニの作った毒は完璧だ。強力すぎて取り除くことができず、何年経っても機能している」（四五、英語版29）とアニマルは語る。この静かな死んだ土地にアニマルは「火葬の灰に黒く煤けたシヴァ神の裸体」を想像し、「死体から出る煙」（四八、英語版32）で目を真っ赤にして踊るシヴァ神とあらゆる方角から響く断末魔の声、世界の終わりの光景を想像する。

かつて「カウフプールの声」（四九、英語版33）と呼ばれ、パンディット（師）の敬称で人々から慕われている歌手のソムラジは有毒ガスで肺をやられて歌声を失った。住民たちは汚染された水を飲み続け、そのため血液や母乳も汚染されているという（一四六、英語版108）。アニマルもまだ背骨がまっすぐだった子供のころ、工場の裏手の池に飛び込んで遊んでいた（二七、英語版16）。小説には、「赤ん坊に毒を飲ますわけにはいかない」（一四五、英語版107）と母乳を赤ん坊に与えずに搾って捨てる母親が登場するが、実際にボパールでは、二〇〇二年の報告書でも母親たちの母乳から鉛や水銀が検出されている（Adrian）。カンパニの弁護士に向かって背中の曲がったガルジ婆さんは、「畑に撒く農薬を作るとあんたがたは言った。虫を殺す毒をね。でも虫の代わりにあたしたちを殺した。・・・虫を殺すのとこれと、あんたらにとって違いはあるのかい？」（四〇四、英語版306）と突っ込むが、その言葉は、通訳によって「彼女は金をくれと言っている」（四〇四、英語版307）と訳され、弁護士は道端の物乞いに対するようにはした金を老女に手渡す。

化学工場事故の後遺症で直立歩行できなくなって「人間」でなくなり、雌の野良犬ジャラを相棒として、有害物質が残ったままの工場の廃墟のジャングルをねぐらにするアニマル、そして、カンパニの「毒」で虫けらのように生命を奪われたスラムの住民たちは、グローバリゼーション時代の「帝国のホモ・サケル」にほかならない。「帝国」のグローバル資本主義経済活動の負債を負わされる第三世界の存在は、アニマルがみる夢の光景にも示唆される。夢のなかで、アニマルの住むカウフプールの貧困地区ナットクラッカーの中心に向かう極楽横丁（Paradise Alley）を歩く赤いターバンを巻いた活動家のザファルは、「鶲《ひたき》の羽根のように青く、細い十字の入った」「光り輝く世界」（二一四、英語版83）を背負い、「世界の痛みの重荷」（二一四、英語版83）で、アニマル自身の背中のように腰が二つ折れに曲がってしまっている。ザファルが背負う青く輝く地球は、理想主義者のザファルが守ろうとする世界の姿でもあるが、同時に、先進国が享受する美しい世界であり、実際にその痛みを負うのはカウフプールの貧民街の人間たちであることを示している。そして活動家のザファル自身は「貧者」ではないが、周りの仲間たちの苦しみを一身に背負おうとしているのである。

4　忘却から生命を甦らせるための語り

シンハのこの小説は、オーストラリア（Ostrali）のカカドゥからやってきたジャーナリスト（the Kakadu jarnalis）がアニマルに渡したテープレコーダーで、アニマルが録音した物語を書き起こしたものという想定で書かれており、章のタイトルもテープ一からテープ一三まで録音テープ番号となっている。小説の冒頭では、化学工場事故の大惨事の被害者のライフストーリーを探し求めてカウフプールを訪れた現地語のわからないオーストラリア人ジャーナリストが、事故の後遺症で背骨が委縮し、動物のように手足をついて歩く「人間」でなくなった青年アニマルを「発見」する場面が、アニマルの視点から容赦ない辛辣な皮肉をこめて描かれる。観察記述する側のはずのジャーナリストが観察記述される側となり、一種の逆エスノグラフィーになっている。アニマルはジャーナリストが自分を見たとたん「目を輝かせ」たのを見逃さず、血の匂いを嗅ぎつけてやってくる禿鷹にたとえる。

> おれに気づくと目が輝いた。もちろん、あんたは隠そうとして、とっさに顰《しか》め面《つら》をしたけどさ。・・・ほかの連中とおんなじさ。やってきて、おれたちの話を吸い上げる。遥か遠くの国のやつらに、世界にはこんな苦痛があると教えて感心させるために。記者さん、あんたらはハゲタカだ。どこかで災害が起こる、嵐のような涙が流れる、するともうあんたたちはそこにいる。血の匂いに惹き寄せられるんだ。（一一、一三、英語版4–5）

「被害者」の語りを収集して生業を立てるジャーナリストや災害研究を行う研究者の行為のいかがわしさと他者表象の問題をシンハの小説は容赦ない皮肉で批判する。核実験被害者の語りを聴き取った経験のある筆者も、シンハの辛辣な批判には、耳の痛い思いがする。「〈汚染の犠牲者〉とかなんとかいう言いまわしにもうんざりだ」（四三、英語版27）というアニマルは、派遣ジャーナリストのボスである編集者のことを指して、「カウフプールの土を踏んだこともない、地球の裏側の外国人が、この街について書くべきことを決めるだって？ 意味がわからねえな」（一八、英語版9）という。アニマルはあの夜について語ることを拒否して、テープに関係のない卑猥なことばかりを語り、彼を利用して金儲けをしようとするケバブ売りの主人チュナラムを激怒させる。結局、ジャーナリストは滞在期間中にアニマルから話を聴き出すことができず、アニマルが気に入った半ズボン（カカドゥ・パンツ）とジッポライターを贈り、テープレコーダーを残して去っていく。

この小説は、それから時が経ち、物語中で語られる一連の出来事を経て成長したアニマルが、「頭のなかの声」が「狂ったようにわけのわからないことを喚きだした」（四八〇、英語版365）とき、蠍《さそり》が棲む壁の穴に詰め込んで忘れていたテープレコーダーを思い出して録音した話の英語訳出版という設定になっている。語りはじめた途端にアニマルには、死んだ少女アリヤの声が聞こえ、先に「天国」に行ったフランシかあちゃんの姿が見える。

> おれが話しはじめたとき、死んだアリヤの声がおれを呼んだとき、アリヤや、ほかのもういない人たちが戻ってきてくれた気がしたんだ。おれの大事な、愛する人たち、おれの心の英雄たち。目よ、おれがどんなに恋しがってるか、とても伝えることはできない。この痛みは死ぬまで癒えないと思う。おれが話しているあいだ、その一分一秒に、彼らはここにいた。かあちゃんはいまも隣に座っている。おれを息子と呼んでは笑ってる。（四八〇、英語版365）

アニマルは統合失調症の患者のように、そこにいない人々の声を聞くため、半分、頭がおかしいと周りから思われているが、物語を読み進めると、彼が聞く声は、死者たちの声、そして、自分自身のなかの葛藤の声でもあることがわかる。グローバリゼーションの忘却の力の支配する世界の片隅で、アニマルは自分の仲間たち（Animal's

People）について語ることで彼らの生を蘇らせる。

ナウタパと呼ばれる異常な暑さが頂点に達し、ハンガーストライキでザファルが死んだという噂が流れて民衆の暴動が起こるなか、ダチュラ（チョウセンアサガオ）の丸薬の幻覚作用で意識の朦朧としたアニマルが、「瓶のなかの親友」（アルコール漬けの奇形の胎児）をジッポライターで燃やしたことで起こった（と思われる）あの夜の再来ともいえる工場火災[8]の後、カウフプールの街に生きて戻ったアニマルは、活動家のザファルが「無の力が立ち上がり、敵を粉砕した」（四七二、英語版358）というのに対して、実のところ、人々の生活は少しも変わっていないこと、カンパニの工場は相変わらずそこにあり、聴聞会は延期されて、カンパニの代表者は相変わらず法廷に現れないことにふれている。

> そうしておれは帰ってきた。よく知ったこの生活に戻ってきたんだ。何もかもがおなじで、何もかもが違う。・・・人生は続いていく。訴訟に新しい判事がつくまでには時間がかかるということだ。聴聞会はまた延期になった。カンパニは相変わらず法廷に出ない言い訳を探してる。でもいつか必ず引っ張り出せるとザファルは確信してるみたいだ。カウフプールにはいまも疾病が蔓延《はびこ》り、毎日山ほどの人たちがエリの診療所を訪れる。・・・工場はいまもそこにある。火事で真っ黒になったけど、草はまた生えてきてるし、炭化しちまったジャングルも緑の新芽を伸ばしてる。毒の部屋の煙突で、月はかくれんぼを続けてる。外国の記者たちも変わらずやってくる。（四七九、英語版364–365）

小説では、工場火災時には、過去の惨事から学んだカウフプールの住民たちがどうすればよいのかを心得ていて、人々を逃がそうと奔走したフランシかあちゃんとその親友の老女フリヤ、その夫で、亡くなった孫娘アリヤのそばにとどまった盲目の老人ハニフの三人以外に命を落とした者はいなかったという設定になっている。しかし、現実ではそのような二次災害が起こったら、おそらく小説の終章前の暗転した終末の光景、森に逃げたアニマルがあの夜のように何千人もの人々が死に、自分や他のみんなも死んで天国にいるのだと思いこんだその錯覚のほうが、現実になっていたかもしれない。ボパール化学工場事故で子供の被害が大きかったのは漏洩ガスが重く地表面近くのガス濃度が高かったため（古積 二三七）と言われており、二足歩行できないアニマルは実際なら最も有毒ガスの被害を受けることになる。

ニランジャナ・S・ロイが書評で言及するボパール被害者で活動家のスニル・クマール（Sunil Kumar）[9]は、K・S・シャイニの追悼記事によれば、精神障害を患い、「声を聞く」ようになり、この小説が出版される前年の二〇〇六年一月に自らの命を絶っている。また、ダニエル・ブレフラクが二〇〇九年に撮影した一連のルポルタージュ写真「ユニオンカーバイドの災害から二〇年後のボパール」で紹介されている一五歳の少年サチン・クマール（Sachin Kumar）は、生まれながらの障がいで立って歩くことができず、四つん這いでクリケットを行う姿が撮影されているが、ルポルタージュの文章には、クリケット選手になりたいという夢が語られる一方で、「サチンの健康状態は悪化して、彼の両足は傷で覆われ、チンガリ・トラストのバスが毎日の治療のために迎えにくるメイン・ロードまで歩くのが困難になっている」とあり、その痛々しい膝の傷の写真も撮影されている。四足歩行で生活しながらも、木に登ったり、跳んだり、自由に地面を駆け回る小説中のアニマルのような力強さはない。

シンハは小説中のアニマルに、現実のボパールの被害者たちが持ち得ないような特別な生命力（力強さ）を付与している。登場人物のニーシャがいうように、アニマル（Jaanvar）は「生命力（jaan）」にあふれている。ナットクラッカーの路地裏を知りつくし、「おれの王国」（四五、英語版30）と呼ぶアニマルは、ジャミス・ボンド（ジェイムズ・ボンドのこと）並みの情報網を有する騙りの名人でもあり、人間の下腹部より低い地面にはりついた目線で世界を観察しながらも、その語りの過程において、〈語り手〉としての俯瞰的な視点を獲得し、想像力を発揮して、空を飛ぶ鳥の視点から夜明けのカウフプールの街のようすを語る。そして、「おれがこの世に属さないら・・・おれ自身が完璧な世界になる。背中は雪を抱く山になり、尻は須弥山《しゅみせん》に、両目は太陽と月に、腹から出るげっぷは四つの風に、身体は大地に、虱はそこに住む生き物に。・・・おれはおれの天の川になる。鼻孔からは流れ星が流れ、身体を振れば玉の汗が散って銀河となるだろう」（四六一、英語版350）というアニマルは、工場火災後にジャングルを一人さまようとき、創世神話の創造神のように、夜の銀河に向かって射精する。

小説の最後でアニマルは「おれは動物、強くて自由／この世にこんなやつ、ほかにいない」（四八一、英語版366）と誇り高く歌い、「おれのこと、忘れないでくれ。すべてのことは過ぎ去るけれど、貧しい者たちは残る。おれたちは黙示《ピープル・オブ・アポカリプス》の民。明日にはもっと増えるだろう」（四八一、英語版366）と語りを締めくくる。しかし、先に述べたような現実のボパール被害者の存在を思うとき、ボパールの多くの被害者がそうであるように、このアニマルの生命もいつまで続くかわからないことを読者は感じるのであり、「おれのこと、忘れないでくれ」というその言葉に、アニマル自身が頭のなかに聴く死者たちの声のこだまを聴くことになる。

5　「人間」とは何か——狭間にあること、境界性

ＡＦ（artificial friend）と呼ばれる人工知能ロボットの視点から人間の世界を描いたカズオ・イシグロの小説『ク

ララとお日さま』（*Klara and the Sun*, 2021）と同様に、シンハのこの小説も、人間とは何かについて問いかけている。「おれはかつて人間だった」（七、英語版二）と語りはじめる主人公（語り手）アニマルは、「二度と人間にはなりたくない」（八、英語版二）と言いながらも、（とくに想いを寄せるニーシャには）人として認めてもらいたい欲求を人一倍持ち、二本足で立つものには何にでも（壁にたてかけた梯子にすら）激しい嫉妬を覚え、失恋で自暴自棄になった瞬間にも、生きること、生命に対する捨てきれない愛着をもっている。また、語り手アニマルは、「人間ではない」存在として、社会の外縁に自らを置くことによって、容赦のない批判や怒りの感情の吐露を可能にしており、より表現の自由を獲得しているだけでなく、実際に暴動の場面では天敵であるファトゥル警部補の耳に噛みつく（「唇から血が流れ出るまで思い切り噛んだ。・・・これから喉も食い破り、目玉を抉り出してやる」四一二、英語版313）。

ボパール工場周辺の地域で被害にあった住民の多くはマイノリティのムスリムであり（Adrian）、小説中の活動家ザファルもイスラム教徒だが、この小説には境界を超える存在が何人か描かれる。カウフプールで人生のほとんどを過ごし、フランスに連れ戻しに訪れた神父から、ブルカを被って変装して逃げてナットクラッカーにとどまったフランス人の修道女フランシかあちゃんもその一人である。フランシかあちゃんは、あの夜の事故の後、現地語を話せなくなり、フランス語しか「人間の言語」として認識できなくなるが、二次災害から住民たちを救おうと自らの命を犠牲にした最期の夜、「完璧なカウフプールの言葉（perfect Khaufpuri）」（四七八、英語版363）を取り戻す。ヨハネ黙示録の終末《アポカリプス》の世界を信じるフランシかあちゃんは、そのときが来れば、壁の穴に棲む蠍《さそり》も這い出して馬くらい大きくなり、三メートルもある毒針の尻尾で悪い人間たちを刺すのだという（八八、英語版62）。黙示録のヴィジョンにとりつかれ、「木の根っこ」（四三一、英語版328）のように絡んだ髪のフランシかあちゃんは、工場火災の夜には、アニマルの目にヒンドゥー教の死と破壊をつかさどる母神カーリ（四三九、英語版333）の姿と重なってみえる。

アニマルは「人間」でも「動物」でもなく、また、ヒンドゥー教徒でもイスラム教徒でもキリスト教徒でもないが、貧民街に生まれ育ちながらも、頭がよく、英語とフランス語を理解し、様々な人々の間を自由に行き来する。[10] アニマルは、人間だけではなく、雌の野良犬の相棒ジャラをはじめ、「動物や鳥、木々や岩の考えていることがわかる」（一七、英語版 8）という。小説の結末では、アニマルは脊髄の手術をアメリカで受ける機会を提供されるが、手術を受けず、売春宿に売られた幼馴染のアンジャリを、ザファルのもとで働いて貯めたお金で身請けし、アニマルのまま生きることを選ぶ。

手術したらさ、おれはまっすぐ立てるようになる。・・・でも歩くのに杖が必要になるんだ。車椅子に乗ることになるかもしれない。・・・いまなら走ることも跳ぶこともできる。背中に子どもを乗せることも、硬い木に登ることもできるんだ。山にも登れる、ジャングルも歩ける。この人生、そう悪くないぜ。目よ、直立した人間になったらさ、おれは百万人のなかの一人になっちまう。しかも健康でさえないんだ。四本足のままでいれば、おれはただひとつの、唯一の動物だ。（四八〇－四八一、英語版 366）

石牟礼道子が『苦海浄土――わが水俣病』（一九六九）で描く水俣病患者の坂上ゆきは、誰も見ていない部屋で尻を突き出して四つん這いになって椀に口を近づけ、汁を自力ですする自己の姿をおかしく思いながらも、変形した身体で逞しく生きる創意工夫に誇りを示しているが、[11] シンハの小説の四足歩行の背骨の曲がったアニマルも、自らが唯一の存在であることに誇りをもち、実にたくましく生きている。その「人間性」の肯定、生きることの肯定は、石牟礼の文学にも通じるものがある。『苦海浄土』の観察者としての語り手は「わたくしは自分が人間であることの嫌悪感に、耐え難かった」（一四七）と語るが、ゆきの一人称の語りは、次のように述べる。

自分の体に二本の足がちゃんとついて、その二本の足でちゃんと体を支えて踏んばって立って、自分の体に二本の腕のついとって、その自分の腕で櫓を漕いで、あをさをとりに行こうごたるばい。（『苦海浄土』一六八）

うちゃやっぱり、ほかのもんに生まれ替わらず、人間に生まれ替わってきたがよか。うちゃもういっぺん、じいちゃんと舟で海に行こうごたる。（『苦海浄土』一八五）

6　カウフプールはあらゆるところに存在する

『アニマルズ・ピープル』の架空の街カウフプールは、ボパールを示唆しながらも、小説中の活動家ザファルが述べるように、それはどこにでも存在する（「汚染された街はカウフプールだけか？　そうじゃない。ほかにもたくさんこんな街があり、それぞれにそれぞれのザファルがいる。・・・水俣のザファル、セヴェソのザファル・・・」三九一、英語版 296）。この小説の架空の街カウフプールには、冷戦期の核実験場となったマーシャル諸島をはじめとする被ばく地が、また、「帝国」同士の冷戦の戦場となり地元住民と従軍兵が枯葉剤エイジェント・オレンジの健康被害を被ったベトナムが、そして、近代化の副産物ともいえる公害を経験した水俣や、原発事故の影響を受けるチェルノブイリや福島などの世界の様々な都市の姿が重なる。

アニマルが「瓶のなかの親友」と呼び、対話をかわす診療所の棚に保管されたアルコール漬けの双頭の胎児は、アニマルにこう語る。「彼ら（政府の病院の医者たち）は二〇年の研究の末、我々から何も学ばなかった。・・・僕たちはお払い箱で焼却炉行きになるはずだった」（一八五、英語版 138）。奇形の胎児たちのアルコール漬け標本の写真はしばしばボパール化学工場事故の記事にもみられるが、小説中に登場する瓶詰の一眼や双頭の胎児たちには、セミパラチンスクやマーシャル諸島など世界の核実験場で生まれた奇形の胎児たち、そして、ベトナム戦争後に枯葉剤の影響で生まれた結合双生児たちの存在が重なる。

カウフプールのエリの診療所の書棚には『退役軍人と枯葉剤』（*Veterans and Agent Orange*）などの本が置かれており（一八四、英語版 137）、ベトナム戦争で使用された枯葉剤エイジェント・オレンジが、地元住民や兵士たちに大きな被害をもたらしたことと、ユニオンカーバイド社が製造する殺虫剤がガス漏れ事故によって虫ではなく人を大量に殺すことになったことの関連性を示唆している。ジェニファー・ウェンツェルが指摘するように、ユニオンカーバイドを買収し子会社としたダウ・ケミカルは、ベトナム戦争のためにナパームと枯葉剤を生産供給していた（Wenzel 239）。オーストラリア人のジャーナリストがアニマルに残して行ったジッポライターに刻まれたフォック・トゥイ（PHUOC TUY）（二〇、英語版 10）という文字をアニマルはジャーナリストの名前だと勘違いするが、フォック・トゥイはベトナム戦争でオーストラリア軍の戦略地域となった南ベトナムの州であり、枯葉剤が大量に使用された地域でもある（Wenzel 296–297）。

カウフプールで無料の診療所を営むアメリカ人の医師エリは、ペンシルベニア州の鉄鋼業の街コーツヴィルの出身で、父親は製鋼工場の地下十二メートルの溶鉱炉のはざまにあるブリキの小屋の「地獄の穴」（二六九、英語版 201）と呼ばれる一度に三〇秒しかいられないような危険な持ち場に降りて鉄鋼板の具合を確認する技師だった。

エリの父親は「アメリカを建てたのは我々」で、「ウォルト・ホイットマン橋も世界貿易センターも、我々の鉄鋼でできている」（二六九、英語版 201）と誇るが、彼はまさにアメリカの繁栄の上部構造を支える製造界の「下腹部」で働いていたといえる。そしてエリが医師になろうと決意したのは、神経を病んだ母親の病気のためであった。エリがかつて勤めていた地元の退役軍人のための病院には、ベトナム戦争の後遺症で、製鋼工場の水蒸気の爆音と圧搾機の音がジャングルに降りてくる軍用ヘリコプターの唸りに聞こえて耐え難いと語る患者がいた（二六八、英語版 201）。コーツヴィルで最も長く存続したルーケンズ鉄鋼会社は、世界貿易センターのみならず、アメリカの軍需を支えた鉄鋼会社のひとつであり、第二次世界大戦、朝鮮戦争、ベトナム戦争、そして湾岸戦争でなど活躍したエイブラムス装甲戦車、原子力空母艦その他の海軍戦艦、航空母艦、弾道ミサイル搭載潜水艦、イージス艦の生産を合金板の供給により支えてきたことを考えれば、ベトナム戦争の心的外傷後ストレス障がい（PTSD）の患者が製鋼工場の重機の音に軍用ヘリコプターの音を聞くのは、単なる音の類似だけではない。

ルーケンズ鉄鋼会社の製造した鉄骨は、二〇〇一年の九・一一で世界貿易センターが崩壊したときも基盤部に残り、その鉄骨の残骸はモニュメントとして博物館におさめられたが、シンハのこの小説では、世界貿易センターの崩壊の瞬間のテレビ放映を店頭のテレビでみたアニマルの視点から描いている。アニマルはそれをハリウッド映画の特撮場面だと思い、興奮して手をたたくが、映画じゃないと言われても、それが現実と思えない。同様にカウフプールで起きた化学工場事故は「地球の裏側の人間」にとっては非現実である。アメリカで起きた九・一一は永遠に世界中の人々の記憶に刻み付けられたが、それよりずっと大勢の死傷者を出したカウフプール（＝ボパール）の事故は忘れ去られる。何が記憶され、何が忘れ去られるかは常に不平等なのだ。そして、皮肉なことに人々に本当の「恐怖」をもたらしたカンパニではなく、抗議活動を続けるカウフプールの住民たちのほうが、

「テロリスト」（三七四、英語版283）扱いを受ける。

フォック・トゥイという生産地名が刻まれたジッポをもつオーストラリア人のジャーナリストはおそらく、ベトナム戦争に従軍したか、取材で訪れたものと推測されるが、[12]このジャーナリストが「カカドゥから来たジャーナリスト（the Kakadu jarnalis）」と呼ばれているのも重要である。ノーザンテリトリーのカカドゥ国立公園はアボリジナルの土地であり、国立公園の敷地内にあるレンジャーウラン鉱山は、長年にわたって大量の汚染水漏れがあったことが指摘されており、周辺のアボリジナルの土地や川に汚染物質が流れ込む事故が何度も起こっているからだ（Kosugi 2018: 143, 156）。

シンハが『アニマルズ・ピープル』の後日譚として二〇〇九年に発表した短編「ボパールのアニマル」は、小説が出版されて有名になったアニマルが文学祭に招待されてカウフプールの近くの都市ボパールを訪ねるという設定になっている。カウフプールに似た街は世界のいたるところにあること、水俣、ベトナム、広島、長崎などの都市の名が言及される。[13]そして、カウフプールと同じようなことが起きたボパールのことを短編中のアニマルは知らず、「なんで聞いたことがないんだろう?」と尋ねるアニマルにザファルは「世界の九九％の人たちは……知らないいか、忘れてしまったんだよ」と答える。

「カウフプールに似た場所はたくさんあるんだ」とザファルは言う。・・・彼はいくつかの名前を挙げた。聞いたことのある名前だった――水俣、セベッソ、チェルノブイリ、ハラブジャ、ベトナム、ヒロシマ、ナガサキ、トゥルーズ、ファルージャ。（"Animal in Bhopal"）

帝国や企業の「健忘症」によって忘れ去られた人々が、世界のあらゆるところに存在し、アニマルが小説の締めくくりで述べるように、「明日はもっと増える」（四八一、英語版366）のだ。

「敵の顔を見たい」というザファルに対して、夢のなかの鴉は「カンパニには顔がない」（三〇五、英語版229）と答える。

鴉が言った。「見ろ、あれがカンパニだ。屋上には銃を持った兵士が並び、周辺の地面を戦車が徘徊してる。ジェット機が交錯する飛行機雲を残し、地下倉庫には原子爆弾が詰まってる。カンパニはあのビルで世界じゅうの工場を操作する。あそこには札束が詰まってるんだ。会計事務所があってカンパニの財産を計上してる。ビルのまるまる一階分が、三万三千人の弁護士のための部屋になっている。べつの階には医者たちがいて、カンパニの起こした数々の事故が誰にも害を与えてないと証明する研究をしている。またべつの階は技術者たちの部屋で、いかに安上がりな工場を設計するかに腐心してる。上の階には化学者たちがいて、毒と毒とを混ぜ合わせ、効率よく殺せる薬品を作るための実験をする。ある階には動物実験の動物たちが檻のなかで殺されるのを待ってる。科学者たちの上階には、カンパニの毒を売る者たちがいる。・・・そのさらに上には何千人もの広報担当顧問たちがいるが、彼らの仕事はザファルのような抗議者に対処することだ。・・・広報担当者たちは世界じゅうに、カンパニの素晴らしさ心の広さ、責任のあるところを宣伝してまわることが仕事なのだ。・・・」（傍線は筆者、三〇四－三〇五、英語版228–229）

ザファルがみる「顔がない」カンパニの悪夢は、ダウ・ケミカルのようなグローバル企業の世界システムを揶揄するものであり、これらの多国籍企業やアメリカを支えるコーツヴィルの鉄鋼産業もまた、軍需にも深く関係してきたことを考えれば、「銃を持つ兵士」と「戦車」に守られ、「地下に核爆弾を貯蔵する」カンパニの巨像は、そう荒唐無稽な想像ではない。ユニオンカーバイドはウラン濃縮施設（Oak Ridge K-25 Plant）その他の原子力産業に、ダウ・ケミカルは核兵器製造工場（Rocky Flats）の操業にも携わった。(14) カンパニがつくる「毒」は、殺虫剤でもあるし、化学兵器でもあり、核兵器でもありうる。実際、今も紛争地帯では化学兵器や核兵器が使用される可能性（あるいは抑止力としてほのめかされること）があり、カンパニの世界システムはなくなってはいない。

7　おわりに

以上みてきたように、インドラ・シンハの小説は、グローバリゼーションの影響を受ける第三世界の日常社会を、地表六〇センチの目線から辛辣な批判とユーモアで描いている。

ロブ・ニクソンは二〇一一年出版の著書の前書きで、エドワード・W・サイードの二〇〇三年のエッセイの結びの文章を引いている（Nixon X）。ニクソンの引用は、傍線部分である。

ヒューマニズムは、人間の歴史を醜いものにする非人間的な行為（企て）や不正に対する唯一の、そして最後の抵抗であるといえよう。我々は今日、大いに勇気づけてくれる民主的な、これまでの世代が思い描くこともできなかったすべての人々に開かれたサイバースペースに支えられている。イラク戦争開始前の世界中で起こった抗議は、この小さな惑星にすむ我々を結び合わせてくれる、オルタナティブな情報を得て、環境や人権や自由を求める（自由主義の）衝動に目覚めた世界中のオルタナティブな共同体の存在なくしてありえ

なかったのだ。（"Orientalism" *CounterPunch*）（傍線は筆者）

サイードがここで述べているのは、イラク戦争への世界規模の批判の声もサイバースペース上での国境を越えたオルタナティブなコミュニティの存在がなければ可能にはならなかったということだが、今日の世界各地で起きている紛争に対しても、同様のことがいえるだろう。しかし同時に何が現実で何がフェイクなのかというメディアの信頼性の問題もある。昨今のコロナ禍で様々な国際集会がオンライン化されるなか、サイバースペースが行動の場として益々重要性をもつようになった。気候変動をめぐる国際集会についても、北半球の代表者が中心の公的組織以外に、太平洋島嶼部出身のアーティストや詩人、活動家が主体となった集会もこの二年の間に活発に行われている。そのようなオルタナティブな声が世界で「聴かれる」必要性が今日益々重要となっている。

注

（1）本稿は小杉世「Indra Sinha の *Animal's People* とボパール、水俣、太平洋核実験――地上六〇センチの目線で見た世界――」『Cultural Formation Studies IV――言語文化共同研究プロジェクト二〇二一』（大阪大学大学院言語文化研究科、二〇二二年三月）をもとに加筆修正したものである。大阪大学の大学院の授業（グローバリゼーション論）でこの小説を一緒に読んだ院生たちに感謝したい。『アニマルズ・ピープル』からの引用の翻訳は、谷崎由依訳の日本語版を参照し、一部修正している。日本語文献からの引用頁数は漢数字で示した。

（2）https://literature.britishcouncil.org/writer/indra-sinha 参照。

（3）マディヤ・プラデシュ州政府のウェブサイト 'Facts and Figures' の項目参照。このデータによれば、二〇〇八年一〇月三〇日時点で死傷者に支払われた補償金の総額は一五億四八四六万ルーピーだが、頭割りすると二万六九五九ルーピー（四万円程度）、大学卒インド人の日系企業での初任給の月給とほぼ同額である（https://sekai-ju.com/life/ind/carrier/india-income/）。ガス放出時に亡くなった三七八七人の死者に支払われた当初の補償金は上記の州政府サイトによれば一人当たり一万ルーピーで、さらに低い。事故関連死者数は、明確でないが二万五千人以上と想定されている（https://www.bhopal.org/about-us/our-history/）。九・一一の死者数は二九七七人（CNN Editorial Research）。

（4）作品画像は、https://risdmuseum.org/art-design/collection/mar-caribe-carribean-sea-200510 参照。

（5）統計はマーシャル諸島の保健省のフェイスブック（https://www.facebook.com/rmimoh/）で逐次報告されていた接種状況情報による。小杉（二〇二一）五二頁参照。

（6）チェルノブイリ原発事故後のウクライナにおける「バイオロボット」と呼ばれたゾーン・ワーカーについては、Petryna（2003）を参照されたい。

（7）キリバス共和国クリスマス島で筆者が行った二〇一六〜一九年の現地調査とインタビューに基づく。

（8）工場火災の原因は小説では語られないが、アニマルが瓶詰の胎児を燃やしたと記憶している森のなかと、工場の敷地のジャングルが重ねられており、「おれは何千人も死んだと思ってた。地獄みたいな炎だったよ。工場から逃げるおれの背中を焼け焦がしたんだ」（四七二、英語版 359）というアニマルの語りからもそのことが推測できる。

（9）シンハはスニル・クマールと活動を共にしており、クマールもまた「動物（Jaanvar=Animal）」と呼ばれていた（Roy）。

（10）Cao（2020）もアニマルが多言語を話し、「人間と人間以外の世界を行き来する」越境性をもつことを指摘している（Cao 72）。

（11）「いやあ、おかしかなあ、おもえばおかしゅうしてたまらん。うちゃこの前えらい発明ばして。あんた、人間も這うてくわるっとばい。四つん這いで。あのな、うちゃこの前、おつゆば一人で吸うてみた。・・・こうして手ばついて、尻ばほっ立てて、這うて、口ば茶碗にもっていった。手ば使わんで口を持っていって吸えば、ちっとは食べられたばい。おかしゅうもあり、うれしゅうもあり、あさましかなあ。扉閉めてもろうて今から先、這うて食おうか。あっはっはっはっ」（『苦海浄土』一五六－一五七頁）。このくだりについて、Yamada（2012）は、単なる「犠牲者」ではなく、「発明」とユーモアを武器として闘う患者の姿をみている（Yamada 34）。この引用のゆきの一人称の語りは、聞き手（読者）に呼びかける親密な語り口が、シンハの小説のアニマルの語りに似る。アニマルはテープレコーダーの向こうの見知らぬ読者に対して、「目よ」と語りかける。Allen & Yuki (2016)

では石牟礼との関連でシンハが言及されるが、具体的なテクストの比較分析はない。

（12）ウェンツェルはジャーナリスト自身がベトナム従軍者で、枯葉剤の影響を受けている可能性があると解する（Wenzel 296）。

（13）モインウッディンは、ボパール化学工場事故とヒロシマ・ナガサキがしばしば関連づけられることにふれている（九七頁）。シンハの小説への言及はない。

（14）Henry DeWolf Smyth, *Atomic Energy for Military Purposes (The Smyth Report)*, 1945, Chapter X, p.13 及び https://www.britannica.com/place/Rocky-Flats 参照。

参考資料

Adrian. "Why Bhopal Matters," posted August 23, 2014, https://www.bhopal.net/why-bhopal-matters-to-you-2/.

Allen, Bruce and Yuki Masami eds. *Ishimure Michiko's Writing in Ecocritical Perspective: Between Sea and Sky*. Lexington Books, 2016.

"Bhopal Twenty Five Years On From Union Carbide Disaster." https://www.gettyimages.co.jp/%E5%86%99%E7%9C%9F/bhopal-twenty-five-years-on-from-union-carbide-disaster.

Cao, Shunqing. "Disabled and vulnerable bodies in Indra Sinha's *Animal's People*: transcending the human and nonhuman world." *Neohelicon*, vol. 47, 2020, pp. 67–74, https://doi.org/10.1007/s11059-020-00535-0.

CNN Editorial Research. "September 11 Terror Attacks Fast Facts," updated September 3, 2021, https://edition.cnn.com/2013/07/27/us/september-11-anniversary-fast-facts/.

DeLoughrey, Elizabeth. *Allegories of the Anthropocene*. Duke UP, 2019.

Government of Madhya Pradesh, Bhopal Gas Tragedy Relief and Rehabilitation Department, Bhopal. "Facts and Figures." https://web.archive.org/web/20120518015922/http://www.mp.gov.in/bgtrrdmp/facts.htm.

Ishiguro, Kazuo. *Klara and the Sun*. Faber and Faber, 2021.

Kosugi, Sei. "Survival, Environment and Creativity in a Global Age: Alexis Wright's *Carpentaria*." *Indigenous Transnationalism: Essays on Carpentaria*, edited by Lynda Ng, Giramondo Publishing, 2018, pp. 138–161.

"Lukens Inc.: Company History." https://web.archive.org/web/20090507192321/http://www.answers.com:80/topic/lukens-inc.

McElfish, Pearl A., Rachel Purvis, Don E. Willis, and Sheldon Riklon. "COVID-19 Disparities Among Marshallese Pacific Islanders." *Preventing Chronic Disease*, vol. 18, January 7, 2021, http://dx.doi.org/10.5888/pcd18.200407.

Nixon, Rob. *Slow Violence and the Environmentalism of the Poor*. Harvard UP, 2011.

Petryna, Adriana. *Life Exposed: Biological Citizens after Chernobyl*. Princeton UP, 2003.

Rauzon, Mark J. *Isles of Amnesia: The History, Geography and Restoration of America's Forgotten Pacific Islands*. U of Hawai'i P, 2015.

Roy, Nilanjana S. "Bhopal Revisited: Animal's Story." *Business Standard*, updated June 14, 2013, https://www.business-standard.com/article/opinion/bhopal-revisited-animal-s-story-107081401098_1.html.

Said, Edward. "Orientalism." *CounterPunch*. August 5, 2003, https://www.counterpunch.org/2003/08/05/orientalism/.

Shaini, K. S. "Bhopal activist dies with broken dreams." *BBC News*, updated 17 August 2006, http://news.bbc.co.uk/2/hi/south_asia/4795771.stm.

Sinha, Indra. "Animal in Bhopal." *Himāl Southasian*, December 1, 2009, https://www.himalmag.com/animal-in-bhopal/.

——. *Animal's People*. Simon & Schuster, 2007.〔シンハ、インドラ『アニマルズ・ピープル』谷崎由依訳、早川書房、二〇一一年〕

The National Iron & Steel Heritage Museum. "Lukens Steel Historical Timeline." https://steelmuseum.org/index.cfm.

Wenzel, Jennifer. *The Disposition of Nature*. Fordham UP, 2020.

Wright, Alexis. *Carpentaria*. Giramondo, 2006.

Yamada, Yuzo. "Far West after Industrialization: Gwyn Thomas and Ishimure Michiko." *Raymond Williams Kenkyu*, Special Issue, 2012, pp. 23–38.
アガンベン、ジョルジョ『ホモ・サケル――主権権力と剥き出しの生』高桑和巳訳、以文社、二〇〇七年。
石牟礼道子『苦海浄土――わが水俣病（新装版）』講談社、二〇一八年。
小杉世「マーシャル諸島のコミュニティ映画――ミクロネシアの波を世界へ――」『Cultural Formation Studies Ⅲ――言語文化共同研究プロジェクト二〇二〇』大阪大学大学院言語文化研究科、二〇二一年五月、五一－六三頁。
――「Elizabeth M. DeLoughrey, *Allegories of the Anthropocene*（Duke University Press, 2019）」（書評）『ヴァージニア・ウルフ研究』第三七号、日本ヴァージニア・ウルフ協会、二〇二〇年一二月、一五〇－一五五頁。
――「オセアニアの舞台芸術にみる土着と近代、その超克――レミ・ポニファシオの作品世界と越境的想像力をめぐって」『土着と近代――グローカルの大洋を行く英語圏文学』梅正行・木村茂雄・武井暁子編、音羽書房鶴見書店、二〇一五年、二四五－二八四頁。
古積博「インド・ボパール事故から二〇年あまり経て－その一－」『安全工学』四六巻四号、二三二－二三八頁。https://doi.org/10.18943/safety.46.4_232.
斎藤幸平『人新世の「資本論」』集英社、二〇二〇年。
中原聖乃「米国在住マーシャル人の深刻なコロナ感染状況について」（中原聖乃の研究ブログ、2020.9.13 投稿、https://blog.goo.ne.jp/satoe_nakahara）
モインウッディン、モハンマド「放射能汚染、反核運動、被曝者――21世紀ヒンディー語小説『マラング・ゴダ ニルカーント フア』を巡って」『原爆文学研究』第一八号、二〇一九年、九六－一〇七頁。

終章

災害と感染症時代の恐怖

エドガー・アラン・ポー作品を辿る

辻　和彦

0　感染症とポー

エドガー・アラン・ポー（Edgar Allan Poe, 1809–1849）が十九世紀における短編小説というジャンルで、開拓者としての大きな役割を果たしたことについて、今日疑問を持たれることはあまりない。推理小説の創始者と称されることはもちろん、数多くの新たな文学ジャンルを開拓してみせた彼の挑戦には、今なお十分注目する価値があるだろう。彼が描いた災害表象には、大火事、地震、津波など様々な「環境変動」があるが、今日注目すべきなのは、「キング・ペスト」（"King Pest," 1835）や「赤死病の仮面」（"The Masque of the Red Death," 1842）などの幾つかの作品で「感染病」が主題として選択されていることである。

彼が生きていた時代には、都市化の波が打ち寄せ、彼が実際に住んだニューヨーク、ボストン、フィラデルフィアというような都市は急速に拡大し、巨大な「メガロポリス」が誕生しつつあった。必然的にこうした環境下では「人と人との距離」が近くなっていたがゆえに、感染病と人類との闘いは熾烈極まるものとなっていたのである。以下においては、特に「赤死病の仮面」を中心に、感染病が引き起こす「終わりの風景」の表象を考察し、あらためて本著全体の議論を振り返りつつ、「終わりの風景」の向こう側を模索してみたい。

1　感染症を描いた作品

一八三五年に『サザン・リテラリー・メッセンジャー』誌（*Southern Literary Messenger*）に掲載された二つの初期作品は、どちらも感染病について触れている。「影」（"Shadow — A Parable"）の冒頭ではペストと思われる疾病について触れられており、「キング・ペスト」では、文字通りペストが描かれている。「影」における感染病描写は、ポーが感染病による終末をどのように捉えていたのかという点を考える点で見逃すことはできない。

その年は恐怖の年であった。地上において知られていないが故に、名前もない、恐怖よりももっと強い感情が溢れた年だったのだ。多くの不可思議な現象や兆候が起こり、どんどん広がり、陸も海も飛び越えていき、やがて悪疫の黒い翼は国境を越えていった。だが星々についてよく知る者達にとっては、天が疫病の局面にあることは自明のことであったのだ。（Mabbott 1: 189）

一方「キング・ペスト」ではむしろポーが感染症の歴史を丁寧に研究した形跡を窺うことができ、彼が早くからこの問題に関心を持っていた事実を確認することができる。以下は「キング・ペスト」の一節であるが、この短編が舞台とするロンドンにおける感染症の歴史的経験を、その言説に映し出していると考えられる。

この波乱尽くめの物語が舞台とする時代には、またその前後何年にもわたって定期的に、イングランド全土、特に都市部では、「疫病だ！」という恐ろしげな叫び声が響き渡っていたものだ。この都では大規模に人口が流出してしまっていた。テームズ川に面したこれらの恐ろしい区域では、暗く狭く不潔な細道や抜け道が巡らされる中に、悪疫の悪霊が居着いてしまい、畏怖、恐怖、迷信の類いが闊歩しているのが見受けられるだけであった。（Mabbott 1: 242）

疫病に感染しないためには、実質上「隔離」以外の手段がなかった時代において、いかにそれらが恐れられていたか、また一度患者が出た地域は、不可触の地域として封鎖される場合があったというような歴史的事象が、テキスト内で描き出されているのである。

その後にポーは、彼の感染病表象の代表作ともいうべき「赤死病の仮面」を一八四二年に発表している。この作品については後に再度取り上げる。

さらにその後、一八四四年発表の「早すぎた埋葬」（"The Premature Burial"）においても、一六六五年にロンドンで起こったペスト大流行（The Great Plague）についての、さりげない言及もある。このペスト大流行については、二十世紀半ばにポー全集の編纂に携わり、ポーのテキスト研究においては最も権威があるとされる研究者の一人であるトマス・オライヴ・マボット（Thomas Ollive Mabbott, 1898–1968）が、一七二二年にダニエル・デフォー（Daniel Defoe, 1660–1731）が『ペストの年に関する記録』（*A Journal of the Plague Year*）で描いた状況を、ポーがこの作品において基にしている可能性を指摘している（Mabbott 2: 969）。

また一八四六年に発表された「スフィンクス」（"The Sphinx"）は、ニューヨークでのコレラ感染を避けて、親戚の郊外の別荘に赴く話であるが、マボットは、この話が一八三二年のニューヨークでの大流行を基盤として描かれていると考えていた（1251）。以下は「スフィンクス」の冒頭である。

ニューヨークでコレラが猛威を振るっている間、ハドソン川の岸辺に建てられた田園造りの別荘にいる親戚から、二週間ほど共に隔離生活をしようという招待をもらい、それを受諾した。この近辺では、ありきたりの夏の楽しみ方があった。森をそぞろ歩きすること、風景をスケッチすること、ボート遊び、魚釣り、水泳、音楽、読書といった具合に、私達は十分に楽しい時間をすごせるはずであった。人々が密な状態にある都心から毎朝到着する、あの恐ろしい報道がなければの話であるが。知り合いが亡くなったニュースがもたらされない日は一日もなかった。死者数が増大するにつれて、私達は友人達が亡くなるのを日毎に期待するようになった。ついには配達人が来る度にわななくほどだった。（Mabbott 2: 1246）

この短編が最終的には、肩透かしな展開で読者を苦笑いに誘い込むことを考慮すると、この冒頭が極めて深刻かつ臨場感がある感染病の風景描写で始められていることには、十分注視するべきであろう。

2　赤死病とは何か

それでは先ほど触れた彼の感染病表象の代表作である一八四二年の「赤死病の仮面」では、どのような実際の感染病が描かれているのだろうか。謎の病気である赤死病(Red Death)が大流行する中で、プロスペロー公は仲間だけを集めて自主隔離を図り、その中で享楽に酔いしれるが、その完璧だった計画がなぜか破綻する様子を描いたこの作品は、類まれな美的センスにおいて、高い評価を得ている。マボットは「赤死病」そのものの由来として、三つのソースを挙げている。まず十四世紀中世ヨーロッパの「黒死病」(Black Death)、すなわちペストである。

ポーの一八三五年の二つの短編小説が、どちらもペストに触れているようであることを考えると、七年後のこの作品においても、ペストが強く意識されていたことは間違いないだろう。

次にマボットが挙げるのが、パーシー・ビッシュ・シェリー(Percy Bysshe Shelley, 1792-1822)の、一八一八年に出版された長詩『イスラムの反乱』(*The Revolt of Islam*)である。この中に出てくる「青い病」(blue plague)という表現が、ポーの赤死病に影響を与えた可能性があるのである。

最後にマボットが挙げるのが、『旧約聖書』「出エジプト記」で描かれる十の災いにおける、ナイル川の水が血に変わったという「最初の災い」(the first plague)である。大河が真っ赤になるイメージは確かに、「赤死病の仮面」の根幹にあるのかもしれない。

マボットは感染病の渦中であるのに享楽に溺れる人々の原型として、先ほど触れた一八三二年のニューヨークでの流行と同時に、パリでも流行していたコレラ感染禍の中で、踊り明かしていた人々の記録があることを明かしている(Mabbott, 1: 668)。マボットは「短き人生を麗らかなものとするためにか」と皮肉めいて言及しているが、あまりにも過酷な現実を目の前にしたために「踊り狂う」というのは、古今東西よく起こる現象であるのかもしれない。

なお一七九三年、フィラデルフィアで起こった「黄熱病」（yellow fever）流行を、この物語のソースの一つに挙げることも可能であるかもしれないが、ポーはこの時まだ生まれてはいないし、それよりは、実際にポー自身が同時代のこととして体験した、一八三二年のニューヨーク並びにパリでのコレラ流行の方が、作品の原点の一つとしてふさわしいのではないだろうか。少なくともマボットは黄熱病については、一切触れていない。ポーはその前年の一八三一年にはボルティモアで、まさにコレラの大流行（epidemic）騒動を自ら体験しているので、彼の人生そのものにおける感染病原体験は、この一八三一年、および一八三二年の体験であることは確かであろう。伝記的にはこの体験が核となることは、まず間違いないかと考えられる。ただしこの物語に登場する七つの部屋に、「黄色の部屋」がないことを考慮すると、少なくとも「黄色」の不在の仕掛けが「黄熱病」を想起させる仕組みになっていた可能性はある。

いずれにしても、ポーが幾つもの作品で描く感染病恐怖は、『旧約聖書』「出エジプト記」の災い、中世以降のヨーロッパのペスト流行、一八三二年のニューヨークでのコレラ流行など多岐に渡るものを源泉としており、何か一つの流行病だけを念頭に置いているとは考えられない。またデフォーやシェリーといった複数の文学作品からの強いインスピレーションを受けているのも事実である。マボットは他にも文学作品のソースとして、ジョヴァンニ・ボッカッチョの『デカメロン』（1348–1353）や、トマス・キャンベルの『ペトラルカの生涯』（1841）を挙げており、ポーの膨大な読書体験が一つの渦となり、このような物語に結晶したと言えるだろう。

3　シェイクスピアと赤死病

赤死病というポーが想像した架空の病を脇に置き、「赤死病の仮面」という作品が影響を受けた、上記以外の他の文学作品について考えてみたい。ウィリアム・シェイクスピア（William Shakespeare, 1564–1616）の最後の戯曲『テンペスト』（*The Tempest*, 1610–1611）である。

この作品の影響を「赤死病の仮面」の中で探るのは、まったく難しい話ではない。「赤死病の仮面」の主人公が『テンペスト』の主要登場人物と同じプロスペローという名前であることから分かるとおり、この作品はむしろ『テンペスト』の強い影響下で描かれている。

マボットは「赤死病の仮面」の次の一節に着眼している。

実のところ、幾多の夢が七つの部屋のあちらこちらを闊歩するのであった。そしてこれら――夢のような人々――は絡まり合っていた。各部屋の色彩に染まり、楽団の激しい旋律を彼らの足取りの木霊のように思わせつつ。（Mabbott, 1: 673）

彼はその注釈において、「幾多の夢」（a multitude of dreams）（Mabbott, 1: 673）という表現について、『テンペスト』の第四幕第一場における次の台詞を参照するべきであると主張している（Mabbott 1: 678）。

私達は夢と同じ物で作られており

私達の儚《はかな》い命は眠りと共に終わりを迎える
君よ、私は悩みに苛《さいな》まれる。
（Orgel, *The Tempest*, IV, I, l.157–159）

またマボットは以下の一節にも注目し、「赤死病の仮面」のシェイクスピア作品からの影響が、一面に留まるものではないことを暗示している。

既に述べてきたような幻達の集会において、ありきたりの格好ではそのような興奮を引き起こすことがないと思われるのは、もっともである。実際のところ、その夜の仮面舞踏会の放埒さはとどめようもないものではあったが、問題の人物は度が過ぎており、プロスペロー公の際限なく寛大な作法すら超えてしまっていた。
（Mabbott, 1: 674–75）

「度が過ぎており」（out-Heroded Herod）という表現が、シェイクスピアの『ハムレット』（*The Tragedy of Hamlet, Prince of Denmark*, 1600?）第三幕第二場から得られているとマボットは指摘し、「メッツェンガーシュタイン」（1832）や「ウィリアム・ウィルソン」（1839）でも用いられている事実から、ポーがそのフレーズをかなり好んでいたと推測している（Mabbott, 1: 30）。

このようにポーは他作品においてもシェイクスピアの影響を多大に受けている節があるが、そもそもポーの母親エリザベスはシェイクスピア劇に出演していた女優であった。彼が幼い頃からシェイクスピア作品の世界観に触れることが多かったことは、まずは間違いない事実であろう。

このように考えると、文学的造詣が深く、非常に厚みのあるリサーチに定評があるマボットが、赤死病そのものの由来として、シェイクスピア作品を挙げていないことが訝しく思われる。つまり彼は赤死病（Red Death）の構成語である後者“Death”の源として“Black Death”を挙げ、前者の“Red”の源として、シェリーの詩にある“blue plague”を反意的な例として挙げると同時に、「赤い」イメージを「出エジプト記」から拾ってきているのである。だがそんな面倒な筋道を考えなくても、そもそも主人公の名前が明らかにその作品から採用されており、その作品の一節が想起される表現が用いられている作品からの影響を、まず考えるべきではないだろうか。つまり『テンペスト』からの影響である。以下は『テンペスト』の中でも、特に有名な一節である。

キャリバン

「あんたは俺にことばを教えてくれたが、それで俺が得したことは
ただ罵り方を知ったということだけ。あんたが赤い病に感染しますように
俺にことばを教えた咎で！」

(Orgel, The Tempest, I, II, l.362–364.)

有名なこの一節は、魔法使いプロスペローによって、一種の奴婢の立場に落とされた原住民キャリバンが吐いた呪いの言葉である。

シェイクスピアが多分に新大陸を意識して想像した夢の島で、アメリカ合衆国建国のずっと前に、既に原住民

と征服者達の支配と葛藤の存在が見出されることを、著書『悪口を習う』の中でかつて指摘したのは、スティーヴン・グリーンブラット（Stephen Jay Greenblatt, 1943–）であった。このようなコンテクストを重視する上でも、この「赤い病」（red-plague）こそ、明白に赤死病（Red Death）のルーツであると考えるべきではないだろうか。

名称の近さや同色であるだけではなく、両者の共通点は、どちらもその核心が「呪い」であるというところにもある。被支配者キャリバンの発した言葉である「赤い病」は、紛れもない「怒り」として、支配者プロスペローへ向かうものである。ポーの「赤死病の仮面」では赤死病は、外界の一般庶民を無慈悲に切り捨て、一部の富裕階級だけを守るプロスペローのもとへやってくる、象徴化された疫病の名前だ。

こうした方向性に異論がないとすれば、さらにこの「赤い病」や赤死病は、具体的に何の病であるかという謎すら、解き明かすことができるかもしれない。従来の批評史では、シェイクスピアの「赤い病」は、天然痘（smallpox）や丹毒（erysipelas）と解されることが多いようであるが、アマンダ・メビラードは「疾病という視点から見ると、シェイクスピアは歴史上最悪の場所と時間に生きていたのだ」（Mabillard）と指摘しており、シェイクスピアの生きていた時代のイギリスで、様々な感染病が猛烈な勢いで蔓延っていたことが、この問題の解明を難しくしている。同様にポーの「赤死病の仮面」における赤死病も、彼の近親者達の多くが亡くなった結核（tuberculosis）であるという説、あるいは先に触れたように、彼自身がその社会変動を直に体験した一八三一年のコレラ説、（鼠径）腺ペスト（bubonic plague）説と様々である。

4　赤い発疹

しかしながら「赤死病の仮面」と『テンペスト』の両者どちらの作品においても、主要な説には浮上しないまでも、字句通り「赤」(Red) という表現にこだわるならば、つまり全身に赤い発疹があらわれる症状を象徴している名前であるという解釈を採るならば、これらの病が、梅毒 (syphilis) であるという考え方についても触れないわけにはいかない。

以下は「赤死病」の冒頭で、赤い発疹があらわれる症状が描かれる場面である。

「赤死病」は長らくの間、その国を荒廃させていた。これほど致死率が高く、これほどすさまじい疫病はこれまでなかった。血は、つまり血の赤さと恐怖は、その具現化であり、その兆候でもあった。鋭い痛み、突然の眩《くら》み、それから毛穴からの夥《おびただ》しい出血が起こり、溶解するかのように死に至る。赤い発疹が犠牲者の体、特にその顔面に浮き出てくるのだが、それは同胞の救いからも同情からも当人を切り離す、悪疫の呪詛であった。(Mabbott 2: 670)

全体的な症状の描写としては、決して梅毒特有のものではなく、むしろエボラ出血熱など別のウイルス性の感染症のものに類似しているようにも思われるが、「赤い発疹」が現れて死に至るという部分を中心に拾い上げるのであれば、文学テキストにおける「梅毒」表象として読むことは十分に可能であると考えられる。

ちなみにポーは「モレラ」(“Morella,” 1835) の中においても、次のような謎の病気を描いており、「病人の顔に浮かぶ赤い発疹や斑点」を描くことに、ポーが関心を持っていたことを、この描写は如実に映し出しているといえるだろう。

彼女はこのことをよく理解していたが、非難しなかった。私の弱さや愚かさを意識してか、微笑みながらそれを運命だというのであった。しかし彼女も女性であり、日毎に痩せ衰えていった。やがて赤い斑点が着実にその頬に居座るようになっていき、その青ざめた額に走る青い静脈が目立つようになっていった。(Mabbott 1: 227)

一方で『テンペスト』においても、「赤い病」が登場するのは、キャリバンが自分が搾取されたと叫んでいる場面であるということ、つまり彼の主張が道義的な罪への罰をプロスペローへ下せというものであることを考えると、それが梅毒である可能性は捨てきれないと考えられる。

先に触れたメビラードは、「シェイクスピアはしばしば自作品で梅毒を描き、『アテネのタイモン』では痛ましいエリザベス朝の梅毒治療をほのめかしている」(Mabillard)と指摘している。シェイクスピア全作品では、poxと呼ばれる梅毒は二三箇所、ペスト(plague)という表現は一〇〇を超えるとされている(Spevack 983,999)。当時最大の脅威であったペストと比較しても、梅毒が十分に頻出しているといえる以上、シェイクスピアが並々ならぬ関心を梅毒に向けていたことは明らかであり、「赤い病」が梅毒をモチーフに描かれたことを完全に否定することは難しい。

同様にポーの「赤死病の仮面」においても、特権階級が疫病から隔離された空間で快楽に酔いしれるという設定から、やはりこれは執筆当時の社会的背景を考慮すれば、梅毒を念頭に置かれているという考察を行うのも可能かと考えられる。

いずれにせよ、どちらの作品においても道義的な退廃というものが念頭に置かれて「赤い病」や「赤死病」が描かれているとするならば、それが梅毒であろうがなかろうが、「呪い」の方向が、権力者や特権階級へ向かっていることは極めて重要といえるだろう。

そうであるならば、閉じこもって悦楽にふける者達に、鋭い刃物のようにまっすぐ突き刺さる疾病を想像するにあたって、作者ポーが執筆当時どのような状況であったかについても、振り返っておいた方がよいだろう。

5　感染病への敗北

ポーは一八四二年三月頃にこの作品を執筆し、自らが編集を務める『グラハムズ・マガジン』五月号に掲載した。この当時、ポーはその才能の開花という点において、人生の頂点にいたと言える。その前年一八四一年に、世界初の近代推理小説である「モルグ街の殺人」（“The Murders in the Rue Morgue”）をやはり『グラハムズ・マガジン』に掲載し、作家としての才能をまさに開花させきっていた時期であった。一八四二年三月、つまりちょうどこの「赤死病の仮面」執筆時期であった頃に、イギリスから訪米したチャールズ・ディケンズ（Charles Dicken, 1812–70）に二度にわたる長いインタヴューを行うことに成功した。ディケンズはポーの才能を認め、ポーの死後も親族への支援を惜しまなかったほどであった。

しかしながら、この作家としての頂点を極めようとしていた時期であるその翌月の四月に、彼はなんと『グラハムズ・マガジン』のスタッフを辞め、五月には完全にこの雑誌と別れを告げる。「赤死病の仮面」が掲載された五月号は、まさにそうした彼にとって激動の時代のものであり、この五月号には他に、ナサニエル・ホーソーン（Nathaniel Hawthorne, 1804–64）の『二度語られた物語』（*Twice-Told Tales*, 1837）への、よく知られた彼の書評も掲載されていることも考えると、彼がその才能を極めた時期であることは間違いない。それは作家としてだけではなく、雑誌編集という彼の仕事においてもそうであり、彼が同等の報酬を得られることができる定職に就くことは、その後の彼の人生において、二度と実現することはなかった。

その後彼は一八四五年までの三年の間定職に就けず、政府系の仕事に何度も応募するが失敗するなど、もがき苦しむことになる。そしてこの作家としての激動の時期は、彼のプライベートライフにおいても、厳しい時代であった。

この悪夢の時代の始まりであった一八四二年の一月、彼の妻のヴァージニアが初めて吐血する。彼の家系を蝕んだ感染病、結核が、ついに妻にまで手を伸ばしたのである。

この結核という病のために、ポーの生母エリザベス、ポーの兄ヘンリー、ポーの養母フランセスが亡くなっており、まさに家系が丸ごとこの感染病に飲み込まれたかのようであった。五年もの苦闘の果てに、ヴァージニアもこの病のために死亡する。

つまり「赤死病の仮面」を執筆し、世に発表した頃、彼は仕事をなくすかもしれないという恐怖、そして最愛の妻を感染病により喪うかもしれない恐怖の只中にいた。となれば、作品中に出てくるプロスペローや、彼を襲う謎の人物は果たして何者なのであろうか。

一つ確かなのは、ポーの同時期の人生を確認すれば、明らかにプロスペローはポー自身ではない。ポーがプロスペローのように裕福で権力者ではなかったから、ということだけではなく、圧倒的な力を振るう疾病に対して、「閉じこもる」という戦略に賭けたプロスペローと、ポーは真逆の人生を歩んだからである。逆境の中、吹き付ける人生の逆風に耐えながら、新たな仕事を求め、新たな作風を模索し、そして一八四四年には新たな環境であるニューヨークへ移ることになる。

6 「きれいなる環境」と辺境

畏怖すべきもの＝流行病が、辺境から中心へやってくる、というファンタジーが、しばしば無邪気に語られる。例えば二〇二〇年初頭の日本におけるCovid-19の初期報道では、武漢の市場が発生源であるという報道が何度もされ、それに疑問を持つ研究者の声は大きくは取り上げられなかった（Al-Arshani, Gordon）。ペスト、コレラ、そして梅毒などの感染病は、いつも貧困地区や、都市の中心から外れた荒れ果てたスラム街、もっと端的に表現すると「穢れた環境」から発生するという幻想も、何百年も人類に取り付いてきた。『旧約聖書』の「レビ記」第十一章から十五章までは、神がモーセ達に「穢れの避け方」を教えている箇所であるが、水で手を洗うという感染症対策の初歩について触れており（第十五章十一）、疫病と人類の闘いの歴史を考える上で興味深い。しかしながら同時に、そうした対策を施す理由は「イスラエルの民を穢れから離すため」（第十五章三十一）であると明確に述べられており、優生思想に成長しかねない一種の危険性がそこにまったく潜んでいないと主張するのは難しいであろう。「レビ記」の該当部分からは、このように、皮膚病や感染症患者への差別、あるいは女性差別への根拠となりかねない文脈が眠っており、先に述べた「感染病は穢れた環境に由来する」という言説を絶えず再生産する可能性を所持している。

しかしながら、感染病とは結局のところ、人の密度が高いところ、つまり大都市の中心で猛威を振るうものである。つまり最も華やかで、最も栄えている「きれいなる環境」こそが、グラウンド・ゼロであった。

ここで「赤死病の仮面」の冒頭で描かれる、プロスペローの「立てこもり」の様子を確認してみたい。

これ［城郭化した大邸宅］は広大かつ壮大な建造物であり、プロスペロー公独自の奇抜ではあるが優雅な趣味の造りとなっていた。強固な聳《そび》え立つ壁がそれを護っていた。この壁には鋼鉄の門が幾つかあった。入城した後に廷臣達は火炉と巨大なハンマーを用いて、門のボルトを溶接してしまった。彼らは外界からの入り口を、そして内側から突然衝動的に絶望したり、逆上したりする者達に対しては出口の手段を、決して残さないと決定したのである。この大邸宅には十分に備えがあった。このような用心深さがあったがために、廷臣達は感染に公然と歯向かう気になったのかもしれない。外部の世界は勝手にやっていてくれればよい。その間、嘆いたり考え込んだりするのも愚かである。プロスペロー公はあらゆる快楽の設備を準備してしまっていた。道化達、即興詩人達、バレーダンサー達、音楽家達、そして美女とワイン。これらすべてとセキュリティが内側にあった。外側には「赤死病」がいた。(Mabbott, 1: 670–71)

おそらくは裕福な友人だけを選別し、豪奢かつ奢侈な生活を護りつつ、疾病から立てこもるプロスペローの「きれいなる」館には、真逆の人生を歩んだポー自身の姿は見いだせない。むしろ実人生の彼がいたのは「外側」であった。しかしながら、今も昔も感染病のグラウンド・ゼロとは、まさに人が数多く集う、「内側」たるプロスペローの館のようなところなのである。プロスペローの「立てこもり」戦術は、感染病の中心地を構築することであった、とまで表現できるかもしれない。

一八四九年にこの世を去ったポー自身の死因については、未だに特定されていない。しかしながら妻ヴァージニアも含め、近親者達に結核で死んだ者が多かったため、彼自身もそのために死んだのではないか、という考え方は有力説として残っている。もしそれが正しいとするならば、結局は実人生においてポーは、感染症により死亡したという点で、自らが創り出したキャラクターであるプロスペローと同様に「赤死病」なるものに敗北したともいえるかもしれない。

だが仮にポーが敗北者であったとしても、彼は今日も感染病恐怖についての少なからぬ疑問符を、現代社会に突きつけているのではないだろうか。少なくとも、疾病対策とはプロスペローのように「他者」を廃した「きれいなる環境」に執着することなのか、という疑問については、依然として悩ましい壁として、今も私達の目の前に聳え立っているといえるのではないだろうか。その透徹した想像力ゆえに、同時代の他作家に先んじて、感染病恐怖を克明に描くことに成功し、そしてその行きつく果てさえも幻視することができたポーは、感染症による社会崩壊という「終わり」を確実にその言説中で捉えることに成功したが、「終わり」があらゆる人間の自然に対する「敗北」であるとは考えていなかった可能性もある。少なくとも彼の「赤死病の仮面」においては、赤死病という感染症と闘うプロスペローは、美化されたヒーローのイコンとして描かれるのではなく、むしろ驕り高ぶった傲慢な権力者として終わりの時を迎えたかのように造形されているのである。

7　終わりの風景

最終章においては、上述したとおり、エドガー・アラン・ポー作品における感染病表象を辿りつつ、それが「終わりの風景」として演出されながらも、「あらゆる人間の自然に対する敗北」として描かれていなかった可能性を探った。本著全体では、「終わりの風景」は各著者によって、以下のように論じられている。

序章において岸野英美氏が論じるとおり、『底流』における水と人間やあらゆる存在の関りが「ハイドロ・フェミニズム」と見なせるものであるならば、人新世に見受けられる様々な「終わり」の現象は、あるいは新しい波の到来を告げるものであるかもしれない。

第1章における田中ちはる氏の指摘のとおり、カズオ・イシグロの小説において「終末の世界で純粋持続とつながることによって、精神の自由を得ようとする人間たち」という大きな主題が一貫して潜んでいると考えられるならば、『クララとお日さま』にも「終わりの風景」の影が揺らめいていると考えられ、同時に逆説的に、そこに「人間にとっての根源的な価値」を見出すことができるのかもしれない。「時を超えることができるのは、エクリチュールすなわち文学だけ」であるからこそ、「終わり」の場が今日の物語に必要とされるのではないか。

あるいは霜鳥慶邦氏が第2章で述べるように、アリ・スミスの四季四部作において、「コロナ以前／以後という安易な時代区分」が重視されるのではなく、眼の前の環境危機に焦点が絞られていくのであれば、「我々は皆同じ船に乗っている」という、バンクシーの壁画のメッセージと同様に、「終わり」への強い危機意識こそが今問われるべきものであるのかもしれない。

加瀬佳代子氏が第3章で取り上げた『低地』と『小さきものたちの神』において、「家族」という人間関係の最小単位が「終わる」風景が描かれ、そこに「近代」化への「応答責任」が見いだせるとすると、やはりそこには「脱近代／脱植民地主義」という、「終わり」からの脱出口も同時に発見できるのかもしれない。

松本ユキ氏が第4章で論じるように、アジア系アメリカ文学において、人災／天災の表象が単純かつ一面的なものではなく、より複雑なものとして顕れているのだとすれば、「災害により主体性の問題がいかに揺るがされるか」という松本氏の指摘は、まさに現代における「終わりの風景」の諸問題を集約しているとも言える。

同様に、第5章での高橋路子氏のイアン・マキューアン論が暗示するとおり、「個人的な不安」と「全体的な不安」が重なり合う場に「終わりの風景」が現出するのであるとすると、高橋氏の「事実、「終わり」に対する不安こそ、人間を人間たらしめていると言えるかもしれない」という主張こそ、本著の主題そのものを映し出していることは間違いない。

第6章において平塚博子氏が語るとおり、『彼らの目は神を見ていた』において、ゾラ・ニール・ハーストンは、主人公達を襲う巨大なハリケーンを描き、このハリケーンを通じて、人間と自然の関係や人種、ジェンダー、階級といった問題を深く掘り下げている。「物語の最後では、災害を経験して新しく生まれかわり、ティーケイクの死という大きな喪失を経てなお安らぎを感じられる、生者と死者が混在する世界に生きるジェイニーの姿が示されている」という平塚氏の分析においては、「終わりの風景」は悲観論の延長にあるものとしては捉えられてはいない。

一方で、第7章において高橋実紗子氏が明らかとするように、ウィリアム・シェイクスピアの『リア王』において擬《なぞら》えられる「飢餓、嵐、そして疫病といった災禍のモチーフ」は、「終わりの風景」の中での人間ドラマにおいて、「たとえどれほど否定されたとしても、生は続いていくということを示している」という、一つの新しい対蹠点ともいえる命題に到達できる可能性を映し出している。

第8章における小杉世氏のインドラ・シンハ論は、本著の締め括りの議論にまさに相応しいというべきものであり、『アニマルズ・ピープル』の後日譚として発表した短編「ボパールのアニマル」（二〇〇九）において登場人物によって語られる「水俣、セベッソ、チェルノブイリ、ハラブジャ、ベトナム、ヒロシマ、ナガサキ、トゥルーズ、ファルージャ」のグロテスクなイマジナリーは、「帝国や企業の「健忘症」によって忘れ去られた人々が、世界のあらゆるところに存在」していることをまざまざと映し出している。「国境を超えたオルタナティヴなコミュニティ」を幻視する行為は、まさに「終わりの風景」の向こう側に位置するはずのものではないだろうか。

このように、時代、場所、あるいは人間の内面、外面を問わず、浮かび上がる様々な「終わりの風景」を考える中で、その特質を一言に集約するのは困難である。しかしながら世界認識の原点において、既にその見識に「終わりの風景」を織り込んでいたゴータマ・ブッダは、中村元氏の解釈によれば、文献学研究の視点から最古層に属すると考えられる仏典『スッタニパータ』の第四章「アッタカ・ヴァッガ」にて、次のように語る。「世界はどこでも堅実ではない。どの方角でもすべて動揺している。わたくしは自分のよるべき住所を求めたのであるが、すでに（死や苦しみなどに）とりつかれていないところを見つけなかった」（中村 第九三七詩）。

「いま、ここ」にある苦しみから逃げ出して、向かうべきユートピアは、紀元前四百年近くの世界に生きたブッダにとっても、もはや存在しないものであった。いうならば、彼の世界認識はポーの「赤死病の仮面」の終末の景色から始まっていたのである。そうであるからこそ、彼が「いま、ここ」で自己と世界の救済を試みる方向／思考へ舵を取ったのだと考えることが誤りでないとするならば、「終わりの風景」を見つめ続けることこそが、「いま、ここ」で生きるための唯一の解題方法であるとも言えるのではないか。「終わり」は安易な「始まり」にはならないだろうが、少なくともそれを「始まり」にしようとする人間の意思は、否定されるものではない。

私達は今日、「終わりの風景」を見る。少なくとも明日が、その「向こう」に存在することだけは間違いない。

＊本論の骨子は、二〇二〇年十一月二十二日にオンラインで行われた、ASLE-Japan／文学・環境学会第二六回全国大会でのワークショップ「災害、感染症、そして文学」にて、「災害と感染症時代の恐怖――Edgar Allan Poe作品を辿る」とのタイトルで口頭発表を行った議論にある。この口頭発表は後にASLE-Japan／文学・環境学会会誌『文学と環境』第二十五号にその要旨が掲載されたが、オリジナルの口頭発表原稿を修正、加筆した上で、本著の終章とさせていただいた。

参考資料

Al-Arshani, Sarah. "A Leading Scientist Said the World Needs to Understand the Origins of COVID-19 to Prevent 'COVID-26 and COVID-32,' Adding to Growing Calls to Investigate the Lab-leak Theory." *Insider*, May 31, 2021. https://www.businessinsider.com/scientist-knowing-origin-of-covid-19-will-prevent-next-coronavirus-2021-5

Case, Keshia A. and Christoper P. Semtner. *Edgar Allan Poe in Richmond*. Arcadia. 2009.

Gordon,Michael R., et al. "Intelligence on Sick Staff at Wuhan Lab Fuels Debate on Covid-19 Origin." *The Wall Street Journal*. May 23, 2021. https://www.wsj.com/articles/intelligence-on-sick-staff-at-wuhan-lab-fuels-debate-on-covid-19-origin-11621796228?mod=searchresults_pos20&page=4

Greenblatt, Stephen. *Learning to Curse: Essays in Early Modern Culture*. Harvard UP, 2007.

Hayes, Kevin J. *Poe and the Printed Word*. Cambridge UP, 2000.

Healy, Margaret Jane. *Fictions of Disease: Representations of Bodily Disorder in Early Modern Writings*. Ph.D. Thesis, University College London, 1995.

Karafilis, Maria. "American Racial Dystopia: Expansion and Extinction in Poe and Hawthorne." *Poe Studies*, vol. 48, 2015, pp. 17–33. ProQuest, www.proquest.com/docview/1773745881?accountid=16366.

Knight, Katherine. *How Shakespeare Cleaned His Teeth and Cromwell Treated His Warts: Secrets of the 17th Century Medicine Cabinet*. History Press, 2006.

Mabillard, Amanda. "Worst Diseases in Shakespeare's London." *Shakespeare Online*, 20 Aug. 2000, www.shakespeare-online.com/biography/londondisease.html.

Mabbott, Thomas Ollive, editor. *Edgar Allan Poe: Tales and Sketches*. 2 vols. U of Illinois P, 2000. [Published as Collected Works of Edgar Allan Poe, Vol. 2–3. 1978.]

Marks, William S. "The Art of Corrective Vision in Poe's 'The Sphinx.'" *Pacific Coast Philology*, vol. 22, no. 1/2, 1987, pp. 46–51. JSTOR, www.jstor.org/stable/1316657.

McGann, Jerome. "Literary History and Editorial Method: Poe and Antebellum America." *New Literary History*, vol. 40, no. 4, 2009, pp. 825–842. JSTOR, www.jstor.org/stable/40666449.

Meyers, Jeffrey. *Edgar Allan Poe: His Life and Legacy*. Cooper Square Press, 1992.

Orgel, Stephen, editor. *The Tempest*. Oxford UP, 1987.

"A Poet's Vision of Landscape Architecture; Edgar Allan Poe's 'Domain of Arnheim.'" *The Lotus Magazine*, vol. 3, no. 8, 1912, pp. 242–250. JSTOR, www.jstor.org/stable/20543378.

Rosenberg, Charles E. *The Cholera Years: The United States in 1832, 1849, and 1866. With a New Afterword*. U of Chicago P, 1987.

Slick, Richard D. "Poe's the Masque of the Red Death." The Explicator, vol. 47, no. 2, 1989, pp. 24. *ProQuest*, www.proquest.com/docview/21676943 7?accountid=16366.

Spevack, Marvin. *The Harvard Concordance to Shakespeare*. Belknap Press, 1974.

Zimmerman, Brett. "Prospero's Clock-Architecture in "the Masque of the Red Death" Revisited." *Poe Studies*, vol. 50, 2017, pp. 126–130. ProQuest, www.proquest.com/docview/2156074919?accountid=16366.

中村元訳『ブッダのことば——スッタニパータ』岩波書店、二〇一五年。

終わりの風景の終わりに

辻　和彦

一九九九年十二月三十一日の夜、自分がどこにいたのか、今となっては定かでない。おそらく広島大学院生として広島市に住んでいた以上、広島のどこかにいたはずだ。あるいは実家の大阪に帰省していたのかもしれない。どこにいたのか憶えていないというのに、その夜の強い不安ははっきり記憶している。「二〇〇〇年問題」と言われた事象の到来をメディアは扇情的に報じていた。西暦二〇〇〇年になると、世界中のコンピュータが誤動を起こす可能性があるとのこと、また引き起こされる現象の中には、人類が未だ経験したことがないほどの大きな混乱を招くものもあるかもしれないとのこと。テレビや新聞などのニュースは年末に盛んにこのテーマを扱っていた。

明日目を醒ませば、これまでとは違う世界を目撃することになるかもしれない。巨大な昏い影がこころに射していたまま、私は暗い部屋の中で長い間横たわっていた。その時の私は、大学院を修了することが間近となっていたものの、春からの就職先はおろか、今後どうやって生計を立てるのかさえも予測できなかった。

その夜の夢の中では、その年一九九九年に公開された映画『マトリックス』の断片が、ランダムに延々と再生され、そのひしゃげた影の狭間で、私は呆然と立ち竦んでいた。その年にはまだ海賊版しか出回っていなかったニルヴァーナの"You Know You're Right"（2002）が、壊れた巨大なスピーカーからいつまでも虚ろに再生されていた。

翌日に起きて実際に目撃した二〇〇〇年の世界は、昨日の不安を裏切り、平凡で平和なものであった。確かに後に幾つかのコンピュータの誤作動が報じられたが、それらはいずれも大きな事態を引き起こさず、人類にとって未曾有の危機はついに訪れなかった。

世界の終わりはやって来なかった。四月以降になって、恩師の一人のご厚意で、とある高等学校の非常勤講師となった私は、新幹線に一時間揺られて、遠い街にある職場へ通っていた。自分自身の行く末や、今後の身の処し方について悩まなければいけないはずが、通勤の際に考えていたのは、なぜか「世界の終わりが来なかった」ことであった。なぜ世界は終わらなかったのだろう？　もともと終わるはずもなかったのが真実であったのか。いや、終わるべきものだったのではないか。あの時こそ、ほんものの「終わり」だと、多くの人々が感じていたのではなかったか。

もちろん私は間違えていた。人類史の中で「終わりの予兆」は数え切れないほど何度もあったはずであった。記録というものがなされるようになった文明の興りから、エジプトで、メソポタミアで、中国で、「終わりの予兆」は記録され続けた。天災が、大火事が、戦災が数多襲いかかり、滅亡、破滅、終末が預言者によって説かれた。しかしながら、実際に滅びたものは、一つの都市、一つの民族、一つの文明といったところが精々であり、それはまた新たな都市、新たな民族、新たな文明の発祥でもあった。ウロボロス的に始まりと終わりは繰り返され、すべてのものの終末など存在しなかった。「終わりの予兆」が、「ほんとうの終わり」を捕捉したことはなかった。少なくとも人間の歴史においては、そうであった。

しかしながら、歴史において「ほんとうの終わり」が存在しなかったとしても、その後の一定期間において、多くの人々は「終わりの予兆」を度重なり感じることになったはずだ。翌年の二〇〇一年九月十一日の夜、ぼんやりとテレビのニュース番組を見ていた私は、「たった今、入った情報」だという触れ込みで、ビルに航空機が吸い込まれるように衝突する映像を見ることになる。映像そのものより、私の胸を貫いたのは、幾多の「たった今、入った情報」を扱ってきたはずのアナウンサー達の、空白となった顔であった。

あるいはその十年後の、二〇一一年三月十一日、やはりたまたまつけたテレビに映った巨大な波。「視聴者から提供された」衝撃的な映像の数々。そして「爆破弁」が起動したとやらで、大きな煙を上げて爆発する原子力発電所。

すぐに連絡した東京の友人が「帰宅難民」となったと愚痴をこぼす間の、あの小さなため息。仙台近くの地域出身の友人が書いて寄越した「元気だよ」という短いメール。いずれにも深く胸を抉られたが、同時に私の胸に宿っていたのは、あの「終わりの予兆」であった。僅か十年少しの間に、「終わりの予兆」は私だけではなく、多くの人々の胸を過ったはずだ。

だがこれも、すぐに反論されるだろう。二十世紀に限定しただけでも、「終わりの予兆」は何度もあり、例えば二度にわたる世界大戦。そこで起こった幾度の大量虐殺。やはり二度にわたる原子力爆弾の「銃後の人々」への使用。これらだけでも「人類は倫理的に既に終わってしまっていた」と結論付けるのに十分なようだ。こうした流れを反映し、二十世紀における「終わりの予兆」を反映した文学作品も多々あり、中でも村上春樹の『世界の終りとハードボイルド・ワンダーランド』(1985)は、村上の才能を世界的に知らしめた傑作であると同時に、八十年代の「終わりの予兆」を歴史に克明に刻んだ作品でもある。

小島基洋氏は論文「天上で輝く星、岸に打ち寄せる海、革命家と結婚したクラスメイト――村上春樹『世界の終りとハードボイルド・ワンダーランド』における〈削除〉と〈改竄〉の詩学――」の中で、この作品のエピグラフとして置かれた、スキータ・デイヴィスの楽曲"The End of the World"(1962)の歌詞が改変されていることに注目し、この物語の奥底にある或る〈改竄〉を明るみにすることに成功している。八十年代の「終わりの予兆」を象徴するこの作品の背後に何が蠢《うごめ》いているかを理解するにあたって、極めて興味深い論文であるといえるが、そもそもデイヴィスの甘い歌声によって、この曲の主題が、ボーイフレンドとの破局を嘆くティーネージャーの悲哀であるかのように世間で受け止められてきた事実も併せて重視する必要があるだろう。なぜならば、この曲の作詞者であるシルビア・ディーは、一四歳の時に父親を亡くした体験を元に、この詞を書いたと述べているからだ(Doyle, Sokol)。

あたかもポスターカラーの甘くセンチメンタルなポップ画の向こうに、あまりにも深刻な欠落感、実人生からの離脱感、現実からの断絶感が透かし見えるようだ、ということの一点を考察するだけで、村上春樹がこの曲を『世界の終りとハードボイルド・ワンダーランド』のエピグラフに選んだ理由は明快である。そしてそれがそのまま、村上が直感的に感じた八十年代の「終わりの予兆」であったのかもしれないし、一九九五年の地下鉄サリン事件でピークに達する、八〇年代後半から九〇年代中盤までの一連のオウム真理教事件の背後にあるものなのかもしれない。先に述べた通り、人類が誕生してから「世も末」などという吐息は、何度となく繰り返されてきたものであろうが、あの時代に特にそれを強く感じた人々は相当数に至るはずだ。こうした点を線で結ぶことができるのであれば、二一世紀に入ってからもなお、「終わりの風景」のシークエンスは再現されていくと論じることもできるだろうし、もしくはそれは二〇〇〇年問題、九・一一同時多発テロ、三・一一東日本大震災、Covid-19 パンデミックといった災害と疫病の二一世紀初頭を貫く主題であると推論できるのかもしれない。あるいはそれは単に日本文化においてのみ表象されるものではなく、『アベンジャーズ／インフィニティ・ウォー』（2018）と『アベンジャーズ／エンドゲーム』（2019）で描かれた「真の終わり」において結実することになる、「世界の終末」描写に見られる破滅の予感においても、照射されていたものなのかもしれない。(1)

例えばスタジオジブリ制作の『思い出のマーニー』（2014）はどうだろう。同じジブリの、宮崎駿監督作品『もののけ姫』（1997）では、終盤において或る時代の「終焉」を描いた上で、人はそれを受け止めて生きていくしかないという一種の諦念が示されるわけだが、これはジブリが創造してきた作品の多くに潜む主題である。米林宏昌監督の『思い出のマーニー』は同様に、次第に明かされていく悲惨な家族体験の過去と、それが行き着いた「果て」を丁寧になぞりつつ、その宿痾を受け止め、その輪の中で生きていこうという主人公の決意を描いて終わる。「終わり」という主題の観点からみると、同じイギリス児童文学の範疇にあるアン・フィリッパ・ピアスの『トムは真夜中の庭で』（*Tom's Midnight Garden*, 1958）とも多分に共通点が見られるジョーン・G・ロビンソンによる原作（*When Marnie Was There*, 1967）のプロットと、ジブリの世界観がその一点で見事にシンクロしているようにも考えられるのだが、主題歌であるプリシラ・アーンの“Fine on the Outside”（2014）の歌詞は、それを逆に裏側から解題しているようにも思われる。

だからわたしは部屋に座って
何時間も月といっしょ
私の名を憶えてくれている人はいるのかしら

私がいなくなったら泣いてくれる人はいる？
私の顔を憶えてくれている人はいる？
（Priscilla Ahn, "Fine on the Outside," 2014）

強く意識された「死」がかたちを変えてリフレインされているが、これはたとえ世界が生きていくに値するものだと思えたとしても、そこに現存する「終焉」体験が消え去るわけではないことを暗示している。少なくとも映画『思い出のマーニー』の中では、死と終わりは、常に生の中に潜んでいる。

八〇年代の村上春樹の描くポップで、ときに無機質で、それでいて深刻な「終わり」を内包する世界は、このように少なからず耽美的かつ甘く哀しいトーンで、二〇一四年の『思い出のマーニー』の中で再現される。一九八五年のプラザ合意以降、ひたすら経済的な凋落の坂を下り続けてきた日本の文化の中で、「終わり」は際限なく奏でられ続けるのである。

そうであるとするならば、二〇二〇年から日本が向かいあうこととなったCovid-19の波は、(2) 太古の昔から人類が感じていた「終わりの予兆」の具現化であると同時に、二十世紀後半から二一世紀初頭にかけて、多くの人々が噛み締めてきた「終わり」体験の止揚でもあるのだろうか。

本書のタイトルをやや抽象的な『終わりの風景』としたのは、単純な意味での末法思想、世紀末論（Fin de siècle）、終末論（eschatology）を扱いたかったわけではないからである。「終わり」は「始まり」がある以上、普遍的に存在するものであるだろうし、同時にそれを感じたり体験したりするものにとっては、唯一のものでもある。

『有機体の一般形態学』（1866）における、エルンスト・ヘッケルの「個体発生は系統発生を反復する」という主張は、当時の人々に大きな影響を与えた（佐藤）。その呪縛は、現代の多層な面に今なお残っているであろうが、個体の発生が系統の発生を反復するという言葉／概念が生物学の範疇のみに当てはまるものでないのであれば、個体の死は系統の死を預言するとも言えるのではないか。

仮に何かが始まる、あるいは何かを新しく私達が始めるとしても、その起点は「終わりの風景」からになるのではないか。人新世の始まりとは、それ以前の世界の終わりを意味する。地質学的にも、私達は「終わり」の時代に生きているのである。

私達は今日も、「終わりの風景」について考えていかないといけない。本著ではそのような信念の下、気鋭の英語圏文学研究者達に「終わりの風景」を各専門分野から解題していただいた次第であるが、場所や描かれた対象が多様であるのと同様に、実際に論じられた時代は、十七世紀から二一世紀初頭まで多岐にわたる。だがどのような過去や未来が論じられようと、執筆者が執筆した時代に生き、その社会から影響を受けて生活を営んでいる以上、そこには必ず現在の「終わりの風景」の投影が見られるはずである。各論、そしてその題材の各時代における「終わりの風景」を読者には愉しんでいただければと思う半面、そこに必ず見いだせるはずの、今の「終わりの風景」をも併せて捉えていただければ幸いである。

❦

本書の出版までには、様々な方々から惜しみない支援があった。

二〇二〇年十一月二二日にオンラインで行われたASLE-Japan／文学・環境学会第二六回全国大会にて、近畿大学文芸学部文学科英語英米文学専攻の当時の同僚であった吉田朱美氏と松本ユキ氏と共に、ワークショップ「災害、感染症、そして文学」を行う機会があった。発表前後から、本著の企画の卵が産まれ、吉田氏と松本氏が執筆メンバーを集めるため、奔走してくださった。また ASLE-Japan ／文学・環境学会の数名の会員からも、本企画に参加してくださると心強いお言葉をいただけた。広島大学名誉教授の伊藤詔子氏からは、多くのことを諭していただいた。また春風社の下野歩氏からは、頼もしい励ましの言葉を賜ると共に、出版への実際的な道筋を示していただけた。同社編集部の岡田幸一氏には、たいへん丁寧な校正作業を行っていただき、また貴重なアドバイスをいただけた。

最終的には ASLE-Japan ／文学・環境学会などで顔を会わせることが多かった、平塚博子氏と岸野英美氏に編集のお仕事を手伝っていただけることになり、お二人のお力で何とかここまで辿り着くことができた。お二人には、何かとご迷惑をかけたことへの謝罪の言葉と、感謝の念をここに記させていただく次第である。

このパンデミックの時代が仮に「終わりの風景の時代」であるとするならば、否、そうでなくても、友人はこの上なく大切である。本著の企画においては、執筆者同士はもとより、出版社やその編集担当、企画の編者の誰とも、実際にお会いすることなく、メールやＺＯＯＭのみで仕事を進行させることができた。以前ならこういうケースの場合に当然あったであろう、学会の際での雑談、カフェなどでの討論、居酒屋などでの忌憚ない論議などは、一切経なかった。それでも本著が出版に辿り着けたのは、この時代に希少なことに、ひたすら周囲の人間に温かい方々、人間としての義侠心に溢れている方々、物事に対して誠実な方々と、私がお知り合いになれた運があったからであった。この言葉を述べることは、それらの方々のご厚意にさらに甘え過ぎるだけになるのかもしれないが、私にとって本著に関わってくださった方々こそ、まことの友人であると告白せざるをえない。みなさま、ほんとうにありがとうございました。

編者を代表し

二〇二二年五月一日

辻　和彦

注

（1）ＭＣＵ（マーベル・シネマティック・ユニバース）でのこれらの作品の続編群に含まれる『エターナルズ』（2021）のトレーラーの一つでは、"The End of the World" が使用されている。

（2）日本での Covid-19 の最初期報道は、二〇一九年一二月三一日一三時四一分であったと推測されている（PRTimes）。

参考資料

Doyle, Jack. "The End of the World." *The Pop History Dig*. April 21. 2019. https://www.pophistorydig.com/topics/end-of-the-world-skeeter-davis/

Marvel Studios. *Eternals Official Teaser*. May 24, 2021. https://www.youtube.com/watch?v=0WVDKZJkGlY

PRTimes.「【調査報告】コロナウイルスはいつから報じられた？　ＷＨＯはいつから対応していた？　コロナウイルスに関する報道まとめ」February 25, 2020. https://prtimes.jp/main/html/rd/p/000000002.000054369.html

Sokol, Tony. "Marvel's Eternals Trailer Song Is Sadder Than You Think." *Den of Geek*. May 24, 2021. https://www.denofgeek.com/movies/marvels-eternals-trailer-song/

小島基洋「天上で輝く星、岸に打ち寄せる海、革命家と結婚したクラスメイト――村上春樹『世界の終りとハードボイルド・ワンダーランド』における〈削除〉と〈改竄〉の詩学――」『人間・環境学』25: 1–13. 2016. https://repository.kulib.kyoto-u.ac.jp/dspace/bitstream/2433/218452/1/hes_25_1.pdf

佐藤恵子『ヘッケルと進化の夢――一元論、エコロジー、系統樹』工作舎、二〇一五年。

執筆者紹介（執筆順。★は編者）

辻 和彦（つじ かずひこ）★
近畿大学文芸学部教授
　著書：『その後のハックルベリー・フィン——マーク・トウェインと十九世紀アメリカ社会』（単著、渓水社、2001年）、『あめりかいきものがたり——動物表象を読み解く』（共著、臨川書店、2013年）、*Rebuilding Maria Clemm: A Life of "Mother" of Edgar Allan Poe*（単著、Manhattanville Press、2018年）。

岸野 英美（きしの ひでみ）★
近畿大学経営学部准教授
　著書：『トランスパシフィック・エコクリティシズム——物語る海、響き合う言葉』（共著、彩流社、2019年）、『アジア系トランスボーダー文学——アジア系アメリカ文学研究の新地平』（共著、小鳥遊書房、2021年）

田中 ちはる（たなか ちはる）
近畿大学文芸学部教授
　著書：*The Cambridge Guide to Women's Writing in English*（共著、Cambridge UP、1999年）、"Dialectic of Enlightenment in the 1960s Gothic: Angela Carter's Heroes and Villains". *Gothic Studies* (2006)、「鏡の国の「私小説」——1960年代の終焉の日本におけるアンジェラ・カーター」（上・下）（『英語青年』2009年2月号・3月号）

霜鳥 慶邦（しもとり よしくに）
大阪大学大学院人文学研究科准教授
　著書：『ロレンスへの旅』（分担執筆、松柏社、2012年）、『文学理論をひらく』（共著、北樹出版、2014年）、『百年の記憶と未来への松明《トーチ》——二十一世紀英語圏文学・文化と第一次世界大戦の記憶』（単著、松柏社、2020年）

加瀬 佳代子（かせ かよこ）
金城学院大学文学部教授
　著書：『M.K. ガンディーの真理と非暴力をめぐる言説史——ヘンリー・ソロー、R.K. ナラヤン、V.S. ナイポール、映画『ガンジー』を通して』（単著、ひつじ書房、2010年）、「インドへの欲望、その「語り」と「騙り」——『パイの物語』を通して」（『比較文学』59巻、2017年）

松本 ユキ（まつもと ゆき）
近畿大学文芸学部准教授
著書：『アジア系トランスボーダー文学——アジア系アメリカ文学研究の新地平』（共著、小鳥遊書房、2021 年）、『移民の衣食住 I ——海を渡って何を食べるのか』（共著、文理閣、2022 年）

高橋 路子（たかはし みちこ）
近畿大学経営学部准教授
著書：『「はるか群衆を離れて」についての 10 章』（共著、音羽書房鶴見書店、2017 年）、『幻想と怪奇の英文学 IV』（共著、春風社、2020 年）、"Metonymy of Imperialism in Virginia Woolf's *The Waves*."（近畿大学「教養・外国語教育センター紀要（外国語編）」第 11 巻第 2 号、2020 年）

平塚 博子（ひらつか ひろこ）★
日本大学生産工学部准教授
著書：『Terminal Beginning——アメリカの物語と言葉の力』（共著、論創社、2014 年）、「冷戦・グローバリゼーション：閉じられた南部の終わりの物語としてのウィリアム・フォークナーの『館』」（単著、*Soundings* 42、2016 年）、『ノンフィクションの英米文学』（共著、金星堂、2018 年）

高橋 実紗子（たかはし みさこ）
聖心女子大学現代教養学部非常勤講師
論文："'[A] very pestilent disease'?: Werewolves Retold through Narratives of Flesh Consumption and Alteration in Early Modern Natural History"（『関東英文学研究』第 11 号、2019 年）、"Seeking the Female Body: The Duchess and Ferdinand in Canine Skins" (*John Webster's "Dismal Tragedy": The Duchess of Malfi Reconsidered*, Presses Universitaires Blaise Pascal, 2019)、「初期近代イングランドにおける海獣表象」（『宗教と文化』第 37 号、2021 年）

小杉 世（こすぎ せい）
大阪大学大学院人文学研究科教授
著書：『オーストラリア・ニュージーランド文学論集』（共著、彩流社、2017 年）、*Indigenous Transnationalism: Essays on Carpentaria*（共著、Giramondo、2018 年）、『トランスパシフィック・エコクリティシズム——物語る海、響き合う言葉』（共著、彩流社、2019 年）

終わりの風景
——英語圏文学における終末表象

二〇二二年一〇月一六日　初版発行

編者　辻和彦・平塚博子・岸野英美
つじかずひこ　ひらつかひろこ　きしのひでみ

発行者　三浦衛
発行所　春風社　*Shumpusha Publishing Co.,Ltd.*
横浜市西区紅葉ヶ丘五三　横浜市教育会館三階
〈電話〉〇四五・二六一・三一六八　〈FAX〉〇四五・二六一・三一六九
〈振替〉〇〇二〇〇・一・三七五二四
http://www.shumpu.com　✉ info@shumpu.com

装丁　矢萩多聞
印刷・製本　シナノ書籍印刷株式会社

ISBN 978-4-86110-823-5 C0098 ¥3100E